库切文集

The Schooldays of Jesus

耶稣的学生时代

〔南非〕
J.M. 库切
J.M. Coetzee

著

杨向荣 译

人民文学出版社

图书在版编目(CIP)数据

耶稣的学生时代/(南非)J. M. 库切著;杨向荣译. —北京:人民
文学出版社,2019
(库切文集)
ISBN 978-7-02-014942-1

Ⅰ.①耶… Ⅱ.①J…②杨… Ⅲ.①长篇小说—南非共和国—现
代 Ⅳ.①I478.45

中国版本图书馆 CIP 数据核字(2019)第 016977 号

责任编辑 马 博
装帧设计 陶 雷
责任印制 苏文强

出版发行 人民文学出版社
社 址 北京市朝内大街 166 号
邮政编码 100705
网 址 http://www.rw-cn.com

印 刷 三河市中晟雅豪印务有限公司
经 销 全国新华书店等

字 数 174 千字
开 本 850 毫米×1168 毫米 1/32
印 张 9.125 插页 1
印 数 1—15000
版 次 2019 年 7 月北京第 1 版
印 次 2019 年 7 月第 1 次印刷

书 号 978-7-02-014942-1
定 价 58.00 元

如有印装质量问题,请与本社图书销售中心调换。电话:010-65233595

有人说："不论哪部书，续篇从来没有好的。"

《堂吉诃德》第二部，第四章

第 一 章

他一直以为埃斯特雷拉要更大些。在地图上，它跟诺维拉显示为同样大小的圆点。但诺维拉是座城市，埃斯特雷拉却顶多算个位于某个充满山丘、田野、果园的乡下的外省小镇，它杂乱无章地朝四面八方延伸，一条无精打采的河从镇子中间蜿蜒穿过。

在埃斯特雷拉开始新生活可能吗？在诺维拉，他还能依靠重新安置办公室安置住所。他和伊内斯还有这个男孩在这里能找到家吗？重新安置办公室是慈善性质的，是没有个人感情色彩之别的慈善的具体化身，可它的仁慈会延及一个逍遥法外的逃亡者吗？

搭便车的胡安在去埃斯特雷拉的路上跟他们走到一起，他建议大家可以在某个农场找份工作。农场主总是需要帮手，他说。更大的农场甚至还有给工人住的季节性宿舍。不是橘子季就是苹果季，不是苹果季就是葡萄季。埃斯特雷拉以及周边地区是个名副其实的丰饶角。如果他们愿意，胡安说他可以带大家去自己的朋友们曾经打过工的一家农场。

他和伊内斯交换了下眼神。他们该听胡安的劝告吗？

钱不用考虑，他兜里有的是钱，他们可以舒舒服服地待在一家旅馆里。可是，如果诺维拉的当局真的在追寻他们，那么或许隐藏在无名无姓的临时过客中可能会更安全些。

"好吧，"伊内斯说，"我们就去这家农场。我们圈在车里也太长了。玻利瓦尔需要跑一跑。"

"我也是这么想，"他，西蒙说，"不过，农场可不是度假村。伊内斯，你准备好了整天在烈日下摘水果吗？"

"我会做好自己分内的事，"伊内斯说，"既不多也不少。"

"我也可以摘水果吗？"男孩问。

"很遗憾，不行，你不能摘，"胡安说，"那会犯法。那就是当童工了。"

"我不介意当童工。"男孩说。

"我敢肯定农场主会让你摘水果，"他，西蒙说，"但不会太多。不会多到让摘水果变成劳动。"

他们顺着主大街开车穿过埃斯特雷拉。胡安给大家指了市场、行政大楼、朴素的博物馆和艺术画廊。他们穿过一座桥，把小镇抛在了身后，沿着那条河道方向行驶，最后来到半山腰上，看见了一幢宏伟气派的房屋。"这就是我说的那家农场，"胡安说，"我的朋友们找过工作的地方。避难所①就在后面。它看上去挺沉闷，其实非常舒服。"

这个避难所是由两个长长的镀锌的铁皮棚屋构成，用

---

① 原文为西班牙语，refugio。

一条带篷顶的走廊连接，一边是个洗浴房。他把车停住。除了一条双腿站立的灰狗在锁链限制的范围里朝他们露出黄黄的长牙嚎叫外，没有一个人出来招呼他们。

玻利瓦尔舒展开身子，从小车里溜出来。他在一定距离之外审视了一番这条异乡的狗，决定不理它。

男孩冲进棚屋，然后又跑出来。"都是上下铺床！"他大声喊叫道，"我能睡上铺吗？求你们了！"

这时一个在一件宽松的连衣裙外系了条红色围裙的胖女人从农场住宅的后面走出来，一摇一摆地沿小路朝他们走来。"你们好啊，你们好！"她大声说。她仔细看了看装得满满当当的小车。"你们是走远路过来的吧？"

"是啊，很远的路。我们想你们这里是不是需要额外的帮手。"

"帮手多了我们事儿就好办多了。人手越多干活儿越轻松。——书上不是这么说吗？"

"可能只有我们两个人，我妻子和我。我们的朋友在这儿有自己要办的事。这是我们的男孩，他叫大卫。这位是玻利瓦尔。可以给玻利瓦尔安排个地方吗？他也算这个家的成员。我们去哪儿都带着它。"

"玻利瓦尔是它的真名，"男孩说，"它是条阿尔萨斯狗。"

"玻利瓦尔。这个名字不错，"这女人说，"很特别，我相信会有它待的地方，只要它自己举止规规矩矩，能心满意足地吃些零零碎碎的东西，不要打架斗殴或者追赶鸡就行。这会儿工人们都出去上果园了，不过我来带你们去看看睡觉的地方吧。男士在左侧，女士在右侧。我想，恐怕没有家庭房。"

"我要去男士那边，"男孩说，"西蒙说我可以睡个上铺。西蒙不是我爸爸。"

"随你挑，年轻人。地方多得很。其他人快要回来——"

"西蒙不是我真正的爸爸，大卫也不是我的真名。你想知道我的真名吗？"

这女人迷惑不解地看了眼伊内斯，而伊内斯假装没看见。

"我们在车里一直玩一个游戏，"西蒙插嘴说，"为了打发时间。我们都试着给自己用了新名字。"

这女人耸了耸肩膀。"别的人很快就要回来吃午饭了，到时你们可以自我介绍下。工资是每天二十个雷埃尔，男女同酬。所谓的一天就是从太阳升起到落下，中午休息两个小时。我们是第七天休息。这是常规，我们都要遵守这个规矩。至于伙食，我们管食材，你们自己做。这些条件你们乐意接受吗？你们觉得还能对付吗？你们以前采摘过吗？没有？你们很快就会学会，这也不是多高深的技艺。你们有草帽吗？你们得准备好草帽，太阳非常毒。我还能告诉你们些什么？你们可以随时到那幢大房子里找我。我叫罗伯塔。"

"罗伯塔，很高兴见到你。我叫西蒙，这位是伊内斯，这位是胡安，我们的向导，我得送他回城里去。"

"欢迎来到农场。我相信我们会相处得很好。你有辆

4

自己的车，这很好。"

"它可载着我们走了很长的路，是辆忠心耿耿的车。对一辆车你没法要求更高了，忠贞不贰。"

他们把行李从车上卸下来时，工人们已经开始陆续从果园回来。工人们纷纷为他们介绍这里，请他们吃午饭，胡安也在其中：家常烤面包、甜点、橄榄、大盆水果。他们的同事大约有二十多个，包括一个有五个孩子的家庭，大卫谨慎地从自己桌子那侧警惕地打量着。

他带胡安回埃斯特雷拉之前，跟伊内斯单独待了片刻。"你怎么想？"他轻声说，"我们要待下去吗？"

"这地方好像还不错。我准备待在这里，然后我们可以再看看。可我们得有个计划。我一路这么远过来，可不是想安定下来过普普通通劳工的生活。"

他和伊内斯以前曾经来过这片土地。如果他们还在受法律追究，那么应该小心谨慎才对。可是他们在被追究吗？他们有理由害怕追究吗？法律体系有如此丰富的资源可以派遣警官到这片土地上如此遥远的角落来追捕一个六岁大的逃课学生？只要小孩能按部就班成长，那么他去不去上学，真值得诺维拉当局这样当回事来对待吗？他，西蒙表示怀疑。另一方面，如果被追究的不是逃学的男孩，而是谎称他父母、始终不让他上学的夫妇俩，那又会怎么样呢？如果正在被寻找的是他和伊内斯，而不是这孩子，那样的话，他们不是应该低调行事，直到精疲力竭的搜寻者放弃这场追寻吗？

"一个星期，"他建议，"我们不妨做一个星期的普通劳工，然后可以再商量。"

他开车回到埃斯特雷拉，把胡安送到他的朋友家，这几位朋友开一家印刷厂。回到农场后，他叫上伊内斯和男孩开始探索起他们的新环境来。他们去拜访了果园，讨论着对他们而言神奇的大剪刀和修枝刀。大卫从他们身边被叫走，最后消失不见了，跟别的孩子们不知去了哪里。晚饭时他才回来，胳臂和腿上全是划痕。他说，他们一直在爬树来着。伊内斯想在划破的地方涂些碘药水，可是他却不想让他涂。他们像别的所有人那样，早早就休息了。大卫睡在了他渴望的上铺。

第二天早晨，卡车到达时，他和伊内斯刚匆匆吃过早餐。大卫还揉着刚睡醒的眼睛，不想跟他们一块儿去。他们跟这些新的同事们一起爬上车厢，被送到葡萄园。他和伊内斯按照一个同事的示范，把篮子套在背上，开始工作。

他们劳动的时候，孩子们就随心所欲去做自己想做的事。那个有五个孩子的家庭中最大的孩子带头。他们奔到山坡上，来到泥坝水库，那是用来浇葡萄园的。领头的孩子又高又瘦，名叫本吉，长着一头厚实卷曲的黑发。在水里游泳的鸭子惊恐得飞起来。可是有一对鸭子带着的小鸭太不成熟了，还飞不起来，它们使劲逃跑的时候拼命驱赶着小鸭向遥远的岸边游去。它们游的速度太慢了。欢声高喊的孩子们上前拦住鸭子，逼迫它们回到水库中央。本吉开始投掷石块，更小的孩子们跟着学。因为没法飞，这几只鸭子就在原地转悠，大声地嘎嘎叫着。一块石头打中那只身上色彩绚丽的公鸭。它从水里冒出半个身子，然后又缩了回去，用一只受伤的翅膀拍起水花。本吉得意地大喊一声。石头和土块如洪流般加倍地投了过去。

他和伊内斯犹豫地听着这片喧闹声，而别的采摘工都毫不在意。"你觉得那儿是在干什么？"伊内斯说，"你觉得大卫没事吧？"

他放下篮子，爬到山腰，到达水库时正好看到大卫愤怒地推了一把那个大些的男孩，男孩打了个趔趄，差点跌倒。"住手！"他听大卫大喊一声。

那个男孩吃惊地看着攻击自己的对手，然后转身又向那些鸭子扔了块石头。

这时大卫跳进水里，衣服鞋子都没脱，扬着水花朝鸭子方向游去。

"大卫！"他，西蒙喊叫道。这孩子根本不理他。

在下面的葡萄园，伊内斯放下自己的果篮，奔跑起来。自从一年前看过她打网球以来，他没见过伊内斯如此竭尽全力。她跑不快了，她增加了不少体重。

那条大狗不知从什么地方出来，飞奔着越过她，像支笔直的箭。刹那间的工夫，它就冲进水库，来到大卫身边。狗用牙齿咬住大卫的衬衣，把剧烈拍打和反抗的孩子拖到岸上。

伊内斯赶到了。狗突然蹲下，直直地竖起耳朵，眼睛盯着她，等着号令手势，这时大卫穿着湿透的衣服，哭叫着用拳头打着狗。"我恨死你了，玻利瓦尔！"他喊叫着说，"那男孩在扔石头，伊内斯！他想砸死那只鸭子！"

他，西蒙，把不断挣扎的孩子抱在怀里。"冷静，冷静，"他说，"那只鸭子没有死——瞧！——它只是突然倒下了。很快就会好起来。现在，我想，你们所有的孩子应该离开这里，让鸭子缓一下神，然后继续过它的生活。你也别再说你恨玻利瓦尔了。你很爱玻利瓦尔，我们都知道这个，玻利瓦尔也爱你。它以为你快要淹死了，它是想救你。"

大卫生气地从他的胳膊中扭出来。"我要去救鸭子，"他说，"我不想让玻利瓦尔过来。玻利瓦尔太蠢了，它是条愚蠢的狗。现在你得去救它，西蒙。赶紧，去救它！"

他，西蒙，脱掉鞋子和衬衣。"既然你坚持要这样，我就去试试。不过，我得说明白，鸭子脑子里想的被救，可能跟你想的被救不一样。它可能想要人类放过它，自己安安静静地待着。"

这时其他采摘葡萄的工人也赶来了。"你待着——我去。"一个年轻男子提议说。

"不了，蒙你好意，但这是我孩子的事。"他脱掉裤子，只穿着内裤，蹚进黄褐色的水里。只听扑通一声，那狗已经出现在他身边。"回去，玻利瓦尔，"他嘟囔着说，"我不需要被救。"

摘葡萄的工人们聚集在岸边，看着这位已经并不年轻的绅士，遵从孩子的吩咐去救狗，他的体格已经不似当码头装卸工时那么结实。

水并不深。即便最深处也够不着他的胸部。可是他的双脚只能勉强在柔软的河床软泥上活动。他根本没有机会抓住翅膀受伤的那只鸭子，它不规则地转着圈，在水面上溅起水花四处游走，更不要说那只母鸭子，它这会儿已经抵达更远的那个岸边，迅速离开，钻进灌木丛，幼鸭紧跟在后面。

玻利瓦尔帮他完成了任务。它像鬼魅般游过去，只把头露出水面，追随着受伤的鸭子，闭着嘴，像一只虎钳咬住鸭子的尾巴，然后把它朝岸边拖去。鸭子先是一阵慌张的抗拒，拼命击打着，水花四溅。接着，这只鸭子好像突然放弃了抵抗，完全接受了命运的安排。这时，他，西蒙，已经从水里露出身子，鸭子已经在那个主动下水的年轻人的怀中，被孩子们好奇地观察着。

虽然太阳还高高地挂在地平线之上，但也只是勉强让他暖和。他冷得直打战，于是披上了衣服。

扔了石块并引发这场麻烦的本吉轻轻摩挲着已经完全有力无气的小鸭子的脑袋。

"告诉它，你为自己的所作所为感到很抱歉。"那年轻人说。

"对不起。"本吉咕哝着说，"我们还能治好它的翅膀吗？我们能在翅膀上绑一块小木片吗？"

年轻人摇了摇头。"它是野生动物，"他说，"绑上一块木片，它不会甘愿忍受。就这样挺好。它快要准备死了。它已经认命了。瞧。瞧它的眼睛。它已经死了。"

"它可以待在我的床铺上，"本吉说，"我可以喂养它，直到好起来。"

"背过身去。"年轻人说。

本吉不理解。

"背过身去。"年轻人说。

他，西蒙，对正在擦干大卫身上的水的伊内斯轻声说："别让他看。"

伊内斯把大卫的脑袋按进自己的裙边里。大卫抵抗着，但她很坚决。

那个年轻人把小鸭夹在自己的膝盖之间，来了个非常快的动作，事情就结束了。脑袋难看地垂着，眼睛上随即蒙了层薄膜。他把带羽毛的尸体交给本吉，"去埋了它，"他命令道，"快去。"

伊内斯放开大卫。"和你的朋友一起去吧。"他，西蒙告诉大卫，"帮他埋了小鸭。一定要让他规规矩矩地做这件事。"

后来，男孩从他们正在干活儿的葡萄藤中找到西蒙和伊内斯。

"看来，你们已经埋葬了那只可怜的鸭子？"他问道。

男孩摇摇头。"我们没法给它挖个洞。我们没有铲子。本吉把它藏在灌木里了。"

"这可不好。等我干完今天的活儿，我去埋它。你指给我看在哪里就行。"

"他为什么要那样？"

"为什么那个年轻人要把它从痛苦中挽救出来？我告诉你。因为带着一只受伤的翅膀，它会很无助。它可能会拒绝吃东西。它可能会被挂住。"

"不是，我的意思是本吉为什么要那样干？"

"我相信他并不是故意要伤害鸭子。他只是想扔石头，然后事情就接二连三地发生了。"

"那些小鸭也会死吗？"

"当然不会。它们有母亲照顾。"

"可是谁给它们喂奶？"

"禽类不像我们。它们不吃奶。再说，喂奶的是母亲，不是父亲。"

"它们会找到一个教父①吗？"

"我想不会吧。我觉得，禽类中没有教父就跟没有奶一样。教父是人类的制度。"

"他并不抱歉。本吉。他说他抱歉，其实并不抱歉。"

"你为什么这样想？"

"因为他想砸死鸭子。"

"我不同意这个说法，我的孩子。我不认为他很清楚自己在干什么，并不是很清楚。他只是像小男孩们那样扔扔石块而已。他心里并不想伤害任何东西。事后，他看到那只小鸭子是个多么漂亮的生灵，看到自己干出多么可怕的事情时，他懊悔不已，他很抱歉。"

"他其实并不真正觉得抱歉。他告诉我的。"

"如果他现在不抱歉，他很快就会抱歉。他的良知不会让自己安宁。我们人类本来就是这样。如果我们有了不好的行为，我们不会从中得到欢乐的。我们的良知会确保这点的。"

---

① 原文为西班牙语，padrion。

"可是他神采飞扬！我看得出！他神采飞扬，尽全力扔着石头！他想把所有的鸭子都给砸死！"

"我不知道你说的神采飞扬是什么意思，但是即便他神采飞扬，即便他在扔石头，那也证明不了他心里想砸死那些鸭子。我们不见得总是提前预见各种行为的后果——特别是如果我们年纪还轻的话。别忘了他提出要照顾那个翅膀受伤的鸭子。想在自己的床铺上保护它。他还能怎么样呢？收回已经扔出的石头？你办不到。你没法改变过去。做过的事就是做过了。"

"他没有埋葬鸭子。随便扔在灌木丛里了。"

"我听了也很难过，不过鸭子毕竟死了。我们没法让它活过来了。等我干完今天的活儿后，我们一起尽快埋了它。"

"我想吻吻它，可本吉不让。他说鸭子挺脏的。可我还是吻了它。我想到灌木里去吻一吻它。"

"挺好，我听了很高兴。要是它知道死了后有人还爱着它，并且吻了它，这对它来说太重要了。知道自己能有一个正式的葬礼，对它来说同样非常重要。"

"你可以埋它。我不想埋它。"

"很好。我来做。如果我们明天早上回来，坟墓是空的，整个鸭子家族在库坝里游泳，父亲、母亲、幼鸭，一个都不缺，那我们就知道亲吻起作用了，亲吻可以让死者起死回生。可是如果我们看不见它，如果我们看不见鸭子全家——"

"我不希望它们回来。如果回来，本吉又会朝它们扔石头。他可不抱歉。他根本就是装的。我知道他是装的，可你不相信我。你总是不相信我。"

他找不到铲子或者丁字镐，所以就从卡车上借了个轮胎撬杠。男孩领他走向灌木丛中尸体所在的地方。羽毛已经失去了光泽，蚂蚁已经钻进鸭子眼睛。他用撬杠在坚硬的地上捣了一个小坑。不够深，他没法假装这是个庄重体面的葬礼，不过他还是把死了的鸭子放进坑里，然后掩埋住。一只长蹼的脚僵硬地伸在外面。他找了些石头，压在坟包上。"好了，"他对男孩说，"我们顶多做到这个程度了。"

第二天早上，他们回访那个地方，石头已经散落了，鸭子不在了。到处都是羽毛。他们找了半天，除了只剩下眼窝空空的脑袋和一只脚，什么都没发现。"实在对不起。"他说，然后大踏步离去，跟干活儿的人群去会合。

第 二 章

两天后，摘葡萄的活儿干完了。卡车带着最后一车货走了。

"谁会吃这些葡萄？"大卫问道。

"它们不是用来吃的。它们会被葡萄酒压汁机挤压，果汁会变成葡萄酒。"

"我不喜欢葡萄酒。"大卫说，"酸臭酸臭的。"

"葡萄酒是种需要学习的味道。我们年轻的时候可能不喜欢，等我们老了后又会喜欢上那种味道。"

"我永远不会喜欢上那种味道。"

"那是你说的。我们走着瞧。"

葡萄园收光后，他们接着去橄榄林，在那里铺开网，用长长的钩子把橄榄拽下来。这个活儿要比摘葡萄更消耗体力。他老想着午间休息。他感觉漫长的午后炎热难耐，经常暂时歇会儿喝口水或者仅仅是恢复下体力。他几乎无法相信就在几个月前，自己居然在码头上干装卸工的活儿，搬运沉重的货物，顶多出一身汗。他的脊背和手臂已经丧失昔日的力量，心跳变缓，受过伤的肋部经常被疼痛袭扰。

伊内斯不习惯体力劳动，他一直以为她会抱怨和哭诉。可是并没有：她整天跟他并肩干活儿，虽然并不开心欢快，可一声嘟哝都没有。她无须被提醒，是她决定大家应该逃离诺维拉，过吉卜赛人般的生活。喏，现在她明白了吉卜赛人的生活是怎么回事：从太阳升起到落下，在别人的田里出苦力，一切都是为挣一天的面包和兜里的几枚雷埃尔。

不过，还好，男孩玩得很开心。他们是为了这男孩才逃离那个城市的。经过短暂、傲慢的疏远后，他又跟本吉和那伙人一起玩儿了，甚至好像接管了他们的领导权。因为，现在好像是他而不是本吉在发号施令，本吉和别的孩子都乖乖服从。

本吉有三个小妹妹。她们穿着统一的印花布罩衣，头发用同样的红色发带扎成一模一样的辫子。她们全都参加男孩们的游戏。在诺维拉的学校，大卫拒绝跟女孩扯上任何关系。"她们总是说悄悄话，咯咯地笑，"他对伊内斯说，"她们很傻。"现在，他第一次跟女孩们玩儿，发现她们好像根本不傻。他发明了一个游戏，是爬上橄榄林旁边一个棚屋的房顶上，然后又跳到一个近处的沙堆上。有时他和最小的那位妹妹手拉着手跳跃，大腿和胳臂缠绕在一起翻滚，然后又站起来哈哈大笑。

那个小女孩名叫弗洛丽塔，不管大卫去哪里都跟着，如影随形。而他从不阻止她这样做。

中午休息时，某个摘橄榄的工人逗她。"我发现你有了一个情郎①。"她说。弗洛丽塔严肃地盯着她。也许她不懂这个词的意思。"他叫什么名字？你这位情郎叫什么名字？"弗洛丽塔听了脸色唰的一下变得绯红，马上跑开了。

女孩子们从屋顶跳下来的时候，她们的罩衣就会像花瓣一样展开，露出里面清一色的玫瑰色内裤。

收获来的葡萄还很多，还有整整好几篮子。孩子们吃葡萄的时候嘴里塞得满满的，手上、脸上沾满黏糊糊的甜汁。只有大卫例外，他每次只吃一颗葡萄，把籽儿都吐出来，事后小心地洗净双手。

"别人肯定都会学他的样儿。"伊内斯说。我的孩子，她想补充——他，西蒙能看得出——我的聪明，教养好的孩子。跟其他这些叫花子般的孩子就是不一样。

"他成长得真快，"他有些不情愿地承认说，"也许太快了，有时我发现他的行为有点太——"他犹豫地斟酌着用词，"太威武了，太爱支配人了。或许这只是我的感觉。"

"他是个男孩。他个性很强。"

吉卜赛人的生活可能不适合伊内斯，同样不适合他，但肯定适合这男孩。他从未见过这孩子这么活跃、这么精力充沛。他老早就起来，狼吞虎咽地吃完饭，然后整天跟朋友们四处奔跑。伊内斯想让他戴上帽子，可是很快帽子就丢了，再也找不回来。他以前肤色苍白的地方，现在都

----

① 原文为西班牙语，novio。

黑得像浆果。

跟他最亲近的不是小弗洛丽塔，而是玛蒂，她的姐姐。玛蒂七岁了，比他大几个月。玛蒂是姐妹三个中最漂亮的，性情最爱沉思。

一天晚上，男孩向伊内斯吐露："玛蒂让我给她看看我的生殖器。"

"然后呢？"伊内斯说。

"她说，如果我给她看了我的生殖器，她会给我看她的东西。"

"你应该多跟本吉玩，"伊内斯说，"你不应该老跟女孩子们玩。"

"我们没有玩儿，我们只是说话。她说，如果我把生殖器放进她的东西里，她就会有个小婴儿。这是真的吗？"

"不是，这不是真的。"伊内斯说，"有人该用肥皂洗洗那个女孩的嘴。"

"她说罗伯托等她们睡着的时候，就走进女人们的房内，把他的生殖器放进她妈妈的东西里。"

伊内斯朝他，西蒙，无助地看了眼。

"成年人做的事情有时似乎很奇怪。"他打断说，"等你年纪大些了，就会明白很多。"

"玛蒂说她母亲让他在生殖器上戴个气球，这样她就不会怀小孩了。"

"没错，那样做是对的，有些人就那样做。"

"你在你的生殖器上戴气球吗，西蒙？"

伊内斯站起来走了。

"我？气球？当然不了。"

"那你要不戴的话，伊内斯会怀上孩子吗？"

"我的孩子，你这是在谈论性交，性交是结了婚的人做的事。伊内斯和我没有结婚。"

"可是，即便你们没有结婚，你们也可以性交啊。"

"这个没错，你没有结婚，照样可以性交。可是你没有结婚却想养小孩，这个想法可不好。总体上看不好。"

"为什么？因为这样的孩子是孤儿①吗！"

"不。一个没有结婚的母亲生下的孩子不是孤儿。孤儿完全是另一码事。你怎么知道这个词的？"

"在蓬塔·阿雷纳斯②。那里很多男孩都是孤儿。我是孤儿吗？

"不，当然不是了。你有母亲。伊内斯就是你母亲。孤儿根本就没有父母。"

"如果没有父母，那孤儿是从哪儿来的呢？"

"孤儿的父母死了，把他一个人留在这个世界上。或者有时母亲没有钱买吃的，就把他交给别人照顾。他，或者她。你要是成了孤儿，无非就这几种生活门路。你不是孤儿。你有伊内斯，你有我。"

"可你和伊内斯不是我真正的父母，所以我还是个孤儿。"

---

① 原文为西班牙语，huérfano。
② 智利港口城市。

"大卫，你上了一条船，像我那样，像我们周围的人那样，这些人没有那份运气出生在本地。本吉和他的弟弟妹妹很可能也是乘船来的。如果你乘一条船穿越大海，你的记忆会全部被洗干净，你开始全新的生活。就是这么回事。不存在以前。没有历史。那条船在港湾码头停靠，我们从船的跳板上爬下去，然后就被扔进这里，来到此时此地，时间从此开始。钟表开始走针。你不是孤儿。本吉也不是孤儿。"

"本吉是在诺维拉出生的。他告诉过我。他从来没在船上待过。"

"太好了，如果本吉和他的弟弟妹妹们在这里出生，那他们的历史就是从这里开始的，他们也不是孤儿。"

"我能想得起来上那条船之前的时候。"

"你已经跟我说过这个。很多人说他们能想起穿越大海之前的生活。可是这样的记忆存在问题，因为你很聪明，我想你能看得出问题是什么。问题在于，我们没有办法讲清楚这些人的记忆是真实的记忆还是虚构的记忆。因为有时虚构的记忆可能感觉跟真实的记忆一样真实，特别是我们想让记忆真实的时候。所以，比如，有人在横渡大洋之前可能希望当个国王或者君主，而且他的愿望过于强烈，乃至相信自己真的就是国王或者君主。可是，这样的记忆也许并不真实。为什么呢？因为成为国王是非常稀罕的事情。一百万中只有一个人可能成为国王。所以很有可能，有人记得自己当国王只是编了个故事，然后又忘了这个故事是编的。其他方面的记忆也同样如此。我们根本没有办法肯定地分辨某个记忆是真还是假。"

"可我是从伊内斯的肚子里生出来的吗？"

"你这是逼迫我重复自己说的话。我要么回答，'是的，你是从伊内斯肚子里生出来的。'要么回答，'不，你不是从伊内斯肚子里生出来的。'但是不论哪种回答都不可能让我们离真实情况更近些。为什么呢？因为，像乘那些船过来的任何人一样，你都记不得了，伊内斯也记不得了。因为记不得了，你所能做的，她所能做的，我们任何人所能做的，就是编故事。因此，比如，我只能告诉你，我在另一种生活的最后一天，我置身于一个等着离岸的巨大人群中，人群巨大到他们不得不打电话给退休的飞行员和船长们，告诉这些人赶紧到码头来帮忙。在那样的人群中，我只能说，我看见了你和你母亲——用我自己的眼睛看见了你们。你母亲紧紧攥着你的手，看上去很焦急，不知道该去哪里。后来，我只能说，我看见你们两个消失在人群中。等终于轮到我登船时，我就只看见了你，只有你自己，抓住一根栏杆，不停地叫着：'妈妈，妈妈，你在哪里？'于是我就走过去，抓住你的手说：'过来，小朋友，我来帮你找妈妈。'我们就这样相遇了。

"这就是我能讲的故事，有关最初看见你和你妈妈的情景，根据我记得的样子。"

"可这是真的吗？这是一个真实的故事吗？"

"是真的吗？我不知道。对我来说感觉是真的。我对自己讲这个故事越频繁，感觉它越真实。我感觉你是真的，你紧紧抓着那根栏杆，紧得我都要掰开你的手指；我感觉码头的人群是真的——成千上万的人，全都走失了，像你、像我那样，双手空空，眼神焦急万分。我感觉那辆巴士是真的——送来那些退休飞行员和船长到码头的巴士，他们穿着从阁楼的箱子里拿出来的海军蓝制服，还带着樟脑油的味道。这一切从头到尾都感觉是真的。不过，也许感觉它如此真实，是因为我老对自己重复地讲这件事。你感觉这一切是真实的吗？你还记得你是怎么跟母亲分开的吗？"

"不记得。"

"不记得，你当然不会记得。可是，你不记得是因为这事没有发生过还是忘记了？我们永远弄不清楚。很多事情都是这样。我们必须接受这样的现实。"

"我以为我是个孤儿。"

"我想你刚才这样说是因为这样好像显得挺浪漫，孤身一人在这个世界上，没爹没妈。好吧，我告诉你，在伊内斯心中，你有着世上最好的妈妈，如果有世上最好的妈妈，你肯定就不是孤儿。"

"如果伊内斯有了孩子，他会是我的弟弟吗？"

"你的弟弟或者妹妹。但伊内斯不会有孩子，因为伊内斯和我没有结婚。"

"如果我把我的生殖器放进玛蒂的东西里，她有了小孩，那小孩会是孤儿吗？"

"不。玛蒂不会有任何种类的孩子。你和她都太小了，不可能做出小孩来，就像你和她都太小了，理解不了大人为什么要结婚，要性交。大人结婚是因为他们对彼此有强烈的感情，在某种程度上，你和玛蒂没有这样的感情。你和她感觉不到强烈的激情，是因为你们还小。老老实实接受这个现实，别再让我解释为什么。强烈的激情是没法解释的，它只能被体验。说得更准确些，它只能从内心去体验。重要的是，你和玛蒂不该发生性关系，因为没有激情的性交，是没有意义的。"

"那是很糟糕的吗？"

"不，并不糟糕，只是那样做会很不明智，不明智而且轻佻。还有什么问题吗？"

"玛蒂说她想跟我结婚。"

"那你呢？你想娶玛蒂吗？"

"不，我从没想过结婚。"

"嗯，等你的激情到来的时候，你的想法就可能会改变。"

"你和伊内斯会结婚吗？"

他没有回答。大卫快步向门口跑去。"伊内斯！"他大声喊道，"你和西蒙会结婚吗？"

"小声点！"伊内斯生气地回应道，她又折过身走进宿舍，"说的话够多了。你该上床睡觉了。"

"你有激情吗，伊内斯？"男孩问。

"这不关你的事。"伊内斯说。

"你干吗总不想跟我说话？"男孩问道，"西蒙就经常跟我说话。"

"我跟你说话啊，"伊内斯说，"但不说私事儿。快去刷牙。"

"我不会有激情。"男孩大声宣告说。

"你今天这样说,"他,西蒙说,"不过,等你长大了,会发现激情有它自己的生命力。快起来刷牙去,说不定你妈妈会给你读个睡前故事呢。"

第 三 章

　　他们第一天误以为是农场主的罗伯塔，其实跟他们一样是个雇工，雇来看管工人们，负责给大家提供定额口粮，给大家发工资。她为人友善，深受大伙喜爱。她对工人的个人生活很感兴趣，经常款待孩子们一些小零食，比如糖果、饼干、柠檬汁之类的。他们后来才知道，农场归三个姐妹所有，远远近近的人都称她们为"三姐妹"，现在她们都年纪大了，也没孩子，把自己的时间分成在农场和埃斯特雷拉的住宅之间两头跑。

　　罗伯塔跟伊内斯有过一次长谈。"你儿子上学的事你打算怎么办？"她问道，"我看他是个聪明的小伙子。如果最后落得像本吉那样，那就可惜了，本吉至今都没有上过一所合适的学校。倒不是本吉有什么毛病。他是个不错的孩子，但不会有前途。他将来不过当个农场苦工，像他父母那样，人生这么长，这算什么样的生活啊？"

　　"大卫在诺维拉上过一个学校，"伊内斯说，"没有上成。他没碰到好老师。他是个天生聪明的孩子。他发觉教室的节奏太慢。我们只好带走他，在家里教他。我担心，如果我们把他放进这里的什么学校，他会碰到同样的经历。"

伊内斯对他们跟诺维拉的学校体制打交道的描述并不那么绝对真实。他和伊内斯一致商定要对跟诺维拉官方部门纠缠的情况缄口不言。但是，显然，伊内斯感觉可以跟这个有些年纪的女人畅所欲言，而他也没有干涉。

"他想去上学吗？"罗伯塔问。

"不，他不想去了，自从有了在诺维拉的经历后就不想去了。他在农场简直开心极了。他喜欢自由。"

"对孩子来说，这样的生活简直太美妙了，但是收获快要结束了，你知道。在一个农场像个野东西般胡跑乱窜，等于对未来毫不做准备。你考虑过请个私人教师吗？或者上个专校？专校和正规学校不一样。说不定专校适合像他那样的孩子。"

伊内斯不说话了。他，西蒙，首次开腔了。我们负担不起私人教师的费用。至于专校，诺维拉没有专校。至少没有人说起过。专校究竟是什么样的？因为，如果这只是给那种招收惹麻烦、不听管教的孩子的学校取的怪名字，那我们不会感兴趣——我们会感兴趣吗，伊内斯？

伊内斯摇摇头。

"埃斯特雷拉有两所专校。"罗伯塔说，"它们根本就不是给麻烦孩子开办的。一个是音乐专校，另一个是舞蹈专校。还有原子专校，不过那是给大孩子开办的。"

"大卫喜欢唱歌。他声音不错。可是除了唱歌跳舞，在这些专校还会有什么活动？他们会开适当的课程吗？他们接受这么小的孩子吗？"

"我不是教育方面的专家，伊内斯。在埃斯特雷拉，我认识的所有人家都把孩子送到正规学校去。不过我相信，专校会教基础课程——你知道，像阅读、写作之类。如果你们愿意，我可以问问那姐妹们。"

"原子学校怎么样？"他问道，"他们在里面都教些什么？"

"教有关原子方面的知识。他们通过显微镜观察原子，跟原子有关的知识都教。我就知道这些。"

他和伊内斯眼神对视了一下。"我们会在头脑中把这些专校作为可能选项记下来。"他说，"现在，我们对农场这样的生活感到非常开心。你觉得，收获季结束后，如果给那姐妹们付一小笔租金，我们可以继续留在农场吗？否则，我们又得经历跟援助中心①注册登记时磨嘴皮子的事儿，又得找活儿干，找个地方住下来，我们还没准备好，还没有——对吧，伊内斯？"

伊内斯摇了摇头。

"我去跟那姐妹们讲，"罗伯塔说，"我去跟孔苏埃洛太太讲。她是非常开通的。如果她说你们可以待在农场，也许你们可以再给罗贝尔斯先生打个电话。他可以提供些私人课程，收费不太贵。他是出于爱心而教书的。"

"罗贝尔斯先生是谁？"

"他是地区的水事工程师。他住在河谷上边几公里远的地方。"

---

① 原文为西班牙语，Asistencia。

26

"可是为什么一个水事工程师会开私人课程？"

"除了工程方面的事情，他什么样的事都干。他这个人有多方面的才华。他正在写一本河谷移民史。"

"一部历史。我不知道像埃斯特雷拉那种地方还有历史。如果你给我们个电话号码，我会跟罗贝尔斯先生联系。记得跟孔苏埃洛太太说说可以吗？"

"我会说。我坚信，如果你们一边住在这里，一边寻找更稳定的机会，她不会介意的。你们一定渴望搬进一个属于自己的家。"

"还真不是。我们喜欢随遇而安。对我们来说，像吉卜赛人那样生活，仍然是一种冒险——难道不是吗，伊内斯？"

伊内斯点点头。

"而且这孩子也很开心。他正在学习生活的方方面面，虽然没有去上学。农场附近有什么活儿我能做吗，可以回报你的仁慈？"

"当然有。经常有些小零活儿。"罗伯塔若有所思地停顿了下，"还有个事儿。你肯定也知道，今年是人口普查年。调查员都非常认真彻底。他们会拜访每个农场，哪怕最遥远的农场都不例外。所以，如果你们想躲避普查——我不是说你们确实在躲避——想待在这里是不会成功的。"

"我们不想躲避任何东西，"他，西蒙说，"我们不是逃犯。我们只想对孩子最有利就好。"

第二天下午晚些时候，一辆卡车停在农场前面，一个高大魁梧、面色红润的男子从车上下来。罗伯塔迎接了他，并领他走到宿舍区。"西蒙先生，伊内斯太太，这位就是罗贝尔斯先生。我想留下你们三个来商量你们自己的事儿。"

商量的过程很短暂。罗贝尔斯先生，据他自己的介绍，热爱孩子们，跟孩子们相处得很好。他很乐意引导年轻的大卫学习基础数学。他从罗伯塔太太那里已经听说了对大卫的溢美之词，如果他们同意，他会每星期来两次农场给男孩上课。他不会收任何形式的报酬。跟年轻聪明的头脑接触——这个回报就已经足够了。何况，他自己没有孩子。他妻子过世了，他自己一个人在世上。如果其他采摘工人中还有孩子想跟大卫一起上课，欢迎他们来。父母，伊内斯太太和西蒙先生，当然也可以旁听——这个不用说。

"你不觉得教初级的算术会很枯燥乏味吗?"家长西蒙先生问。

"当然不会。"罗贝尔斯先生说，"对一个真正的数学家来说，科学中基本的东西是它最有意思的部分，把那些最基本的东西灌输进一个年轻人的头脑中，是项非常有挑战性的任务——既是挑战又是回报。"

他和伊内斯把罗贝尔斯先生善意的承诺转告给农场剩下的几个采摘工人，但等上第一堂课时，只有大卫一个学生，还有他，西蒙，唯一的家长来听课。

"我们知道一是什么，"罗贝尔斯先生说，就这样开始了课程，"可二是什么呢？这是今天摆在我们面前的问题。"

这天热而无风。他们坐在宿舍外面的一个树荫下面，罗贝尔斯先生和男孩隔着一张桌子，面对面坐着，由于玻利瓦尔在他脚边，他谨慎地倾向一侧。

罗贝尔斯先生从胸兜里取出两支钢笔，并排放在桌上。他又从另一只兜里取出一只小瓶子，抖出两粒白色药片，放在钢笔旁边。"这些东西——"他的手在钢笔上方转着，"和这些——"他的手又在药片上面绕了绕，"有什么共同之处，年轻人？"

大卫默不作声。

"且不管它们作为书写工具或者药物的用途，单纯把它们当作物体来看，这些——"他把钢笔略微移到右边，"和这些——"他把药片微微往左边移了下，"存在什么共同属性吗？任何让他们看上去相似的属性？"

"两支钢笔，两粒药片。"男孩说。

"很好！"罗贝尔斯先生说。

"两粒药片是一样的，但两支钢笔却不一样，因为一支是蓝色的，一支是红色的。"

"但它们仍然是两个，不是吗？那么，药片和钢笔的共同属性是什么？"

"二。二代表钢笔，二也代表药片。但是这两个二不同。"

罗贝尔斯先生恼怒地瞥了他，西蒙一眼。他从衣兜里又取出一支钢笔和一粒药片。现在桌上总共有三支笔三粒药。"这些——"他把一只手放在钢笔上方,"和这些——"他把另一只手放在药片上方,"有什么共同之处?"

"共同点是三,"男孩说,"但这个三不一样,因为钢笔不一样。"

罗贝尔斯先生没有理睬男孩的限定条件。"它们不见得非要是钢笔或者药片,对吗?我完全可以把钢笔换成橘子,把药片换成苹果,答案仍将不变:三。三是左边的橘子和右边的苹果的共同点。每组都是三个数。那我们从中明白什么道理呢?"大卫还没来得及回答,他就告诉大卫他们从中明白到了什么道理,"我们明白,三并不依赖于这个组里是什么东西,不管它是苹果、橘子、钢笔还是药片。三是这两组东西的共同属性。而且——"他取掉一支笔,一粒药,"三跟二不一样,因为——"他张开握着去掉的那支笔的手和那片药的手,"我抽掉了一件东西,各一件东西,从每组中。那么我们又明白了什么呢?我们明白了二和三是怎么回事。以完全同样的方式,我们可以明白四和五是怎么回事,可以一直到一百、一千、一万是怎么回事,我们明白了数字是怎么回事,名义上,每个数字都是世界上某些特定的物体对象共享属性的名称。"

"直到百万的百万。"大卫说。

"直到百万的百万以至更多。"罗贝尔斯先生表示同意。

"直到星星。"男孩说。

"直到星星那么多数量,"罗贝尔斯先生赞同道,"那极有可能是无穷的,我们还不敢肯定。那么,我们至此在

第一堂课上学到什么了呢？我们明白了数字是什么，我们同时也知道了一种计数方法——一、二、三，等等——这是按照某种确定的顺序从一个数字到下一个数字推进的方法。我们来总结下。告诉我，大卫，什么是二?"

"如果你在桌上有两支钢笔，或者两片药，两只苹果或者两只橘子，就是二。"

"是的，很好，几乎正确，但还不能说绝对正确。二是它们共同的属性，无论苹果还是橘子，或者别的任何物体。"

"可是，那得是硬东西，"男孩说，"不能柔软。"

"可以是硬东西或者软东西。世界上任何东西，如果没有限制，都会这样，只要它们不只有一个。这是个很重要的观点。世界上的每个物体都是可以计算的。事实上宇宙中的每个物体都如此。"

"可是水不能用数来数，呕吐物也不能。"

"水不是物体。一杯水才是一件物体，但是水本身并不是一件物体。换句话说水是不可数的。就像空气和土壤。空气和土壤同样是不可数的。但是我们可以数几桶土，或者几罐空气。"

"那样好吗?"男孩说。

罗贝尔斯先生把钢笔重新放回他的衣兜，把药片扔进药瓶里，然后转向他，西蒙。"星期四我还会再来，"他说，"然后我们继续学习加减——我们如何为了得到一个和，把两组东西合并；或者为了得到一个差，从一组东西中去掉某些元素。其间，你儿子可以练习计数。"

"我已经会计数了，"男孩说，"我可以数到一百万。我自学的。"

罗贝尔斯先生站起来。"谁都能数到一百万，"他说，"关键是要掌握数字的真正含义。这样才能打下一个坚实的基础。"

"你确定不想再待会儿吗？"他，西蒙说，"伊内斯在煮茶。"

"可惜啊，我没有时间。"罗贝尔斯先生说，然后他开车走了，扬起一片尘土。

伊内斯端着茶盘出来了。"他走了？"伊内斯说，"我还以为他会坐下喝会儿茶。这堂课也太短了。上得怎么样？"

"他下星期四还来，"男孩说，"到时候我们就学四。今天我们学了二和三。"

"如果你们一次只学一个数，那不是要永远不停地学下去？"伊内斯说，"难道就没有更快的办法？"

"罗贝尔斯先生想确保基础扎实，"他，西蒙说，"一旦打下坚实的基础，我们就要准备在这些基础上竖起数学的大厦。"

"什么叫大厦？"男孩说。

"大厦是一种建筑，而我们这座大厦依我猜想，将是一座塔，远远地伸向天空。建塔需要花时间。我们必须充满耐心。"

"他只需要会计算就可以了，"伊内斯说，"这样在生活中他就不会吃亏。他干吗要成为一个数学家呢？"

一阵沉默。

"你怎么想，大卫?"他，西蒙说，"这种课你还想继续上吗，你学到什么了吗?"

"我早知道四是怎么回事了，"男孩说，"我知道所有的数了。我跟你说过，可你不听。"

"我想我们应该取消课程，"伊内斯说，"这完全是浪费时间。我们可以找别人教他，能准备教他加法的人。"

他把情况向罗伯塔讲了（"太遗憾了!"她说，"不过你们是父母，你们最了解情况。"），然后又给罗贝尔斯先生打电话："我们对你真是感激不尽，罗贝尔斯先生，感激你如此慷慨，如此有耐心，但是伊内斯和我感觉这孩子需要学习更简单的东西，更实用的东西。"

"数学并不简单。"罗贝尔斯先生说。

"数学并不简单，我同意，不过，我们的计划绝不是把大卫变成一个数学家。我们只是不想让他承受由于不上学造成的损失。我们想让他在处理数字时感到得心应手。"

"西蒙先生，我只见过你儿子一次，我不是心理学家，我学的是工程专业，但有句话我必须告诉你。我认为小大卫可能患有他们称为认识障碍的病症。这意味着他缺乏某种基本的精神能力，具体说来就是以相似性为基础的对事物进行分类的能力。这种能力我们作为人类，普通人，天生就有，天经地义到我们几乎意识不到这种能力存在。正是这种能力让我们把物体视为类别中的成员，从而使语言成为可能。我们用不着把每株树看作一个独立的实体，像动物那样，我们可以把它看作树这一类别中的一个样本。这也使数学成为可能。

"我们为什么要提起分类这个话题呢？我这样做是因为在某些罕见的情况下，这种能力有不足或者缺失。这种人往往会在数字以及广义的抽象语言方面遇到困难。我怀疑你儿子就是这种人。"

"你为什么要告诉我这个，罗贝尔斯先生？"

"因为我认为，你对这孩子有责任进行更深入的调查，然后也许可以调整对他下一步教育所采取的形式。我会尽力安排你跟一个心理学家见面，最好是认识紊乱方面的专家。教育部门会给你提供名字的。"

"调整他的教育方式，你这话是什么意思？"

"用最简单的话说，我的意思是如果他总是跟数字和抽象概念搏斗，那他可能去读个职业学校最好不过。在那里，他可以学到铺管道或木工活这一类有用、实用的手工艺。我就想说这个。我注意到你已经决定取消我们的数学课，我同意你的决定。我认为这是个聪明的决定。我希望你和你妻子、儿子未来幸福。晚安。"

"我跟罗贝尔斯先生说过了。"他告诉伊内斯，"我取消了这门课。他认为大卫应该去上个职业学校，学习当个管道工。"

"我真希望罗贝尔斯先生在这里，这样我就可以朝他脸上扇一巴掌。"伊内斯说，"我一直都不喜欢他的长相。"

第二天他驱车到河谷去罗贝尔斯先生家，在他家后门放了一升农场的橄榄油，并且留了张卡片。"大卫和他的父母感谢你。"卡片上写道。

接着他跟男孩严肃地谈了一次话。"如果我们给你再找个老师，教你最简单的加法而不是数学，你会听吗？你会照老师的话去做吗？"

"我听罗贝尔斯先生的了。"

"你很清楚，你没有听罗贝尔斯先生的，你挑战了他。你还取笑他。你故意说些傻话。罗贝尔斯先生可是个聪明人。他获得过一个大学的工程学位。你能跟他学习就好了，可是你却决定犯傻。"

"我不傻，罗贝尔斯先生才傻呢。我已经会加法了。七加九是十六。七加十六是二十三。"

"那你为什么不当着他的面表明你会加法呢？"

"因为，按他那种方式，你首先得把自己弄渺小。你得把自己弄得渺小得像一粒豌豆，然后像一粒豌豆里面的豌豆，然后又像一粒豌豆里面的豌豆里面的豌豆，然后你才能像他那样算数，当你变得小小小小的时候。"

"你为什么为了按照他的方式算数，一定要让自己变得那么小呢？"

"因为他的数字不是真数。"

"这样的话，我真希望你能向他解释这点，而不是那么傻乎乎地激怒他，逼他走。"

第 四 章

　　日子一天天推进，冬天的风开始刮起来。本吉和他的家人离开了。罗伯塔答应开车送他们去巴士车站，他们将在那里赶巴士去北方在大平原地区的某个牧场上干活儿。玛蒂和她的两个妹妹穿着完全一样的外套，来道别。玛蒂给大卫送了件礼物：一只她用硬纸板做的小盒子，非常用心地在上面画着花和弯弯曲曲的藤蔓。"这是送给你的。"她说。大卫唐突地接受了这个盒子，一句感谢的话也没说。玛蒂侧过脸，想让他亲一下。他假装没看见。玛蒂蒙了羞，捂住脸转身就跑了。连向来不喜欢这姑娘的伊内斯都被她的悲伤弄得很痛苦。

　　"你为什么这么冷酷地对待玛蒂？"他，西蒙问道，"如果你永远再也见不到她了呢？为什么让她余生带着对你这样糟糕的记忆生活？"

　　"既然不许我向你问起，那你也不许问我。"男孩说。

　　"问你什么？"

　　"问我为什么。"

　　他，西蒙茫然不解地摇了摇头。

　　那天晚上，伊内斯发现那只画着花的盒子被扔在垃圾

36

堆里。

他们等着听更多有关专校的信息，像音乐专校、舞蹈专校，可是罗伯塔好像忘了这事。至于男孩，好像自己就玩得很开心，不是在农场附近奔来跑去干自己的事，就是坐在自己的床铺上专心看书。但是，玻利瓦尔，起初不管大卫搞什么活动，都会陪伴着他，现在却更喜欢待在家里睡觉。

男孩埋怨玻利瓦尔。"玻利瓦尔再也不爱我了。"他说。

"它像从前一样爱你，"伊内斯说，"它只是没有以前那么年轻了。它觉得，整天像你那样四处跑已经不好玩了。它累了。"

"对狗来说，活一年相当于我们的七年。"他，西蒙说，"玻利瓦尔已经到了中年。"

"它什么时候会死？"

"不会那么快。它还有很多年的活头。"

"但它会死吗？"

"是的，它会死。狗都会死。它们像我们一样终有一死。如果你想养个活得比你还长的宠物，你就得给自己找头大象或者鲸鱼。"

那天晚些时候，他正在锯柴火的时候——那是他要干的家务活儿之一——大卫带着一个新鲜点子过来找他。"西蒙，你知道棚屋里的那台大机器吗？我们能把橄榄放进去，榨橄榄油吗？"

"我觉得那可能不行，我的孩子。你和我没有强到足以转动轮子的地步。过去，他们会用一头公牛。人们把公牛套到一个轴柄上，公牛绕圈走，把轮子转起来。"

"那他们会给它橄榄油喝吗？"

"如果它想要橄榄油，他们就会给它橄榄油。但是，通常公牛并不喝橄榄油。它们不喜欢那东西。"

"那它会给人牛奶吗？"

"不会。给我们牛奶的是母牛，不是公牛。公牛除了苦力，没有任何可给的。它负责拉动橄榄磨盘，或者拉犁。作为回报，我们给它提供保护。我们保护它免遭天敌的伤害，像狮子和老虎这些想要它命的动物。"

"那谁来保护狮子和老虎呢？"

"没有人。狮子和老虎不服务于人类，所以我们不保护它们。它们只能自我保护。"

"那这里有狮子和老虎吗？"

"没有。它们的日子已经结束，成为过去了。你想看到狮子和老虎，只能去书本里看了。公牛也同样。公牛的日子也彻底结束了。如今我们让机器替我们干活儿。"

"应该发明一种机器来摘橄榄。那样你和伊内斯就不用工作了。"

"那倒是真的。可是，如果他们发明了摘橄榄的机器，那么像我们这样的采摘工人就没活儿干了，因此也就没有钱可赚。这是个古老的议题。有些人支持用机器，有些人支持用人工采摘者。"

"我不喜欢工作。干活儿太无聊了。"

"如果是那样，你很幸运有不介意干活儿的父母，因为没有我们，你就会挨饿，你就不开心了。"

"我不会挨饿。罗伯塔会给我吃的。"

"没错，毫无疑问——她出于善心会给你吃的。可你真的想那样生活吗？靠别人的施舍过活？"

"什么叫施舍？"

"施舍就是别人的善良，别人的慷慨。"

男孩奇怪地看着他。

"你不会永远靠别人的慷慨过活，"他说，"你得既获取又给予，否则就没有对等，没有公平了。你想做哪种人：给予的人还是获取的人？哪种人更好？"

"获取的人。"

"真的吗？你真的这样想吗？给予没有获取好？"

"狮子就不给予。老虎也不给予。"

"你想当只老虎？"

"我不想当只老虎。我只是告诉你。老虎并不坏。"

"老虎也并不好。它们不是人类，所以，它们无所谓善恶。"

"嗯，我也不想当人类。"

我也不想当人类。他把这次谈话跟伊内斯复述了。"他说到这个时让我心烦意乱，"他说，"我们是不是犯了个很大的错误，把他从学校带出来，带他在社群外面成长，让他跟别的孩子胡乱野跑？"

"他喜欢动物，"伊内斯说，"他不愿像我们这样，坐在那里担忧未来。他想无拘无束。"

"我不觉得他说不想成为人类是你说的这个意思。"

他说。但伊内斯不感兴趣。

罗伯塔来了，带来一个消息：四点钟，他们受邀去大房子里跟那几个姐妹喝茶。大卫也一起过去。

伊内斯从提箱里取出自己最好的衣服和与之相配的鞋子。她对自己的头发的状态有些不安。"自从我们离开诺维拉后，我就没找过理发师了，"她说，"我这样子就像疯婆子。"她给男孩穿上花边衬衣和带系扣的鞋子，不过男孩老抱怨说太小，硌得脚疼。她把男孩的头发弄湿，然后给梳直了。

四点整他们准时现身在大门口。罗伯塔领着他们走到一条通往房子另一边的一条长长走廊上，他们来到一间堆满了小桌子、小凳子和装饰品的房间。"这是冬季的会客室，"罗伯塔说，"午后的日照足。坐吧。姐妹们很快就过来。另外，请不要提那些鸭子的事——你们还记得吗？——另外那个男孩伤害的那些鸭子。"

"为什么？"男孩问。

"因为会惹她们不高兴。她们心肠太软。她们都是妇人。她们想让农场成为野生动物的庇护所。"

他们等待的时候，男孩看起墙上的图片来：是水彩画，自然风景，他认出那只倒霉的鸭子游泳的水库，画得很漂亮，但并不专业。

两个女人进来了，罗伯塔端着茶盘跟在后面。"这就是他们。"罗伯塔吟咏道，"伊内斯夫人和她丈夫西蒙先生，还有他们的儿子大卫。这是瓦伦蒂娜夫人和孔苏埃洛夫人。"

这两个女人，显然是姐妹，他猜想已经六十多岁，她们头发灰白，衣着庄重朴素。"很荣幸见你们，瓦伦蒂娜夫人，孔苏埃洛夫人，"他说，然后鞠了个躬，"请允许我谢谢你给我们一个地方，让我们住在你们美丽的庄园。"

"我不是他们的儿子。"大卫说，声音平静又坚定。

"噢，"姐妹中一个假装惊讶说，瓦伦蒂娜或者孔苏埃洛，他搞不清究竟是哪位，"那你是谁的儿子？"

"没有人的。"大卫镇定地说。

"那你就是没有人的儿子了，年轻人，"瓦伦蒂娜或者孔苏埃洛说，"很有意思。一个很有意思的情况。你多大了？"

"六岁。"

"六岁。你没有去上学，据我所知。你不愿意去上学吗？"

"我上过学。"

"然后呢？"

伊内斯插了进来。"我们送他去我们之前生活的那地方上学，可是他碰到的老师不好，所以我们决定在家教育他。目前暂且这样。"

"他们让孩子考试，"他，西蒙补充说，"每月一次测验，来衡量他们的进步。大卫不喜欢被衡量，所以考试时就写些乱七八糟的话，这让他陷入麻烦。让我们全家陷入了麻烦。"

这位姐妹没有理睬他。"你不愿上学吗，大卫，见见别的孩子？"

"我更喜欢在家里接受教育。"大卫淡淡地说。

其间，姐妹中的另一位，已经斟好茶。"你要放些糖吗，伊内斯？"她问道。伊内斯摇了摇头。"你呢，西蒙？"

"那是茶吗？"男孩问，"我不喜欢茶。"

"那你就什么都没的喝了。"那位姐妹说。

"你们可能会好奇，伊内斯，西蒙，"第一个姐妹说，"为什么会被邀请到这儿来。嗯，罗伯塔一直跟我们说你们儿子的事，说他是个聪明的男孩，聪明又能说会道，还说他跟采摘工人的小孩一起胡混浪费时间，在他应该学习的时候。我们讨论过这事，我的姐妹和我，我们想当着你们的面提个建议。顺便说一句，如果你们好奇第三位姐妹在哪里——因为我知道整个这片地区别人都叫我们三姐妹——我想告诉你们，很不巧，奥尔玛夫人身体不适。她受忧郁情绪的困扰，今天属于她严重忧郁的日子。像她所说的那样，是她的黑色日子。不过，她完全同意我们的建议。

"我们的建议是，你们在埃斯特雷拉给他找一个私人专校。关于专校的情况，罗伯塔已经跟你们说过一点儿了，我相信：音乐专校和舞蹈专校。我们建议上舞蹈专校。我们跟校长阿罗约先生以及他的妻子熟识，可以向他们做担保。除了舞蹈训练，他们还会提供非常出色的一般教育课程。我们，我的姐妹们和我，将负责提供你们的儿子在校学习期间的费用。"

"我不喜欢跳舞，"大卫说，"我喜欢唱歌。"

姐妹两个互相看了看。"我们跟音乐专校没有个人接触，"瓦伦蒂娜或孔苏埃洛说，"但我应该能确认他们不提供一般教育。他们的目标任务是训练人们成为专业的歌手。你长大后想成为专业歌手吗？"

"我不知道。我还不知道自己想当什么。"

"你不像别的小孩那样想当消防员或者火车司机吧？"

"不想。我想当救生员，但他们不让我当。"

"谁不让你当？"

"西蒙。"

"西蒙为什么反对你当救生员？"

他，西蒙说话了。"我不反对他当救生员。我没有反对过他的任何计划或者梦想。在我看来——他母亲的感觉可能不同——他能当救生员、消防员或者歌手，或者月球人，只要他选择当。我不会规定他的人生方向，我甚至都不再做样子劝告他。其实，他的任性已经把我们搞得精疲力竭了，他母亲和我。他像个推土机。他轧过了我们。我们已经被碾平了。我们已经没有抵抗力了。"

伊内斯张大嘴惊讶地看着他。大卫自己笑着。

"好奇怪的一次发作啊！"瓦伦蒂娜说，"我已经好多年没听过这样的发作了。你呢，孔苏埃洛？"

"好多年没有听过了，"孔苏埃洛说，"太富有戏剧性了！谢谢你，西蒙。现在说说，你对我们建议小大卫去舞蹈专校学习有什么想法？"

"这专校在哪里？"伊内斯说。

"在市区。在市中心，在艺术博物馆的那幢楼里。很遗憾，你们没法再待在农场了。太远了，往来会很费事。你们得在城里找个住处。再说你们也不会想再待在农场，收割季节已经结束了。你们会觉得这里太孤单，太乏味。"

"我们根本不觉得这里乏味，"他，西蒙说，"恰恰相反，我们很受用。我们享受在这里过的每分钟。其实，我已经跟罗伯塔商量好，在我们住在营房期间帮着干些临时工作。总能找到临时工作来做，即便在非生产季节。比如剪枝、清理之类的活儿。"

他望着罗伯塔求助。罗伯塔定定地望着远处。

"你说的营房是指那些宿舍吧，"瓦伦蒂娜说，"冬季，这些宿舍将关闭，所以，你们无法待在这里。不过，罗伯塔可以告知你们去什么地方找住处。如果别的地方都不行，还有援助中心。"

伊内斯站起来。他跟着同步站起。

"你还没有给我们答复，"孔苏埃洛说，"你们需要时间商量这事吗？你觉得怎么样，年轻人？你不想去舞蹈专校吗？你会在那里碰到很多别的孩子。"

"我想待在这里，"男孩说，"我不喜欢跳舞。"

"真遗憾，"瓦伦蒂娜夫人说，"你不能待在这里。再说，因为你还年轻，没有关于这个世界的知识，只有偏见，所以你无权为自己的未来做决定。我建议——"她伸出手，用一根手指钩起了他的下巴，让他抬起头，这样他就正对她了，"我建议你让你父母伊内斯和西蒙讨论下我们提出的意向，然后按照他们做出的不管什么决定去做，本着孝顺的精神。明白吗？"

大卫坦率地迎着她盯视的目光。"什么叫孝顺？"他
问道。

第 五 章

艺术博物馆坐落在埃斯特雷拉主广场的北侧，前面是一条长长的砂岩柱廊。他们按照指点，路过主入口，向侧街上的一条窄窄的门走去，门上有着鲜艳的金色字符写的招牌——Academia de la Danza①——一个箭头指向楼梯。他们走上二楼，穿过几道旋转门，来到一间巨大的、灯光明亮的工作室，除了角落有一台直立式钢琴，里面空空荡荡。

一个女人走进来，身材瘦高，全身穿着黑色。"我可以帮你吗？"她问道。

"我想跟什么人谈谈我儿子入学的事。"伊内斯说。

"你儿子入哪个学？"

"让他上你们专校。我想瓦伦蒂娜夫人已经跟你们校长谈过这事了。我儿子名叫大卫。她对我们保证说，上你们专校的孩子都会接受一般教育。我是说，他们不会只跳舞。"她说跳舞这个词时带点轻蔑的味道，"因为有一般教育，我们才感兴趣——对跳舞不是很感兴趣。"

---

① 西班牙语，舞蹈专校。

"瓦伦蒂娜夫人的确跟我们说过你儿子。不过，我已经跟她讲清楚了，我也应该向你讲清楚，夫人：这不是一所常规的学校，或者常规学校的替代。这是一所专注于通过音乐和舞蹈培养灵魂的专校。如果你想让自己的孩子接受一般教育，你最好让公立教育系统来效劳吧。"

培养灵魂。他碰了碰伊内斯的胳膊。"我想说一句。"他说，对着这位苍白的年轻女子，她苍白得好像没有血色——他想的是雪花石膏①这个词——但却非常美，美得惊人——也许这点激起了伊内斯的敌意，这种美就像是博物馆里的雕塑有了生命并行走起来，"我想说一句……我们在埃斯特雷拉人生地不熟，刚到不久。我们暂时在瓦伦蒂娜夫人和她的姐妹们的农场工作，一边在这里找落脚的地方。姐妹们好意关心大卫，给他提供了一份资助，来上你们专校。她们对这所专校评价很高。她们说，你们以提供优质的全方位教育闻名，还说你们的校长阿罗约先生是个受人尊重的教育家。我们可以约见下阿罗约先生吗？"

"阿罗约先生，也就是我丈夫，没有时间。这个星期我们不上课。假期后，星期一重新开课。不过，如果你想商量些实际的问题，可以跟我说。首先，你儿子到我们这里来，是作为住宿生吧？"

"住宿生？没有人告诉我们你们接收住宿生。"

"我们有些有限的名额提供给住宿生。"

"不用。大卫会住在家里，他不用住宿吧，伊内斯？"

---

① 原文为西班牙语，olobostro。

伊内斯点点头。

"很好。第二个问题，鞋子。你儿子有舞鞋吗？没有？他得有舞鞋。我会写个商店地址，你们可以去那里买舞鞋。同时，还需要更加轻便的服装。身体的自由活动很重要。"

"舞鞋。我们会去办。你刚才说到灵魂，灵魂的培养。你们打算朝什么方面培养灵魂？"

"朝好的方向。顺从善良的方向。你为什么问这个？"

"没有什么特别的原因。除了舞蹈，还有别的课程吗？我们需要买书吗？"

这个女人脸上有种令人不安的东西，他之前没法确定是什么。这时他发觉问题所在了，她没有眉毛。她的眉毛被拔掉或者刮掉了，或者压根就没长出来过。她的浅色头发相当稀疏，紧紧贴着头皮往后梳过去；头发下面，是一片得他手掌那么宽的赤裸额头。她蓝色的眼睛，比天空的蓝色更深，镇定、自信地迎着他的凝视。她能看透我，他想，看透这次谈话的一切。她没有他最初想的那么年轻。三十？三十五？

"书？"她否定地挥了挥手，"书本以后再说。一切都会按部就班。"

"还有教室，"伊内斯说，"我能看看教室吗？"

"这是我们唯一的教室。"她的目光扫过这间工作室，"这里就是孩子们跳舞的地方。"她靠近些，抓住伊内斯的手，"夫人，你一定要理解，这是一所舞蹈专校。首先是舞蹈。其他都是副课。其他全都得排在后面。"

在她的触摸下，伊内斯明显有些僵硬。他太清楚伊内斯有多抗拒他人的触摸，她会整个人往后退。

阿罗约夫人转向男孩。"大卫——这是你的名字吗？"

他期待着他发出常规的挑战，给出常规的否定（"这不是我的真名。"）。可是这次情况不同：男孩抬起脸对着她，像朵绽开的花。

"欢迎你，大卫，来到我们专校。我相信你会喜欢这里。我是阿罗约夫人，我会照顾你的。你听到我跟你父母说的穿舞鞋和不能穿紧身衣服的话了吗？"

"嗯。"

"好的。那我希望你星期一早上八点整准时来学校。这是新的学季的开始。过来，感觉下地板。很舒服，对吧？是专为跳舞铺的，用山上长得很高的杉树上砍下的木材做的，是木匠们，真正的匠人做的，他们做到了人类能达到的最光滑的程度。我们每星期都要打一次蜡，一直到它光亮为止，每天学生的脚又给它抛光一遍。这么光滑，这么温暖！你能感觉到这种温暖吗？"

男孩点点头。他以前从未见过孩子这么顺从过——顺从、信任，像个孩子。

"那再见了，大卫。我们星期一再见，带上你的新舞鞋。再见，夫人。再见，先生。"旋转门在他们身后关上。

"她很高，是吧？"他对男孩说，"阿罗约夫人，不仅高，还很优雅，像真正的舞蹈家。你喜欢她吗？"

"嗯。"

"那这事定了吗？你去上她的学校吗？"

"嗯。"

"我们可以告诉罗伯塔和三姐妹，我们的任务成功了吗？"

"嗯。"

"你怎么说，伊内斯？我们的任务成功了吗？"

"等我看他们提供什么样的教育后，我再告诉你我的想法。"

去大街的路上横堵着一个背向他们的男人。他身穿一件皱巴巴的灰色制服，帽子在头上反戴着。他正抽着烟。

"对不起。"他，西蒙，说。

那人显然正在出神幻想，吃了一惊，接着又恢复镇定，夸张地挥手臂给他们让路："夫人、先生……"经过这人时，他们好像裹进烟草的烟雾和没有洗过的衣服的气味中。

到了街上，正当他们犹豫不决寻找方位时，穿灰衣服的人开口了："先生，你是在找博物馆吗？"

他转过身面对这人。"没有——我们刚从舞蹈专校办完事。"

"噢，安娜·玛格达莱娜专校！"他声音浑厚，是真正男低音的声音。他把烟扔到一边，向他们走近些，"让我猜猜：你想上这所专校，年轻人，想当舞蹈家！我希望你哪天找时间过来给我跳跳舞。"他的嘴完全咧开，大笑着，露出黄黄的牙齿，"欢迎！你要是上了专校，就会经常见到我，所以我来自我介绍下。我叫德米特里。我在博物馆工作，是那里的总看管员——这是我的头衔，很重要吧？总看管员做什么呢？嗯，总看管员的职责是保卫博物馆绘画和雕塑的安全，保护好它们免受灰尘和天敌的侵蚀，晚上把它们安全地锁起来，早晨又取出来。作为总看管员，除了星期六，我每天都在这里，所以自然会碰见专校的所有年轻人，还有他们的父母。"他转向他，西蒙，"你觉得可敬的①安娜·玛格达莱娜怎么样？她让你印象深刻吗？"

他跟伊内斯交换了下眼神。"我们跟阿罗约夫人谈了，但现在什么都还没决定呢。"他说，"我们还得权衡下我们的选择。"

雕塑和绘画的救星德米特里皱了下眉头。"没必要这样。没必要权衡任何东西。你要是拒绝了专校，就是犯傻。你后半辈子都会为此后悔的。阿罗约先生是个大师，真正的大师。没有别的词可形容。我们埃斯特雷拉不是个多么了不起的大城市，能拥有他在这给我们的孩子教舞蹈艺术，是我们的荣幸。如果我是你儿子这种情况，我会没日没夜地吵闹着要上这个学校。你可以不用管别的选择了，不管什么选择。"

他拿不准自己是否喜欢这位德米特里，他穿着那么难闻的衣服，头发油乎乎的。他无疑不喜欢在大庭广众之下（正是上午九十点钟，大街上到处都是人）听这一通长篇大论。"不过，"他说，"这事得由我们来决定，是吧，伊

———————————

① 原文为西班牙语，estimable。

内斯？现在我们得赶路了。再见。"他抓住男孩的手。他们走了。

在车里，男孩首次开了腔："你为什么不喜欢他？"

"博物馆保安？这不是喜欢或者不喜欢的问题。他是个陌生人。他不认识我们，也不了解我们的情况。他不该对我们的家事指手画脚。"

"你不喜欢他是因为他留着胡子。"

"胡说八道。"

"他没有留胡子。"伊内斯说，"留着一副整洁、漂亮的胡子和不修边幅是有区别的。这人不刮胡子，不洗脸，也不穿干净衣服。他对孩子来说不是个好榜样。"

"谁是孩子的好榜样？西蒙是个好榜样吗？"

沉默片刻。

"你是个好榜样吗，西蒙？"男孩逼问。

因为伊内斯不愿意替他说话，西蒙只好自己辩护。"我在努力，"他说，"我努力想做个好榜样。如果我做不到，那不是因为不想。我希望目前我在总体上做了个好榜样。但是你才是这件事的裁判。"

"你不是我父亲。"

"对，我不是。但这并不意味着我没有资格——是吧？——做一个好榜样。"

男孩没有回答。事实上他已经失去了兴趣，不再思考，茫然地盯着窗外（他们正穿过邻近社区最沉闷的地段，一幢接一幢盒子般的小房子）。出现了好长一段时间的沉默。

"德米特里声音听着像短弯刀①，"男孩突然说，"削掉人的脑袋那种。"又停顿了下，"就算你们不喜欢，我也喜欢他。我要上专校。"

"德米特里跟专校没有关系。"伊内斯说，"他不过就是个看门的。如果你想上专校，如果你的心意已定，你可以去上。可是，只要他们开始抱怨说你对他们来说太聪明，然后想送你去看心理医生和精神分析师，我就立刻把你带走。"

"跳舞没有必要那么聪明。"男孩说，"我们什么时候去给我买舞鞋？"

"我们现在就去买。西蒙现在就开车送我们去鞋店，去那位女士给我们的地址。"

"你也讨厌她吗？"男孩问。

现在轮到伊内斯朝着窗外望了。

"我喜欢她，"男孩说，"她很漂亮。她比你漂亮。"

"你应该学会根据内在品质评判人。"他，西蒙说，"不要光凭好不好看。或者有没有胡子。"

"什么是内在品质？"

"内在品质就是像善良、诚实和正义感这样的品质。你在《堂吉诃德》里肯定读过这些内容。内在品质多种多样，我不用思考就能列举个没完，想知道全部清单，得成为一个哲学家。但漂亮不是内在品质。你妈妈跟阿罗约夫人一样漂亮，只是风格不同。"

---

① 英语中的"德米特里"（Dmitri）与"短弯刀"（scimitar）相似。

"阿罗约夫人善良。"

"是的，我同意，她看起来挺善良。她好像喜欢你。"

"所以她有内在品质。"

"是的，大卫。她既善良又漂亮。但漂亮和善良并没有关系。长得漂亮是件碰巧的事，是个运气问题。我们生下来可能会漂亮，也可能会普通，我们自己决定不了。可是，善良就不是碰巧的了。我们不是生下来就善良，我们是学会善良的，我们可以变得善良。这就是区别。"

"德米特里也有内在品质。"

"德米特里很可能有内在品质，我评判他可能是过于草率了，我承认这个观点。我只是没有观察到他的任何内在品质，今天没有看到。那些内在品质没有表现出来。"

"德米特里是善良的。可敬是什么意思？他为什么说可敬的安娜·玛格达莱娜？"

"可敬。你肯定在《堂吉诃德》里碰到过这个词。崇敬某个人就是尊重和敬重他或她。但是，德米特里用这个词是带有讽刺意味的。他在开某种玩笑。可敬这个词通常是用给年长的人，不会用在阿罗约夫人这样年纪的人身上。比如，我要管你叫可敬的年轻人大卫，听着就很滑稽。"

"可敬的老西蒙。这也很滑稽。"

"可能吧。"

最后他们发现，舞鞋只有两种颜色，金色和银色。两种颜色男孩都不要。

"是阿罗约先生的专校用吗？"店员问。

"是的。"

"专校所有的孩子都穿着我们的舞鞋。"店员说，"他们所有的人，不是穿金色就是银色鞋，没有例外。如果你穿着黑鞋或者白鞋出场，年轻人，你会显得非常奇怪。"

店员是个高高的驼背男子，留着一副小胡子，稀薄得好像是用炭在嘴唇上画的。

"听到这位先生说的了吗，大卫？"他，西蒙说，"不是金色就是银色，否则就得穿着自己的短袜跳舞。要哪种？"

"金色。"男孩说。

"那就金色。"他告诉店员，"多少钱？"

"四十九雷埃尔。"店员说，"让他试试这双的大小。"

他看了眼伊内斯。伊内斯摇了摇头。"四十九雷埃尔买一双孩子的舞鞋。"她说，"怎么要这么高的价？"

"这些鞋是用小山羊皮做的。不是普通鞋子。专为跳舞的人设计的。里面有给足弓用的支撑。"

"四十雷埃尔。"伊内斯说。

这人摇摇头。"好吧，四十九。"他，西蒙说。

店员让男孩坐下，脱掉他的鞋，把舞鞋滑到他的脚上。非常合适。他付了那人四十九雷埃尔。那人把舞鞋包进鞋盒里，把盒子交给伊内斯。他们默默离开鞋店。

"我能拿着吗？"男孩问，"花了好大一笔钱吗？"

"对一双舞鞋来说，是好大一笔。"伊内斯说。

"那到底是不是好大一笔钱呢？"

他等着伊内斯回答，可伊内斯沉默不语。"不存在好大一笔钱本身这种事情。"他耐心地说,"四十九雷埃尔买一双舞鞋就是好大一笔钱。另一方面,四十九雷埃尔买一辆小车或者一幢房子就不是好大一笔钱。又比如在埃斯特雷拉,水几乎不花钱,然而,如果你在沙漠里,渴得要死的时候,哪怕只为了一小口水,你会付出拥有的一切。"

"为什么?"男孩问。

"为什么?因为活着比什么都更重要。"

"为什么活着比什么都更重要?"

他正要回答,正要拿出正确、耐心、富有教育意义的话来,某种东西却从心里喷涌出来。生气?不是。恼怒?不是:不仅仅是这个。绝望?也许是:某种不太严重的形式的绝望。为什么?因为他倾向于认为自己在引导孩子穿越道德生活的迷宫,当他正确地、耐心地回答孩子没完没了的为什么问题时。可是,哪里有什么证据表明,这孩子听进去了他的指导,或者甚至在听他说什么?

他在忙碌的人行道上站住。伊内斯和男孩也站住,两人不解地看着他。"你想象这样的场面,"他说,"我们正长途跋涉穿越沙漠,你、伊内斯和我。你告诉我你渴了,我给你一杯水。你没有喝这杯水,却把它泼进沙子里。你说你渴求的是答案:这个为什么?那个为什么?我,因为我耐心,因为我爱你,每次都给你一个答案,你却把答案泼进沙子里。今天,我终于不想给你水了。为什么活着重要?如果生命对你来说显得不重要,那就不重要好了。"

伊内斯惊恐地抬起一只手捂住嘴。至于男孩,他的脸皱着眉头僵住了。"你说你爱我,可你并不爱我。"他说,

"你只是假装爱。"

"我给你提供我知道的最好的答案，你却像个孩子般把它们扔掉。有时候我对你失去耐心，不要大惊小怪。"

"你总这样说。你说我是个小孩。"

"你就是个小孩，而且有时还是个愚蠢的小孩。"

一个中年女人，胳臂上挎着个购物篮，停住脚步听起来。她悄悄对伊内斯说着什么话，西蒙没听见。伊内斯急忙摇了摇头。

"行了，走吧，"伊内斯说，"再不走警察会过来带走我们。"

"警察为什么会带走我们?"男孩问。

"因为西蒙的表现像个疯子，我们还站在这里听他胡言乱语。因为他正在成为妨害公务的讨厌鬼。"

第 六 章

星期一到了，该他送男孩去新学校了。还远没到八点钟，他们就到学校了。教室门都开着，但里面却空空荡荡。他在钢琴椅上坐下。两个人一起等着。

后面的一扇门打开，阿罗约夫人走进来，像之前那样身穿黑衣。她没有理睬西蒙，直接从地板上走过，在男孩面前站住，抓住他的手。"欢迎，大卫。"她说，"我看见你带了本书，可以给我看看吗？"

男孩把《堂吉诃德》递给她。她皱着眉头看起来，随意翻了翻还给他。

"你带舞鞋了吗？"

男孩从棉布包里取出舞鞋。

"好的。你知道我们把金子和银子叫什么吗？我们叫它们贵金属。铁、铜和铅被叫作基本金属。贵金属高级、基本金属低级。正如有贵金属和基本金属，数字也有贵数字和基本数字。你将要学习跳贵数字。"

"它们并不是真的金子，"男孩说，"那不过是一种颜色。"

"是不过是一种颜色，但颜色是有含义的。"

"我这就走了，"他，西蒙说，"下午我来接你回去。"他吻了下男孩，在他头顶上，"再见，我的孩子。再见，夫人。"

为了消磨时间，他走进艺术博物馆去转一转。墙上挂的东西非常稀疏。《日落时的蓝宝石峡谷》。《作品1号》。《作品2号》。《饮酒者》。画家的名字对他来说完全是陌生的。

"早上好，先生，"一个熟悉的声音说，"你觉得我们这里如何？"

是德米特里，衣冠不整，可能刚从床上爬起来。

"很有意思，"他回答说，"我不是专家。是不是有埃斯特雷拉绘画学校？一种埃斯特雷拉风格？"

德米特里没有理会这个问题。"你带儿子过来时我在观察。对他来说可是一个了不起的日子，这是他跟阿罗约夫妇相处的第一天。"

"是的。"

"你肯定跟阿罗约夫人，安娜·玛格达莱娜·阿罗约说过话了。了不起的舞蹈家！太优雅了！可是，只可惜没有孩子。她想有自己的孩子，可是却怀不上。这成为她痛苦和煎熬的源泉。你看着她，你想不到，会想到吗——她很煎熬吧？你以为她是个以玉液琼浆为生的安静的天使。不时啜上一小口，不再需要别的，谢谢。但是，还有阿罗约先生第一次婚姻生的孩子，她对他担任母亲的角色。还有寄宿生。那么多的爱要付出。你见到阿罗约先生了吗？没有？还没有？一个了不起的人，一个真正的理想主义者，只为自己的音乐而活着。你会见到的。遗憾的是，他并不经常脚踏实地，但愿你明白我的意思。脑袋总在云端。所以，辛苦的工作都是安娜在做：带着年轻人练舞蹈，给寄宿生做饭吃，处理家务，打理专校事务。这一切全都是她来做！实在了不起！一句怨言都没有！冷静至极。一个女人顶一千个人。人人都钦佩她。"

"所有这些都集中在一座房子里——舞蹈专校、寄宿宿舍、阿罗约家？"

"噢，空间大得很。专校占着整个楼上。你从哪儿来的，先生，你和家人？"

"从诺维拉来。我们一直住在诺维拉，直到最近，直到最近我们才搬到北边。"

"诺维拉，我从未去过那里。我直接来了埃斯特雷拉，然后就一直住这里。"

"你从那时一直在博物馆工作吗？"

"不，不，不——我干过的活儿多得记不清。我天性就这样：天生不安分。我开始是个物产市场的搬运工。后来干了段修路的短工，可我不喜欢。我又在医院干了挺长一段时间。太可怕了。那段时间真太可怕了。但也很受触动——在那里能看到多少事啊！然后改变我人生的日子来了。不夸张。我的人生变得更好。当时我在广场上晃悠，经管着自己的生意，这时她过来了。我简直不敢相信自己的眼睛。心想那可能是鬼魂。太美了。人间不会有。我跳起来，跟在她后面——像条狗一样跟着。好几个星期，我在专校附近游荡，只为看上她一眼。她当然不会注意我。

她为什么要注意我呢？像我这样一个丑家伙。后来，我看到博物馆一条招工的通知，要招一个清洁工，最低层级，长话短说，我就开始在这儿工作了，从那时一直干到现在。先是被提成看管员，后来去年又当上了总看管员。因为我勤奋又守时。"

"我不太明白。你是在说阿罗约夫人吗？"

"安娜·玛格达莱娜。我崇拜的人。我想毫不羞愧地坦白这一点。如果你崇拜一个女人不会干同样的事吗——追随她到天涯？"

"这个博物馆很难说就是天涯了。阿罗约先生会怎么想，你这样崇拜他的妻子？"

"我跟你说过了，阿罗约先生是一个理想主义者。他的心思永远在别处，在数字旋转的天体空间。"

这场谈话他已经听得够多了。他不想听这人自白了。"我得走了。我还有事情要做。"他说。

"我以为你想看看埃斯特雷拉绘画学校呢。"

"改天吧。"

离放学还有几个小时。他买了份报纸，在广场上的咖啡馆里坐下来，然后又点了杯咖啡。报纸头版里有一对老年夫妇的照片，照片上还有他们花园里生长的巨大葫芦。报道说，这只葫芦有十四公斤重，以差不多一公斤打破了早先的纪录。二版上有篇犯罪报道，列举了从一个货棚里（未上锁）盗窃一台割草机和一个公共卫生间（一个洗脸盆被砸损）发生的故意破坏行为。还有很大的版面，写着市政厅的审议结果及其下设的各种小组委员会：公共设施委员会，道路与桥梁委员会，财政委员会，负责组织即将到来的戏剧节的委员会。然后是体育版，先回顾了足球赛季的最高分，又预测了阿拉贡察和北谷队之间即将到来的激战。

他浏览了一遍招工启事栏目。铺砖工。泥瓦工。电工。书店店员。他想看什么呢？轻松的工作，也许。园艺之类。当然，没人找码头装卸工。

他付完咖啡的钱。"这个城市有重新安置办公室吗？"他问女服务员。"当然有了。"她说，还给他指点了方位。

埃斯特雷拉的重新安置中心远没有诺维拉的中心大——不过是一条偏僻小街上一个拥挤的办事处。办公桌后面坐着一个面色苍白、哭丧着脸的年轻人，胡子乱糟糟的。

"你好啊，"他，西蒙说，"我是新到埃斯特雷拉的。前一两个月，我被雇用在山谷里干些临时活儿——主要是采摘果子。现在我想找些干得长久的活儿，最好在城里。"

办事员抓过一个卡片盒，放在办公桌上。"看上去好像很多，但大部分卡片都是不中用的哑弹。"他坦白说，"问题是，某个位置被占用后人们不告诉我们。这个怎么样：最佳干洗店。你对干洗了解些吗？"

"不了解，不过我记下这个地址吧。你这里还有偏重体力的活儿吗——没准可以在户外干的工作？"

办事员没有理睬他的问题。"一家五金店的仓库管理员。这个你感兴趣吗？不需要工作经验，只要个会算数的脑子就可以。你的心算怎么样?"

"我不是数学家,但会计数。"

"我刚才讲了,我不敢说这个职位还在招人。你也看见,墨水的颜色都褪成这个样子了!"他拿起卡片举到光里,"从这里你可以看出这张卡片有多老旧了。这个怎么样?一家律师事务所的打字员。你会打字吗?不会?那还有这个:艺术博物馆的清洁工。"

"这个岗位已经有人占了。我碰见一个人,他占了这个位置。"

"你考虑过再培训吗?这可能是你最好的选择:去学习一门课程,重新培训你适应新岗位。只要你参加培训,你就可以继续领失业补助金。"

"我考虑考虑这个。"他说。他没有提到自己没有做过失业登记。

三点钟快到了。他又返回专校。德米特里在门口过道上。"来接你儿子吗?"德米特里说,"那些年轻人出来时,我就特意在这里等着。终于自由了!太激动,开心极了!我多希望能够再次体验那种开心,哪怕一分钟都行。童年的事我什么都记不得了,你知道吗,一分钟都记不得了。完全空白。这样的忘却真让人悲哀。它是你的底子,你的童年时代。你在这个世界上的根基。我就像一棵树,已经被生活的暴风雨连根拔起了。你懂我的意思吗?你那孩子有个自己的童年真幸运。你呢?你有童年吗?"

他摇了摇头。"没有,我来的时候就完全定型,成熟了。别人瞧我一眼,就把我定成中年。没有童年。没有青年，没有记忆。都被洗得干干净净。"

"唉，怀念也没用。至少我们还有跟年轻人待在一起的特权。说不定他们的天使粉尘会擦在我们身上。听！今天的舞蹈课结束了。现在他们该说谢谢了。他们总是用一场感谢祈祷来结束这一天。"

他们一起听着。一阵隐隐约约的嗡嗡声逐渐化为寂静。接着专校的门突然打开，孩子们叽叽喳喳地出来，走下楼梯：有女孩，有男孩，有白皮肤的，有黑皮肤的。"德米特里！德米特里！"孩子们大声喊叫着，顷刻间，德米特里就被包围住了。他手伸进口袋，取出一把一把的糖果，抛向空中。孩子们蹲下去捡糖果。"德米特里！"

大卫最后出来，跟阿罗约先生手拉着手，眼睛朝地上看着，出奇地低落，他还穿着那双金色舞鞋。

"再见，大卫，"阿罗约先生说，"明天早上我们再见。"

男孩没有回话。他们走到小车跟前后，他钻进后座。一会儿工夫，他就睡着了，到农场后才醒来。

伊内斯做好了三明治和可可。男孩吃了，喝了。"今天怎么样？"她终于问道。没有回答。"你跳舞了吗？"他心不在焉地点点头。"待会儿你跳给我们看看行吗？"

男孩没有回答就爬到自己的铺上，蜷缩成一只球。

"怎么了？"伊内斯轻声对他，西蒙说，"出什么事儿了吗？"

他试图安慰伊内斯。"他就是有点儿蒙了，就这么回事。他一整天都在陌生人中间。"

晚饭后男孩态度缓和多了。"安娜·玛格达莱娜给我们教了算术，"他跟他们说，"她给我们演示了二和三，你错了，西蒙，罗贝尔斯先生也错了，你们都错了，数字都在空中。它们生活在空中，跟星星们生活在一起。它们要落下来的话，你得呼唤。"

"阿罗约夫人是这样告诉你的吗？"

"是的。她还给我们演示了怎么把二和三叫下来。你不可能把一叫下来。一自己会来。"

"你能给我们看看你怎么叫这些数字下来吗？"伊内斯说。

男孩摇摇头。"你得跳舞，你得放上音乐。"

"我打开收音机行吗？"他，西蒙建议说，"也许里面有音乐可以伴舞。"

"不行，得特殊的音乐。"

"今天还有什么事儿？"

"安娜·玛格达莱娜还给了我们饼干、牛奶，以及葡萄干。"

"德米特里告诉我，今天的课程结束时你们还会祈祷。你们对谁祈祷了？"

"不是祈祷。安娜·玛格达莱娜发出一个弧声，我们都得发出和声。"

"弧声是什么？"

"我不知道，安娜·玛格达莱娜不让我们看见，她说那是秘密。"

"太神秘了。等下回见了她我会问的。听着你今天过得挺开心。这一切全都是因为她们的好心，奥尔曼夫人、孔苏埃洛夫人、瓦莱蒂娜夫人对你感兴趣。你在舞蹈专校，可以学会把数字从星星中间叫下来！你还可以在那里从一个漂亮女士手中拿到饼干和牛奶！我们最终来到埃斯特雷拉真是太幸运了！你难道不同意？你不觉得幸运吗？你不觉得幸福吗？"

男孩点点头。

"我肯定是这样想的。我想我们大概是世界上最幸运的家庭了。该刷牙上床睡觉了，晚上好好睡一觉，这样明天你就好准备再跳舞了。"

每天的日子有了一种新的模式。六点三十分，他叫醒男孩，让他吃早餐。七点钟时，他们已经上了小车。路上车辆不多，还不到八点他就让男孩在专校前下车。然后，他把小车停在广场上，在漫无目标的打探工作或者寻找公寓中消磨掉剩下的七个小时——或者更常见的情况是——就只是坐在一家咖啡馆里读报纸，直到该带男孩回家的时间。

当他和伊内斯打听学校的情况，男孩的回答都很短而且挺勉强。没错，他喜欢阿罗约先生。是的，他们在学唱歌。没有，他们没有阅读课。不，他们不学加法。关于每天结束时阿罗约夫人发出的神秘弧声，男孩只字不说。

"你们怎么老问我今天干了什么？"他说，"我都从不问你们做了什么。再说，你们不懂。"

"我们不懂什么？"伊内斯说。

"你们什么都不懂。"

从那以后，他们就不再问他什么了。让他在自己心情好的时候告诉他们他的事儿，他们心里想着。

一天晚上，他，西蒙，无意中闯进女性宿舍。伊内斯跪在地板上，不高兴地抬起头，男孩只穿着内裤和金色的舞鞋，突然中止了跳舞的动作。

"出去，西蒙！"男孩大声喊道，"不许你看！"

"为什么！凭什么我不该看？"

"他在练习复杂的动作，"伊内斯说，"他需要集中注意力。出去吧。把门关上。"

他退了出去，吃惊又不解，然后在门口仔细地静听。什么都听不到。

后来，男孩睡着后，他问伊内斯："什么事儿搞得那么私密还不让我看？"

"他在练习新的步法。"

"可这有什么好保密的？"

"他认为你不懂。他想你会取笑他。"

"既然我们都送他去舞蹈专校了，我怎么会取笑他跳舞？"

"他说你不懂数字。他说你不友好。对数字不友好。"

伊内斯给他看了男孩带回家的一幅图表：互相交错的三角形，每个顶点都标着序号。他根本不明白是什么意思。

"他说他们就是这样学数字的，"伊内斯说，"通过舞蹈。"

第二天早晨在去专校的路上，他引出这个话题。"伊内斯给我看了你的舞蹈图。"他说，"那些数字是做什么用的？代表你的脚的位置吗？"

　　"那是星星，"男孩说，"是星相图谱。你跳舞的时候闭上眼睛，然后在头脑中可以看着那些星星。"

　　"数节拍呢？你们跳舞的时候，阿罗约先生不数节拍吗？"

　　"不用。你只要跳就行。跳舞和数数儿一回事。"

　　"那么阿罗约先生只管放音乐，你们只管跳了。听着不像我所了解的舞蹈课。我想请求下阿罗约先生，我能不能旁听一节他的课。"

　　"不行。不会让你听的。阿罗约先生说任何人都不允许。"

　　"那我什么时候可以看看你跳？"

　　"你现在就可以看。"

　　他看了眼男孩。男孩端坐不动，闭上眼睛，嘴角挂着一丝微笑。

　　"这不是舞蹈。你坐在小车里怎么能跳舞。"

　　"我能跳。瞧。我又开始跳了。"

　　他迷惑不解地摇了摇头。到了专校。德米特里从门口那条路上的阴影中浮现出来。他弄乱男孩梳得整整齐齐的头发。"新的一天准备好了吗？"

第 七 章

伊内斯一直都不喜欢早起。不过，在农场待了三个星期，都没有多少事情可做，除了跟罗伯塔闲聊，等待孩子回家。于是在某个星期一早晨，她也起了个大早，跟他们一块搭车去市里。她的第一个目的地是一家美发店。感觉自在多了之后，她去了一家女子服装店，给自己买了件新衣服。在跟收银员聊天时，她得知他们正在找一名销售小姐。她一时冲动找到店主，然后就得到了这份工作。

从农场搬到市区，这件事忽然间显得十分迫切。伊内斯承担了找住处的任务，几天不到，就找了间公寓。公寓本身毫无特色，小区也很单调，但是去市中心却只需步行，而且附近还有个公园，玻利瓦尔可以去里面溜达。

他们收拾好行李。他，西蒙，最后一次到外面的田野走了走。黄昏时分，最神奇的时刻。栖落过夜的鸟儿在树上鸣叫。远处传来羊群铃铛的轻撞声。他开始琢磨，他们离开这个如此友好的花园般的地方是对的吗？

他们跟大伙告别。"我们希望收获季节看到你们再回来。"罗伯塔说。"一言为定，"他，西蒙说，他对孔苏埃洛夫人（瓦莱蒂娜夫人在忙着，奥尔玛夫人在跟她的恶魔们搏斗）说，"我不知道该怎么告诉你，我们对你和你姐妹的慷慨大度该有多感激。"孔苏埃洛夫人听了回答说："没什么。换过来你也会对我们这样做。再见，年轻的大卫。我们盼着灯板里看到你的大名。"

在新家的第一个晚上，他们得睡在地板上，因为订的家具还没送来。第二天早上，他们买了几件最基本的厨房用品。他们的钱开始不够花了。

他，西蒙，找了份活儿，按小时付费，负责向别人家送广告材料。这份工作给他配了辆自行车，一辆很沉重，吱吱呀呀叫个不停的机械，前轮上方安了个大篮子。四个快递员，他是其中一个（他很少跟别的三位有交叉路线）；分给他的地区在城市的东北区。学校上课期间，他曲折地穿过自己区域的大街小巷，把自己那些广告手册塞进邮箱：钢琴课的，治秃顶药的，修剪篱笆的，电器修理的（价格优惠）。在某种程度上，这是份很有意思的工作，有益健康，而且不会不开心（虽然他要推着自行车上陡坡）。这是熟悉这个城市的一种方式，同时也是跟人相遇的一种途径，能建立很多新的关系。一只公鸡的啼叫声引导他走进一个养鸡男子家的后院；这个男子开始每星期给他供应一个小母鸡，价格五雷埃尔，再加一雷埃尔就可以帮他宰好、处理干净。

但是冬天降临了，他讨厌雨天。尽管他配置了一件宽松的油布披风和一顶水手油布帽子，雨还是见缝插针透进来。不光冷，还湿漉漉的，有时他经不住诱惑想把小册子给扔掉，把自行车还给分发点。他受到了诱惑，但并没有屈服。为什么不屈服呢？他说不上。也许因为他感觉自己对这个提供了他新生活的城市要尽某种义务，虽然他并不清楚没有知觉没有感情的城市，是如何从低价漂亮的二十四件餐具礼盒的广告在市民中的分发中受益的。

他想起阿罗约一家，丈夫和妻子，相比他们提供的东西，他蹬着车子在雨中四处行驶只是做着微不足道的贡献。虽然他还没有机会给他们分发专校的广告，但夫妇俩提供的东西——对着星星跳舞，用来代替学习乘法表——本质上跟奇迹般让头发的毛囊复活的膏药，或者神奇地一点一点地消化身体脂肪的震动腹带提供的东西没有什么区别。阿罗约夫妇肯定像他和伊内斯一样，到达埃斯特雷拉时一无所有，除了最基本的几件私人用品；他们肯定也有过枕着报纸睡着度过一个晚上的经历；他们在专校成功之前肯定也过着拮据的生活。说不定阿罗约先生也像他一样送过一阵子的小册子，说不定肤色白得像石膏的安娜·玛格达莱娜也曾跪着擦洗地板。一个移民的道路纵横交错的城市：如果他们并没有完全生活在希望中，如果他们每个人没有把自己微薄的希望添加到巨大的总和中，何来的埃斯特雷拉？

大卫带回家一封通知书。专校要举行一场开放晚会。阿罗约先生和夫人将向父母们发表有关专校背后的教育哲学的演讲，学生将表演一场节目，之后将举办简单的招待会。专校鼓励父母们带些感兴趣的朋友。整个活动将在七点钟开始。

那天晚上，来的观众令人失望，稀稀拉拉，不到二十个。他们摆出来的椅子，很多都空着。他和伊内斯在前排占了个位置，他们能听到在教室尽头拉下来的幕布背后那些年轻的表演者叽叽咕咕和咯咯笑的声音。

阿罗约夫人穿了件深色晚礼服，赤裸的肩上搭了条披巾。她面对大家默默地站了好久。他再次被她的镇定，被她平静的美丽震撼到了。

她开始讲话。"欢迎各位，感谢你们在这个寒冷、潮湿的夜晚出来。今晚，我想给你们简单介绍下专校的情况，以及我丈夫和我希望我们的学生能够取得什么样的成绩。因此，简单地告诉下诸位专校背后的哲学要义是很有必要的。你们中已经熟悉这个哲学的，请容忍我再说一遍。

"正如我们已经知道，从我们来到此生的那天开始，我们就把前世抛在身后了。我们把它忘了。但并没有完全忘记。我们前世中某些遗留的东西自然顽强地存在下来：不是我们平常意义上的记忆，而是以我们称之为记忆影子的方式存在。然后，当我们逐渐习惯了我们的新生命，连那些影子都会淡化，直到我们彻底忘记自己的起源，接受了我们的眼睛所看到的一切是唯一存在的生活。

"但是，孩子，幼小的孩子，仍然带着深深的前世的印象，影子记忆，他没有适合的词语来表达。他缺乏词语是因为，连同我们已经失去的那个世界，我们也失去了相应的激活它的某种语言。所有从那种原始语言留下的全部不过是一把词语，我所谓的超验词语，其中就包括数字的名称，一、二、三是最重要的。

"一二三：难道这只不过是我们在学校学学的一个口诀，没有意义的口诀，我们称为计数的口诀吗？有没有一种方法，能让我们看到深藏在这种口诀背后或者之上的某种东西，所谓的数字本身的王国——那些贵数字及其从属，从属多得算不过来，像星星一样多，从贵数字的联合中派生出来？我们，我丈夫和我，以及我们的助手，相信存在这样一种方法。我们专校就是要致力于引导我们的学生的灵魂走向那个王国，要培养他们与这个宇宙伟大的潜在的运动保持同步，或者如我们更喜欢说的那样，与宇宙的舞蹈同步。

"要把数字从它们居住的地方带下来，允许数字在我们中间彰显出自身来，给它们赋予实体，我们就得借助舞蹈。是的，在专校我们跳舞，不是用一种欠优美、纯感官或者凌乱的方式跳舞，而是让灵魂与肉体统一，这样就会让数字获得生命。当音乐进入我们并且促使我们舞动的时候，这时数字就不再仅仅是观念，仅仅是幻象，而是成为真实。音乐激发了它的舞蹈，而舞蹈又激发出它的音乐：谁都不是最先出现的那方。这就是我们是舞蹈专校，又自称为音乐专校的原因。

"如果我今晚说的这些话显得晦涩难懂，亲爱的家长们，以及亲爱的专校的朋友们，这仅仅表明了语言有多么脆弱。语言很脆弱——所以我们要跳舞。在舞蹈中，我们把数字从它们生活的高远的星星中呼唤下来。在舞蹈中我们把自己交给它们，我们在跳舞的时候，托它们的福，它们就生活在我们中间。

"你们中有些人——我能从你们的表情中看得出——仍然表示怀疑。她说的居住于星星的数字是什么啊？你们喃喃自语着。难道我每天做生意或者买百货的时候不在用数字吗？难道数字不是我们恭顺的仆人吗？

"我的回答是：你们头脑中的数字，我们从事买卖时用的数字都不是真正的数字，而是幻象。它们是我所谓的蚂蚁数字。正如我们所知，蚂蚁没有记忆。它们生于尘土，死于尘土。今天晚上，在表演的第二部分，你们将会看到我们更年幼的学生扮演蚂蚁的角色，表演蚂蚁运算，也就是我们说的低等算术，我们在家庭记账等事务上用的算术。"

蚂蚁、低等算术。他转向伊内斯。"你听得懂吗？"他轻声说。但是，伊内斯双唇紧闭，细眯着眼睛，专注地盯着安娜·玛格达莱娜，拒绝回答。

在他余光的边缘，半隐在门口阴影中的某个地方，他发现了德米特里。像头大熊般的德米特里会对数字的舞蹈会感什么兴趣？显然让他感兴趣的是发表演讲的这个人。

"蚂蚁生来就是遵守规则的动物，"安娜·玛格达莱娜继续说，"它们遵守的法则就是增加和减少的法则。这是它们所做的一切。日日夜夜，每个清醒的时刻：执行着它们机械的双重法则。

"在我们专校，我们不会去教蚂蚁法则。我知道你们有些人关心这一事实——即我们并不教你们的孩子去玩蚂蚁游戏，数字相加的游戏，等等。我希望你们现在明白了这是为什么。我们不想把你们的孩子变成蚂蚁。

"好了。谢谢你们聆听。请欢迎我们的表演者上场。"

她打了个手势，然后退到旁边。德米特里穿着博物馆的工作服，第一次把纽扣系得整整齐齐，大步向前走过来，把幕布拉开，先拉开左侧的，然后又拉开右侧的。与此同时，空中传来管风琴低沉的声音。

舞台上出现了一个人影，一个大约十一二岁的男孩，穿着金色舞鞋和露出一只肩膀的白色托加长袍。他双臂举过头顶，盯着远方。风琴手，只能是阿罗约先生，演奏出一组即兴前奏曲的时候，他保持这个姿态不动。接着，与音乐相配合，他开始舞起来。舞蹈动作包括在舞台上从这个点滑向那个点，时慢时快，每到一个点时，逐渐放慢到几乎停止不动，但永远不会真的停下来。这段舞蹈的模式，点与点之间的关系，非常晦涩。这个男孩的动作优美，却没有变化。他，西蒙，很快就没兴趣了，闭上眼睛，把注意力放在音乐上。

风琴的高音很细，低音并不响亮。但音乐本身把他迷住了。他逐渐变得平静；他能感觉到体内有某种东西——他的灵魂？——响应了音乐的旋律，并且迅速跟着它动起来。他坠入一种柔和的迷醉状态。

音乐逐渐变得比较复杂，然后又简单起来。他睁开眼睛。舞台上已经出现了第二个舞者，外表跟第一个很像，让人感觉肯定是他的弟弟。他同样全神贯注地从某个看不见的点滑向另一个点。他们的两条路径不时交叉，但似乎绝不会有任何会相撞的危险。毫无疑问，他们提前排练过不知多少回，都把对方的动作熟记于心。然而，似乎还不仅仅如此，有种逻辑在指导着他们的运动路径，这个逻辑他还不太理解，但感觉已经到达了理解的边缘。

音乐开始走向结尾。两个舞者走到他们的结束点，然后又恢复到静止不动的姿态。德米特里扯过左边的幕布合上，然后又去拉右边的幕布。观众席里传来参差不齐的掌声，他也跟着鼓起掌来。伊内斯也在拍手。

安娜·玛格达莱娜又走上前来。她身上有一种光芒，这是——他已经深信不疑——刚才那段舞蹈或者音乐或者两者共同激发出来的；其实，他感觉自己内心都有了某种光芒。

"刚才你们看的是由我们的两位高年级学生用舞蹈表演的数字三和数字二。接下来我们的几位低年级学生将表演我不久前提到的蚂蚁舞，来结束今天晚上的演出。"

德米特里把幕布拉开。他们前面，八个孩子，几个男孩和女孩排成一列，都穿着运动衫和短裤，戴着绿帽子，上面插着摇晃的触角，以示他们的蚂蚁本质。大卫排在队列最前面。

阿罗约先生在管风琴旁边，演奏着一首进行曲，刻意强调它的机械旋律。蚂蚁们向前后左右几个方向跨出几大步，由八个人的队列重组成一个两列四排的矩阵。接下来的四小节他们保持位置不变，在原地踏步。接着他们又自动重组成四列两排的新矩阵。他们保持那个位置正步前进。接着又换成八个人的长长单列。他们又保持这个位置正步行进，然后当音乐中止断断续续的旋律，单纯地变成一个接一个宏大的不和谐音时，他们突然又打破队列，迅速掠过整个舞台，他们的手臂像翅膀般伸出去，几乎彼此碰着（有一次其实碰在一起了，然后倒在地板上，笑作一团）。接着稳定的进行曲旋律再次响起，蚂蚁们迅速恢复成原来八个人的队列。

德米特里把幕布拉上，站在那里瞄着，所有观众响亮地鼓起掌来。音乐没有停止。德米特里迅速打开幕布，露出仍在单列正步行进的昆虫们。掌声的力度又提高了一倍。

"你觉得怎么样？"他对伊内斯说。

"我觉得怎么样？我想，只要他高兴就行，这才是最重要的。"

"我同意。你觉得演讲怎么样？你觉得——"

大卫突然打断谈话，红着脸，激动地向他们冲过来，还戴着下垂的触角。"你们看见我了吗？"他问道。

"我们当然看见你了。"伊内斯说，"你让我们为你感到自豪。你是蚂蚁的头儿。"

"我是头儿，但蚂蚁并不好，它们只会正步走。安娜·玛格达莱娜说，下次我可以跳段真正的舞蹈。不过我得做大量练习。"

"那挺好。下次是什么时候？"

"下一场音乐会。我能吃点蛋糕吗？"

"可以尽情吃。不用问。蛋糕是给我们大家准备的。"

他看了看四周，寻找着阿罗约先生。他很想见见这个人，看看他是不是也相信有个更高级的王国，数字们栖居其中，还是他只是在演奏着管风琴，把超验的东西留给妻子去处理。可是哪儿都看不见阿罗约先生；室内的人开始四散，他们显然都是像他一样的父母们。

伊内斯在跟一位母亲说话。她在那边向他点头示意。"西蒙，这位是赫尔南德兹夫人。她儿子也是个蚂蚁。夫人，这是我的朋友西蒙。"

朋友：Amigo。伊内斯以前不怎么常用这个词。这就是他的身份吗，他变成了这样的身份？

"伊莎贝拉，"赫尔南德兹夫人说，"请管我叫伊莎贝拉。"

"伊内斯。"伊内斯说。

"我正对伊内斯夸你儿子呢。他表演得可神气了，不是吗？"

"他是个很自信的孩子，"他，西蒙说，"他总是那样。你可以想象得出，教他可不容易。"

伊莎贝拉迷惑不解地看了他一眼。

"他是挺自信，不过他的自信不见得建立在坚实的基础上。"他继续说，开始支支吾吾，"他相信自己具有很多其实并不具备的能力。他还很年轻。"

"大卫自学了阅读。"伊内斯说，"他能读《堂吉诃德》。"

"给孩子们看的缩写本。不过没错，是真的，他自学阅读，没有任何帮助。"

"在专校，他们对阅读没有热情。"伊莎贝拉说，"他们说阅读是以后的事。趁他们还小，先专注于舞蹈就行了，音乐和舞蹈。不过，她的话还是挺有说服力的，不是吗，安娜·玛格达莱娜，她讲得非常好。你不觉得吗？"

"那个有数字从中降落到我们这里的更高级的王国，你怎么想？还有神圣的数字二和三——你懂那点的意思了吗？"他说。

一个小男孩，大概是伊莎贝拉的儿子，羞怯地侧身而过，嘴唇上沾了一圈巧克力。她找了块纸巾，给他擦了擦嘴唇，孩子耐心地接受着。"来把这些可爱的耳朵摘掉，还给安娜·玛格达莱娜。"她说，"你可不能回家时看着像个昆虫。"

那天晚上就这么过去了。安娜·玛格达莱娜站在门口跟家长们说再见。他握了握她冰凉的手，"请向阿罗约先生转达我的感谢。"他说，"真遗憾我们没有机会见他。他是个出色的音乐家。"

安娜点了点头。那双蓝眼睛定在他的眼睛上看了片刻。她看穿了我，他想，心里一震。她看穿了我，而且不喜欢我。

这让他很痛苦，他不习惯这样，不被人喜欢，以及毫无根据地不被喜欢。不过也许这不是一种针对个人的不喜欢。也许这个女人不喜欢所有她的学生们的父亲，她把他们都视为她权威的对手。或许她只不喜欢男人，除了那位看不见人物的阿罗约。

不过，她不喜欢他的同时，他也不喜欢她。这让他很惊讶：他并不经常不喜欢一个女人，尤其是一个美丽的女人。这个女人很美，这点不用怀疑，具有那种经得起最严苛的检验的美：完美的五官，完美的皮肤，完美的身材，完美的风度。她很美，但却排斥他。她可能结了婚，但他心中却把她与月亮以及冰冷的月光联系在一起，与一种冷酷、受迫害的贞洁联系在一起。把他们的男孩——任何男孩，其实也包括任何女孩——交到她手中明智吗？一年结束时，经过她管教的孩子出来时要是像她本人一样冰冷并有点受迫害倾向怎么办？这就是他对她的指摘之处——对她的星星宗教和舞蹈的几何美学的指摘。冷酷、性冷感、没有生气。

男孩在车后座上已经睡着了，肚子里塞满了蛋糕和柠檬汁。但是，他自然警觉地不肯对伊内斯讲出自己的想法：似乎即使在酣睡的时候，这孩子也在听着周围发生的一切。所以他管好自己的舌头，直到孩子被安全地转移到床上。

"伊内斯，你觉得我们这样做对吗？"他说，"我们是不是应该找个学校，不那么——极端？"

伊内斯什么都没说。

"夫人的演讲我听不懂。"他强调说，"我能懂的部分我又觉得有点疯狂。她不是老师，而是个传道士。她和丈夫编造出一种宗教，他们在搜罗转宗者。大卫太小，太容易受影响，不适合不加以遮拦地接触这种东西。"

伊内斯说话了。"我当老师的时候，我们有邮差先生C，喜欢吹口哨；那只老叫的猫老G，还有那汽笛鸣叫的火车老T。每个字母都有自己的个性和声音。我们通过把一个又一个字母组合在一起来创造单词，你就是用这种方式来教小孩读写的。"

"你当过老师?"

"我们以前给在居留点①的孩子开过班。"

"你从来没跟我说过这个。"

"字母表上的每个字母都有某种个性。现在她也在给数字赋予个性,安娜·玛格达莱娜。一、二、三,让它们活起来。你就是这样教小孩子们的。那不是宗教,我要睡觉了。晚安。"

专校有五个学生是寄宿生,别的都是走读生。寄宿生跟阿罗约夫妇一起生活,因为他们来自遥远而没有通勤车的外省地区。这五个学生加上那位年轻的宿管和阿罗约先生的两个儿子,都有食堂特定提供的午餐,是安娜·玛格达莱娜准备的。走读生自己带午餐。每天晚上,伊内斯都给大卫把第二天吃的午饭打包放在饭盒里,放进冰箱,有三明治、一只苹果或者一根香蕉,再加一些小零食,一块巧克力或者曲奇饼。

一天晚上,她正准备午餐盒时,大卫说:"学校有些女生都不吃肉。他们说这样很残酷。这残酷吗,伊内斯?"

"如果不吃肉,你就不强壮。你就不会长大。"

"可这样很残酷吗?"

"不,这并不残酷。动物被屠杀的时候不会有任何感觉。它们没有我们那样的感觉。"

---

① 原文为西班牙语,La Residencia。

"我问过阿罗约这是否残酷，他说动物不会进行三段论推理，所以谈不上残酷。三段论推理是什么意思？"

伊内斯不知所措。他，西蒙插话了。"他的意思，我想，动物不会逻辑思维，像我们这样。它们不会进行逻辑推理。它们不明白自己被装起来是送给屠夫，即使所有的证据都表明会这样，所以它们并不恐惧。"

"可那会疼吧？"

"被屠宰？不，不会的，如果屠夫技术高超的话。就好像你去看医生，他要是技术高超，你也不会疼。"

"那么说来并不残酷，对吧？"

"不，不是特别残酷。一头巨大健壮的公牛几乎感觉不到痛苦。对公牛来说就像用别针扎一下。然后就没有别的感觉了。"

"可它们为什么非得死？"

"为什么？因为它们像我们一样。我们终有一死，它们也同样如此，凡人都要死。当阿罗约先生拿三段论开玩笑的时候，他头脑中想的就是这个。"

男孩不耐烦地摆摆头。"为什么它们为了给我们肉吃非得去死？"

"因为你在肢解动物的时候就会发生这样的现象：它会死。如果你割掉一只蜥蜴的尾巴，它会长出新尾巴。但一头公牛不同于一只蜥蜴。你要割掉一头公牛的尾巴，它不会长出新的来。如果你砍掉它的一条腿，它会流血而死。大卫，我想让你去思考这些事情。公牛们都是善良的动物。它们希望我们好。用它们自己的语言讲就是：如果年轻的大卫需要吃我的肉，吃了他可以长得更强壮和健康，那我就心甘情愿给他吃好了。难道不是这样吗，伊内斯？"

伊内斯点了点头。

"那为什么我们不吃人呢？"

"因为那会令人恶心。"伊内斯说，"这就是为什么。"

第 八 章

因为伊内斯过去从未流露对时装的兴趣，所以他没想到她会在摩登时装①待很长时间。可他错了。她迷醉在作为一个导购小姐的成功中，特别是跟老年顾客打交道，他们欣赏她对自己的耐心备至。她扔掉从诺维拉带来的所有衣服，自己也穿起从店里打折买来或者借来的新的时装。

她跟店主克劳迪娅，一个与自己同龄的女人，建立起一种速成的朋友关系。她们在咖啡店角落附近吃午饭，或者买些三明治在储藏室里吃；在那里，克劳迪娅可以通过倾诉摆脱对儿子的忧愁：他落进坏团伙，已经处于被学校开除的边缘；另外，摆脱对她那迷途丈夫的惧怕，尽管语焉不详。反过来伊内斯能否缓解自己的心事，她没有说——至少没有给他，西蒙说过。

为了准备换季衣服，克劳迪娅前往诺维拉进行了一次购衣之旅，让伊内斯负责打理店铺。她的突然高升激起收银员伊诺森西娅的妒火，从这个店诞生之时，她就在摩登时装了。克劳迪娅回来，令所有的人都轻松了不少。

---

① 原文为西班牙语，Modas Modernas。

他，西蒙，每晚都要听伊内斯讲有关时装沉浮的故事，以及难缠或者太过挑剔的顾客的故事，还有跟伊诺森西娅无意成为竞争对手的故事。对于他在投递中碰到的不值一提的冒险，伊内斯并没有多少好奇。

克劳迪娅第二次去诺维拉时，邀上伊内斯陪她一同去。伊内斯问他，西蒙，怎么想。她应该去吗？如果她被警察认出来带走怎么办？他嘲笑了她的担忧。按照罪大恶极的标准衡量，他说，协助和教唆未成年人进行逃课的犯罪行为其实几乎可以忽略不计。现在，大卫的档案早已埋葬在其他档案下面，就算没有，警察肯定也有比扫街抓失职父母更重要的事要办。

于是伊内斯就接受了克劳迪娅的邀请。她们一块儿赶当晚的火车去了诺维拉，在一个位于城市工业区的批发商的仓库里度过一天，挑选货品。一次休息期间，伊内斯往居留点打了个电话，跟她兄弟迭戈通话。迭戈毫无预兆地要求还回那辆汽车（他称为他的车）。伊内斯拒绝了，但提出付他一半的钱买下来，如果他愿意让给她的话。他要求给三分之二的价钱，但她拒绝让步，最后他也就投降了。

伊内斯想跟另一个兄弟斯特凡诺通话。这位兄弟已经不在居留点了，迭戈告诉她。他已经跟女朋友去市里住了，女朋友怀孕了。

伊内斯外出或者忙服装店的工作时，就轮到他，西蒙，照顾大卫的生活所需。除了陪他早上去专校，下午接他回家，西蒙还承担起给他准备饭菜的任务。他自己对烹调艺术的掌握还处于初级阶段，不过幸运的是男孩这些天来饥肠辘辘，摆在他面前的东西，不管什么都吃。大份的土豆泥和绿豆，他都是一口吞下。周末的时候，他特别渴望吃烤鸡。

他长得非常快。他一直长不高，但四肢长得非常结实，总有使不完的精力。一放学，他就赶紧回去跟公寓楼里别的男孩一起踢足球。尽管他最小，但他的毅力和韧劲赢得了年纪和块头更大的男孩的尊重。他的跑法——缩起肩膀，低着脑袋，手肘收缩在双肋——可能有些古怪，可是他的脚下很快，想撞倒很难。

开始，男孩玩的时候，他，西蒙往往用绳子牵着玻利瓦尔，害怕狗跑进场地袭击不管威胁年轻主人的什么人。但玻利瓦尔很快就明白过来，跟在一只球后面奔跑不过是一种游戏，一种人类的游戏。现在，它已经安安稳稳地坐在边界线上，对足球无动于衷，享受着柔和温暖的阳光，以及空中浓郁的各种混合的气味。

照伊内斯说，玻利瓦尔已经七岁了，但是，他，西蒙，怀疑狗的年纪其实还要大。它肯定已经处于生命的晚期，衰落期。它的体重开始增加；虽然它是只纯洁的公狗，但好像对母狗也没了兴趣。同时，它也渐渐变得不好接近。别的狗对它很警惕。它只是抬起脑袋，发出一声无声的吼叫，赶得它们偷偷走开。

他，西蒙，是这些有一搭没一搭的下午足球运动的唯一观众，运动不停地被队员中的争执中断。一天，大男孩的一个代表走到他跟前，问他愿不愿意当裁判。他拒绝了："我太老了，不合适。"他说。这话不见得完全对，但回想起来，他很高兴拒绝了，而且怀疑大卫也很高兴。

他不知道来自公寓楼的这些男孩会想他是谁，大卫的父亲？他的祖父？叔叔？大卫跟他们讲了什么情况？看他们比赛的这个人跟他和他母亲共住一个家，这人是单独睡的吗？大卫为他感到自豪还是丢脸，或者既自豪又丢脸？一个六岁马上就七岁的人，是不是还太小，不可能同时具备好几种矛盾的感情？

至少这些男孩挺尊重那条狗。第一天，他带着狗过来，孩子们就把他围成一个圈。"它名叫玻利瓦尔。"大卫宣告说，"它是阿尔萨斯狗，不会咬人。"这条阿尔萨斯犬玻利瓦尔平静地凝视着远方，任由男孩们对它表现敬畏。

在公寓里，他，西蒙，行为举止更像个房客，而不像平等的家庭成员。他关心的是让自己的房间时时刻刻保持整洁干净。他从不把手纸扔在卫生间里，或者把大衣搭在大门旁边的衣架上。伊内斯怎么向克劳迪娅解释自己在她生活以及更广阔的世界中的角色，他不得而知。从他听到的情况来看，她肯定从来没有称他为她的丈夫。如果她愿意把他当作一个绅士寄宿者介绍，他很高兴假装同意。

伊内斯是个很难相处的女人。但是，他发现自己内心对她的欣赏日甚一日，感情也日甚一日。谁会想到她会把居留点抛在身后，不在那里过舒舒服服的生活，却如此一门心思献身于跟这个任性孩子共命运！

"我们是一家人吗，你、伊内斯和我？"男孩问道。

"我们当然是一家人，"他马上回答，"家庭有很多种形式。我们是家庭能够呈现的形式中的一种。"

"可我们非得要成为一个家庭吗？"

他决心不要受怒火的牵引，严肃对待孩子的问题，即使这些问题完全没有意义。

"如果我们愿意，我们可以变得不成为一个家庭。我可以搬出去，找个自己的住处，然后时不时再来看看你们。或者伊内斯可以恋爱、结婚，带上你跟她的新丈夫一起生活。但这些路我们谁都不想走。"

"玻利瓦尔就没有家庭。"

"我们就是玻利瓦尔的家人。我们照顾玻利瓦尔，玻利瓦尔也照顾我们。不过，你说得对，玻利瓦尔是没有家庭，一个狗的家庭。它还很小的时候有过家庭，但后来他长大了，发现自己用不着有家庭。玻利瓦尔更喜欢自己生活，在街上偶尔见见别的狗。你长大后也可以做出类似的决定：独自生活，用不着有家庭。不过，你还年轻的时候，自然需要我们来照顾。所以我们就是你的家人：伊内斯、玻利瓦尔和我。"

如果我们愿意，我们可以变得不成为一个家庭。这次谈话两天后，男孩出乎意料地宣布，他想成为专校的寄宿生。

他，西蒙试图劝他。"你在这儿的生活这么好，为什么要搬到专校去呢？"他说，"伊内斯会特别想念你。我也会想念你。"

"伊内斯不会想念我。伊内斯从来就不认可我。"

"她当然认可。"

"她说她不认可。"

"伊内斯爱你。她把你放在心上。"

"可她不认可我。阿罗约夫人认可我。"

"如果你要去阿罗约先生那里，你就不会再有一个属于自己的房间。你就得跟别的孩子一起睡在一间宿舍里。你半夜醒来感觉孤独了，就不会有人过去安慰你。阿罗约先生和安娜·玛格达莱娜肯定不会让你爬上他们的床。下午就不会有人和你踢足球。晚饭你就只能吃胡萝卜和菜花，你最讨厌的东西，不能吃土豆泥和肉汤。玻利瓦尔会怎么想？玻利瓦尔将不知道出了什么事儿。我年轻的主人上哪儿去了？玻利瓦尔会说，他为什么要抛弃我？"

"玻利瓦尔可以来看我，"男孩说，"你可以带它来。"

"这是个很大的决定，成为一个寄宿生。我们就不能留到下学期考虑吗，给我们些时间认真地想一想？"

"不行。我现在就想成为寄宿生。"

他去告诉伊内斯。"我不知道安娜·玛格达莱娜许诺他什么了。"他说，"我觉得这个主意很不好。他还太小，不适合离开家。"

让他吃惊的是，伊内斯不以为然。"让他去吧。他很快就会求着再次回家的。这会给他上一课的。"

这是他认为她最不可能干的事情：放弃自己心爱的儿子，交给阿罗约夫妇。

"那会花很多钱，"他说，"我们至少跟那些姐妹们商量下，看看她们的感觉。毕竟，花的是人家的钱。"

尽管他们没有再受到邀请去姐妹们在埃斯特雷拉的住

所，他们还是用心地跟农场的罗伯塔保持着联系，姐妹们在那里时，偶尔去拜访下，以示他们并没有忘记她们的慷慨。每次拜访，大卫都异乎寻常地对专校表示好感。那姐妹们听他说过贵数字和基本数字，还看过他表演一些简单的舞蹈动作，"二和三"，这些如果跳得恰当就能从星星中唤下贵数字的舞蹈。姐妹们对他优美的身形很着迷，而且对他介绍专校非同寻常的教学方法时的严肃态度留下很深印象。但是，最近这次拜访，男孩却要面对另一种挑战：要向她们解释他为什么想离家跟阿罗约夫妇一起生活。

"你能肯定阿罗约先生和夫人会给你提供房间吗？"孔苏埃洛说，"据我理解——如果我说错了，请纠正，伊内斯——那里只有他们两个人，他们完全把寄宿生当作自己孩子的替代品。你在家跟父母生活有什么不对劲儿吗？"

"他们不理解我。"男孩说。

孔苏埃洛和瓦伦蒂娜互相看了眼对方。"我的父母不理解我。"孔苏埃洛沉思着说，"我好像在哪里听过这话？请告诉我，年轻人：为什么你父母应该理解你显得如此重要？他们作为好父母难道还不够吗？"

"西蒙不懂那些数字。"男孩说。

"我也不懂数字。我把这种事交给罗伯塔去处理。"

男孩不说话了。

"这事儿你仔细考虑过吗，大卫？"瓦伦蒂娜说，"你的决心已定吗？你肯定跟阿罗约夫妇一起生活一周后，不会改变主意，不会请求回家吗？"

"我不会改变主意。"

"很好。"孔苏埃洛说,她看了眼瓦伦蒂娜,又看了看奥尔玛,"你可以如愿成为专校的寄宿生。我们会跟阿罗约夫人商量费用的事。但是,你抱怨你父母,说他们不理解你,让我们很痛苦。这好像要求有点过分了,不仅要他们是好父母,还得理解你。我实在无法理解你。"

"我也不理解。"瓦伦蒂娜说。奥尔玛沉默不语。

"你还不谢谢孔苏埃洛夫人、瓦伦蒂娜夫人和奥尔玛夫人?"伊内斯说。

"谢谢你们。"男孩说。

第二天早晨,伊内斯没有去服装店,而是陪他们去了专校。大卫说他想在这儿做寄宿生,她告诉安娜·玛格达莱娜。"我不知道谁把这个念头灌输进他头脑中的,我也不是想让你告诉我。我只想知道,你们有给他住的房间吗?"

"是真的吗,大卫?你想跟我们一起住宿?"

"是的。"男孩说。

"你反对吗,夫人?"安娜·玛格达莱娜说,"如果你反对这个想法,为什么不直接这样说出来?"

安娜在跟伊内斯说话,但回答的却是他,西蒙。"我们不反对他刚刚产生的这个想法,原因很简单,我们没有那个能力,"他说,"在我们这里,大卫最后总是能随心所欲。我们是这样一种家庭:一主两仆。"

伊内斯不觉得这话多有趣。安娜·玛格达莱娜也不觉得。但大卫却暗暗发笑。

"女孩子喜欢安全，"安娜·玛格达莱娜说，"但对男孩来说就不同了。对男孩来说，对有些男孩，离开家就是一场伟大的冒险。但是，大卫，我必须警告你，如果你来跟我们一起生活，你可就不能再当主人了。在我们家，阿罗约先生是主人，那些男孩女孩们得听他的。你接受吗？"

"接受。"男孩说。

"但是只在星期内住这里，"伊内斯说，"周末他得回家。"

"我会写个你们需要为他准备的东西的单子。"安娜·玛格达莱娜说，"不要担心。如果我发现他孤单、思念父母了，我会给你们打电话。奥尔尤沙也会关照他的。奥尔尤沙对这种事情很敏感。"

"奥尔尤沙，"他，西蒙说，"谁是奥尔尤沙？"

"奥尔尤沙是负责看管寄宿生的那个男人，"伊内斯说，"我跟你说过。你没有注意听？"

"奥尔尤沙是帮我们做事的那个年轻人，"安娜·玛格达莱娜说，"他是专校出来的，所以他了解我们做事的方式。他专门负责寄宿生。他跟他们一起吃饭，在宿舍附近有间自己的屋子。他很敏感，心地善良，很有同情心。我会介绍你们认识他。"

从走读生到住宿生的转换看来简单至极。伊内斯买了只小皮箱，里面放了些手纸和换的衣服。男孩又把《堂吉诃德》放进去。第二天早上，他公事公办地亲了下伊内斯，以示再见，然后和他，西蒙，急匆匆来到街上，西蒙提着个箱子跟在后面。

像往常一样，德米特里在门口等着。"啊哈，这位小主子要去住学生宿舍了。"德米特里说，然后接过提箱，"要知道，今天可是个大好日子。一个可以载歌载舞，杀头小肥牛庆祝的日子。"

"再见，我的孩子，"他，西蒙说，"表现好点，星期五我来接你。"

"我挺好，"男孩说，"我一直都表现挺好。"

他看着德米特里和男孩消失在楼梯上。接着，一时冲动，他又跟过去。他到达教室时刚好瞥见孩子蹦蹦跳跳朝公寓内部区域走去，握着安娜·玛格达莱娜的手。一种失落感像雾一般席卷全身。眼泪出来了，而他还想徒劳地掩饰。

德米特里安慰地用一条胳臂搂着他的肩膀。"镇定点。"德米特里说。

他不仅没有镇定，反而突然抽泣起来。德米特里把他拉到自己胸前，他没有抵抗。他任由自己大声抽泣着，抽泣了第二声、第三声，深深地吸着烟草的烟味和哔叽衣料的味道，呼吸时还不停地哽咽。放手吧，他想，我要放手。这是可以原谅的，在一个父亲的心中。

接着流泪哭泣的时间结束。他又放松下来，清了清喉咙，咕哝出一句话，想说感谢的话，但发出来后却像某种漱口的声音，然后他冲下楼梯。

回到家里，那天晚上，他跟伊内斯讲了这个插曲，回想起来似乎越来越怪——岂止是怪，简直是怪诞。

"我不知道什么东西钻进心里了，"他说，"毕竟，这又不像孩子被人带走，关在监狱里。如果他觉得孤单了，如果跟那位叫奥尔尤沙的人处不好，他像安娜·玛格达莱娜说的那样，半个小时内就可以回家。所以，我干吗要这样伤心欲绝？而且还当着德米特里的面，偏偏当着他的面！德米特里！"

但伊内斯心思在别处。"我应该把他的保暖睡衣打包放进去。"她说，"如果我交给你，你愿意明天带过去吗？"

第二天他把睡衣交给德米特里，用牛皮纸包着，上面写着大卫的名字。"保暖衣物，伊内斯给的，"他说，"别给大卫本人，他本来就三心二意的，交给安娜·玛格达莱娜，或者最好交给负责管理寄宿生的那个年轻人。"

"奥尔尤沙。我会交给他，不会有误。"

"伊内斯发愁大卫晚上冷。那是她的天性——发愁。顺便说句，请让我为昨天自己出的洋相道歉。我不知道什么东西钻进心里了。"

"那是爱，"德米特里说，"你爱这孩子，看到他那样转身弃你而去的样子，你伤心了。"

"弃我而去？你误会了。大卫不会背弃我们的。绝对不会。寄宿专校只是暂时的，是他一时的怪念头，一种试验。等他厌倦了，或者不开心了，他又会回家的。"

"年轻的孩子飞出窝巢时，父母们总觉得心疼。这天经地义。你的心肠软，我看得出。我的心肠也软，虽然外表很硬。没必要难为情。这是我们的天性，你的，我的。我们生来就这样。我们是心软的人。"他咧嘴笑了，"不像你的伊内斯。Un corazon de cuero."

"你不知道自己在说什么，"他生硬地说，"再也没有比伊内斯更慈爱的母亲了。"

"Un corazon de cuero."德米特里又重复了一遍这句话，"鹿皮做的心。如果你不信，等着瞧。"

他把那天自行车送递的任务尽可能延得更长些，慢慢蹬着自行车，在大街的角落晃悠拖延。夜幕像一片沙漠，在他面前裂开口。他找了个酒吧，要了杯麦秆酒①，他在农场时习惯了这种味道的烈性酒。等他离开时，已经处于愉悦的烂醉中。但是，很快那种压抑的忧郁感又回来了。我必须找点事做！他心里对自己说。像这样消磨时间，根本活不下去！

鹿皮做的心。如果有什么人心硬，那应该是大卫，不是伊内斯。伊内斯对这孩子的爱以及他自己的爱，不用怀疑。但是这样对孩子有好处吗？出于爱，他们轻易地屈从于他的心愿？也许在这些社会机构中存在一种盲目的智慧。也许，不该像一个小王子那样对待男孩，他们应该把他送回公立学校，让老师驯服他，让他回转成一只社会动物。

他脑袋开始疼起来，回到公寓后把自己锁在房间，倒头就睡。醒来时已是晚上，伊内斯回家了。

"真对不起，"他说，"我实在筋疲力尽了，没有做晚饭。"

"我已经吃过了。"伊内斯说。

---

① 原文为西班牙语，vino de paja。

第 九 章

后来的几个星期，他们脆弱的家庭关系变得越来越明显。简单地说，那孩子走后，伊内斯和他已经没有理由一起生活了。他们互相什么话都不说，已经没有共同的话题。伊内斯用聊服装店里的事儿来占据沉默，而西蒙很少听。他不骑车送广告时，就关在自己房间，看报纸或者打盹。他不买东西，也不做饭。伊内斯开始在外面待到很晚，他想当然以为是跟克劳迪娅在一起，但她没有提供任何信息。只有在男孩回来的周末，才有点像家庭生活的样子。

接着，星期五的一天，他到专校去接男孩，发现门锁着。搜寻了很长时间后，他在博物馆找到德米特里。

"大卫在哪里？"他问道，"孩子们都上哪儿去了？阿罗约夫妇去哪儿了？"

"他们去游泳了，"德米特里说，"他们没告诉你？他们已经在去科尔德隆湖的途中了。算是招待住宿生，因为天气慢慢热起来了。本来我也想去，但可惜啊，我要值班。"

"他们什么时候回来？"

"如果天气保持得不错，星期天下午回来。"

"星期天！"

"星期天。别担心。你家孩子会玩得很开心。"

"可他不会游泳！"

"科尔德隆湖在全世界范围都算得上最平静的湖面了。从来没有人在那里淹死过。"

伊内斯回家时迎接她的是这个消息：男孩已经远足去了科尔德隆湖，这个周末他们见不着他。

"科尔德隆湖在哪里？"她问道。

"往北开车两个小时。据德米特里说，科尔德隆湖是一次不容错过的教育体验。孩子们在那儿坐着底部透明的船出去，去观察水下生物。"

"德米特里。看样子现在德米特里成教育专家了。"

"我们早上一大早可以开车去科尔德隆湖，如果你愿意的话。只想确保一切都井然有序。我们可以跟大卫打个招呼；如果他不开心，我们可以带他回家。"

他们真这样干了。驱车前往科尔德隆湖，带着在后座上打盹的玻利瓦尔。天空晴朗无云，白天看来会很热。他们错过了出口，找到湖边的小营地时已经中午，是幢单独的带住房的楼，有个商店卖冰淇淋和塑料拖鞋、钓具和诱饵。

"我们想找一群学生去的地方。"他对柜台后面的女孩说。

"在康乐中心①。沿着湖前面那条路过去。往前大约一公里就到了。"

康乐中心是一幢低矮、盘旋上升的建筑，矗立在一片沙滩上。沙滩上有二十几个人在嬉戏，有男有女，有成人有小孩，全都赤身裸体。甚至打老远他就毫不费力地认出了安娜·玛格达莱娜。

"这个德米特里可什么都没说——关于这种裸体主义。"他对伊内斯说，"我们也这样来吗？"

"哦，我肯定不会脱掉自己的衣服。"她回答说。

伊内斯是个长得好看的女人。她没有理由为自己的身体感到难为情。她没有说出的言外之意是：我可不想当着你的面脱掉衣服。

"那我脱了过去吧。"他说。这时，获得自由的狗，跳跃而出，向沙滩奔去，他躲到汽车后座，脱光衣服。

他小心地从石头上踩过去，来到沙滩上，正好坐满孩子的一条船靠过来。一个满头渡鸦翅膀般黑发的年轻人稳稳地定住小船，孩子们都跳出来，在浅水中激出浪花，赤身裸体地喊着、笑着，大卫就在里面。男孩认出他后大吃一惊。"西蒙！我们看见一条鳗，正在吃一条小鳗，小鳗的脑袋从大鳗的嘴里伸出来，太好玩了，你真该看看！我们还看到好多鱼，好多好多鱼。我们还看到了许多蟹。就这些了。伊内斯在哪儿？"

"伊内斯在车里等着。她感觉不好，头疼。我们过来

① 原文为西班牙语，El centro recreativo。

想看看你们有什么计划。你想跟我们回去还是待着？"

"我想待着，玻利瓦尔可以也待在这里吗？"

"我想不行。玻利瓦尔不习惯陌生地方。他说不定会乱跑，然后走丢。"

"它不会走丢。我会看住它。"

"我不知道。我会跟玻利瓦尔商量这事，看看它想怎么样。"

"那好吧。"男孩没有再多说一句话，转身就跟着朋友们跑掉了。

男孩似乎并不觉得，他，西蒙赤身裸体站在这里很奇怪。事实上，他站在这群赤裸的年轻或年老的人们中间，自己的自我意识迅速烟消云散了。但他还是意识到自己在尽量避开直视安娜·玛格达莱娜。为什么？为什么只有她，当他面对她的时候，他会感觉自己是裸露的？他对她没有性欲。他跟她完全不对等，无论性方面或者其他方面。但是，当他直视她时，他眼睛里某种东西会发亮，那东西就像一支箭，坚硬如钢，不会有错，某种他承受不起的东西。

他和她并不对等：对这点他深信不疑。如果把她的眼睛蒙起来，将她进行展示，像德米特里的博物馆里的塑像，或者动物园笼子里的动物，他可能会花好几个小时凝视她，如痴如醉地欣赏她那象征某种生物的完美状态的形体。但这还不是事情的全部，远不止此。不仅仅是她年轻，有活力，而他已经老了，并且疲惫；不仅仅是她简直像用大理石塑刻出来，而他可以说是用泥巴拼凑而成。为什么这个说法立刻出现在头脑中：与她不对等？他们两人之间更为本质的区别是什么？他能感觉到但却不能确切地讲出来。

有个声音在他身后说话了，她的声音："西蒙先生。"他转过身，犹犹豫豫地抬起眼睛。

她的肩膀上沾了层沙子；她的乳房红润如玫瑰色，被太阳晒过；她的两腿分叉处有一块绒毛，是最淡的褐色，细得几乎看不见。

"你一个人在这里吗？"她说。

高高的肩膀，长长的腰。修长的双腿，肌肉结实，典型的舞蹈演员的腿。

"不是——伊内斯在车里等着。我们对大卫放心不下。没有人跟我们说起过这次外出的事。"

她皱了下眉头。"可我们给每个家长发过通知。你没收到吗？"

"我不知道有通知，不过一切都挺好。孩子们好像也玩得很开心。你什么时候带他们回去？"

"我们还没定呢。如果天气还不错，我们也许可以整个周末都待在这里。你见到我丈夫了吗？胡安，这是西蒙先生，大卫的父亲。"

阿罗约先生，舞蹈专校的校长，音乐大师：他没想到会以这种方式跟他相见，都赤身裸体。人很魁梧，一点都不肥胖，但已不年轻：他的喉咙、胸脯和肚子上的肌肉已经松弛。他的肌色，他整个身体的肤色，甚至他秃脑壳的肤色，都是统一的砖红色，好像阳光是他的天然元素。这次沙滩远足的主意肯定是他出的。

他们握了握手。"这是你的狗？"阿罗约先生指着说。

"是的。"

"挺漂亮的动物。"他声音低沉又流畅。他们一块儿望着这条漂亮的动物。玻利瓦尔对他们并不报以注视，而是凝视着河水。一对小猎狗慢慢向玻利瓦尔溜过来，轮流嗅着他生殖器的味道。他并没有屈尊去闻他们的家伙。

"我正要向你妻子解释呢，"他，西蒙说，"由于这样或者那样的通讯失误，我们没有提前得知这次外出的消息。"

阿罗约似乎是顽皮地噘起嘴唇注视着他。他没有说，通讯失误？请解释下。他没有说，真遗憾你这趟白跑了。他没有说，你愿意留下来吃午饭吗？他什么都没说，也没有闲聊。

连他的眼皮都是烘烤过的颜色。而他那双蓝色的眼睛，比他妻子还暗淡。

他让自己镇定起来。"我可以问问，大卫的学习怎么样吗？"

那颗沉重的脑袋点了一下，又点了一下，再点了一下。这时他嘴唇上露出一丝确定的微笑。"你儿子——我们该怎么说呢！——有种他这么小的孩子中很少见的自信。他不怕任何探险——头脑的探险。"

"是的，他不怕。他歌也唱得很好。我不是音乐家，但我能听得出。"

阿罗约先生举起一只手，有气无力地摆摆手把这几句话打发掉。"你做得很好，" 他说，"是你，不是吗，承担着抚养他的责任。他这样告诉我的。"

他的心都涨起来了。男孩是这样告诉别人的，他，西蒙，是他抚养他长大！"大卫接受的教育很杂乱，如果我可以这样表述的话，" 他说，"你说他很自信。没错。有时不仅仅是自信。他可能会刚愎自用，对一些他不喜欢的老师，但对你和阿罗约夫人，他可以说尊重备至。"

"嗯，如果这样的话，我们可得尽最大努力配得上这份尊重。"

他没有注意到，阿罗约夫人，安娜·玛格达莱娜已经悄悄溜走。这时她重新出现在他的视野中，逐渐消失在湖边，高挑，优雅，一群赤裸的孩子在她身边蹦蹦跳跳地嬉闹着。

"我该走了，" 他说，"再见。"接着又说，"那些数字，二和三等等——我一直在努力理解你们的体系。我认真听了阿罗约夫人的演讲，我还问过大卫，但我坦白，我理解还是有困难。"

阿罗约先生挑起眉毛，等着。

"计数在我生活中的作用并不很大，" 他继续说。"我的意思是，我像其他任何人一样，数数苹果、橘子就行了。我也会数钱。我做些加减运算。你妻子讲的蚂蚁算术。可是二的舞蹈，三的舞蹈，贵数字和基本数字，呼唤星星下凡——这些东西可难倒我了。在你的教学中，你可曾超越过二和三两个数吗？这些孩子们可曾学习过必要的数学——比如 X、Y 和 Z？或者以后会学这个吗？"

阿罗约先生不说话了。正午的阳光打在他们身上。

"你能给我点提示，给点微弱的帮助吗？"他说，"我想理解。真的。我真心希望能理解。"

阿罗约先生说话了。"你希望能理解。你跟我说话的口气，好像我是埃斯特雷拉的圣人，掌握一切答案的哲人。我不是这样。我没有能提供给你的答案。但容我说句话，谈谈普遍意义上的答案。在我看来，问与答互相联系，就像天空和大地，或者就像男人和女人，一个人走出去寻找自己某个宏大问题的答案，我缺什么？遍拷整个世界。然后，某一天，如果他足够幸运，他会找到自己的答案：女人。男人和女人走到一起，他们是一体——且让我们借用这种说法——正是从他们的一体中，他们的联合中，产生出孩子。这个孩子长大成人，直到某一天这个问题又找上他来，我缺什么？就这样这个循环周而复始。这个循环周而复始是因为答案已经潜伏在这个问题中，就像一个尚未出生的孩子。"

"因此？"

"因此，如果我们想摆脱这个循环，也许我们不该为了获得真正的答案拷问这个世界，而是为了获得真正的问题。也许这才是我们缺的。"

"这怎么就对我有帮助，先生，对理解你教我儿子的舞蹈，这舞蹈，以及据说能通过这舞蹈唤下的星星，以及舞蹈在他教育中的作用？"

"哦，那些星星……那些星星至今都仍然让我们感到困惑，甚至对于你我这样的老人。它们是谁？它们在对我们说什么？它们遵循什么原则生活？对孩子来说，这很好理解，孩子们用不着思考，因为孩子们会跳舞。但我们瘫立在这儿，凝视着星星和我们之间开裂的空洞——简直就像一个巨大的深渊！我们究竟怎么才能跨越过去？——那孩子只用舞蹈就能跨越过去。"

"大卫可不是这样。他对裂缝充满了焦虑。有时简直令他无法行动。我看到过这种情况。这种现象在孩子中间太少见了。是一种综合征。"

阿罗约先生对这番话不予置评。"舞蹈不是一种美的东西。如果我想创造出运动状态的优美人物，我会用牵线木偶，不用孩子。牵线木偶能做出人类做不出的飘舞、滑动动作。它们可以在空中做出大型组合动作花样。但它们不能跳舞。它们没有灵魂。是灵魂给舞蹈带来优美，是灵魂跟随旋律，每一步都出自本能，下一步乃至再下一步。

"至于星星，它们有自己的舞蹈，但它们的逻辑不是我们能理解的，它们的旋律同样如此。这是我们的悲剧。然后还有那些流浪的星星，学不会舞蹈的星星，像不懂算术的孩子。我只知道一件事，就是我一无所知，像那位诗人写的那样。星星需要想的是不可想的事情，那些你我理解不了的思想：永生前和永生后的思想；那些从无到一以及从一到无的思想，等等。我们凡人没有为从无到一而跳的舞蹈。所以，再回到你说的有关神秘的 X 以及我们专校的学生会不会学 X 的答案，我的回答是：很可悲，我不知道。"

他等了会儿，却没有下文。阿罗约先生说完了。轮到他说了。但他，西蒙，却不知所措。他拿不出什么可说的。

"没关系，"阿罗约先生说，"你来这儿不是寻找有关 X 的意义什么的，你是关心孩子的福利。你可以放心。他挺好。跟别的孩子一样，年轻的大卫对 X 没有兴趣。他希望生活在这个世界中，去体验这种生机勃勃的生命，如此新鲜和激动人心。我必须得走了，帮我妻子一把。再见，西蒙先生。"

他顺原路回到自己的汽车跟前。伊内斯不在车里。他匆匆穿好衣服，吹了几声口哨叫玻利瓦尔。"伊内斯！"他说，对着狗说话，"伊内斯在哪儿？去找伊内斯！"

狗把他带到伊内斯跟前，她正坐在不远的一个小土堆上的一棵树下面，从那里可以俯视那片湖。

"大卫呢？"她说，"我还以为他要跟我们一起回家呢。"

"大卫玩得挺开心，他想跟朋友们在一起。"

"那我们什么时候可以再看到他？"

"取决于天气。如果天气还这么好，整个周末他们都会待在这里。别着急。伊内斯。他在好人手里。他很开心。这难道不是最值得在乎的吗？"

"那我们这就回埃斯特雷拉？"伊内斯站起来，拍掉衣服上的土，"我真服了你。难道整个这件事没有让你感到难过？首先，他提出要离开家，现在，他周末也不想跟我们一起过。"

"这事迟早会发生。他天生是个独立的人。"

"你说那是独立，可在我看来，他好像完全在阿罗约夫妇的操纵下。我看见你跟阿罗约先生聊了会儿。聊什么了？"

"他向我解释了他的哲学。专校背后的哲学。数字和星星。呼唤星星下凡之类的。"

"你就管那叫哲学吗？"

"不，我没有管那叫哲学。私底下我称之为噱头。私底下我称之为一堆神秘的垃圾。"

"那我们干吗不合力把大卫从专校弄出来呢？"

"弄出他，然后送他去哪儿呢？去音乐专校，那儿可能另有一套胡说八道的哲学糊弄人。呼吸。空掉你的头脑。与宇宙同一。送到市区学校？安静坐着。跟我背诵：一加一等于二，二加一等于三。阿罗约夫妇可能满嘴胡说八道，但至少那还是无害的胡说八道。大卫在这里很快乐。他喜欢阿罗约夫妇。他喜欢安娜·玛格达莱娜。"

"是的，安娜·玛格达莱娜……我想你可能爱上她了。你坦白吧。我不会笑话你。"

"爱上？没有，没有这种事。"

"但你觉得她很有魅力。"

"我觉得她美丽，是女神意义上的那种美！但我并不觉得她有魅力。受到她的吸引——我该怎么说呢？——似乎是无礼的。那甚至是种危险的东西。她能把一个男人杀死。"

"杀死你吗？那样你就该采取预防措施。穿上胄甲。带上一面盾牌。你跟我说过，博物馆工作的那个男人，德米特里，对她如痴如醉。你警告过他，她也会杀死他吗？"

"没有，我还没有。我跟德米特里不是朋友。我们从不交心。"

"那个年轻人——他是谁？"

"那个乘着船跟孩子们出去的年轻人？他叫奥尔尤沙，宿管员，负责照顾寄宿生。他好像人挺好。"

"你好像感觉挺自在，当着陌生人脱光衣服。"

"惊人地自在，伊内斯。惊人地自在。你感觉变回动物了。动物并不存在赤身裸体，它们只是自在而已。"

"我注意到你和你那危险的女神在一起很自在。那一定很刺激。"

"别嘲笑我。"

"我没有嘲笑你。可你为什么就不能对我坦率些呢？谁都能看得出你迷上她了，跟德米特里一样。为什么就不承认，却讲来讲去绕圈子呢？"

"因为事实不是这样。我跟德米特里是完全不同的人。"

"德米特里和你都是男人。对我来说，这个就足够了。"

第 十 章

湖畔之行标志着伊内斯和他之间关系的进一步冷淡。后来不久，她就告诉他，她因为想跟自己的兄弟们在诺维拉住段时间，所以要离开一个星期。她很想念兄弟们，正考虑邀请他们来埃斯特雷拉。

"你的兄弟们跟我在一起从来都处不好，"他说，"特别是迭戈。如果他们要跟你一起住的话，我恐怕就得搬出去了。"

伊内斯没有反对。

"给我些时间，我找找自己的地方，"他说，"我不太想让大卫知道这事，目前还不想。你同意吗?"

"夫妻离婚的事天天发生，孩子们都挺过来了。"伊内斯说，"大卫不会放弃我，也不会放弃你，我们就是将来不会一起生活了。"

现在，他对这个城市了如指掌。没有多大困难，他就在一对老年夫妇那里给自己找到一间屋子。设施简单，电随时会突然断掉，但房租便宜，而且有自己的出入口，还在城区中心范围。伊内斯上班期间，他把自己的东西从公寓里搬出去，自己在新家安顿下来。

尽管他和伊内斯为了男孩还假装表演着夫妇和睦，却一刻也骗不过男孩。"你的东西上哪儿了，西蒙？"他问道。对此，他，西蒙只好承认，他暂时搬出去，为迭戈可能还包括斯特凡诺让地儿。

"迭戈要当我舅舅还是父亲？"男孩问道。

"他还是你的舅舅，仍然像以前那样。"

"你呢？"

"我也还是老样子。我不会改变。我身边的事情变了，但我不会变。你会看到的。"

如果男孩因为伊内斯和他，西蒙之间关系的断绝而痛苦的话，他没有流露出任何迹象。相反，他显得热情奔放，满肚子都是他在专校生活的故事。安娜·玛格达莱娜有台烤饼机，每天早上都给他们寄宿生做华夫饼。"你应该买台华夫饼烤饼机，伊内斯，太棒了。"奥尔尤沙已经接管了他们的睡前阅读工作，目前在给他读三兄弟找马德雷吉尔剑的故事，同样好极了。在博物馆后面，安娜·玛格达莱娜有座花园，有个密室，她在那里养了许多兔子、小鸡，还有一只小羊。其中一只兔子特别顽皮，老想打洞跑出来。有一回，他们发现它居然躲在博物馆地下室。在这些动物中，他最喜欢那只小羊，它名叫耶利米。耶利米没有妈妈，所以它得喝一只带塑料奶头的瓶子里的牛奶。德米特里让他拿住瓶子喂给耶利米喝。

"德米特里？"

原来，德米特里还负责专校的野生动物，他同样还负责从地窖里带木柴给那口大锅用，等孩子们冲完澡后擦洗浴室。

"我以为德米特里只在博物馆工作呢。博物馆的人知道德米特里也被专校雇用干活儿吗？"

"德米特里不想要钱。他是为安娜·玛格达莱娜干。他愿意为她做任何事，因为他爱她，崇拜她。"

"爱她，崇拜她。是他说的话吗？"

"是的。"

"哦，挺好。太值得钦佩了。我担心的是德米特里出于爱和崇拜做这些服务工作，是在博物馆给他发工资期间，而他的职责本应是馆内画作的保卫。不过，有关德米特里的事说这些就够了。你还有什么可以告诉我们的？你喜欢做寄宿生吗？我们的决定正确吗？"

"是的。我做噩梦的时候，就叫醒奥尔尤沙，他就让我睡他床上。"

"只有你睡奥尔尤沙的床上吗？"伊内斯问。

"不，不管谁做了噩梦，都可以跟奥尔尤沙一起睡。他这样说的。"

"奥尔尤沙呢？他自己做噩梦时睡在谁的床上？"

男孩并不觉得可乐。

"舞蹈呢？"他，西蒙问，"你的舞蹈进展怎么样了？"

"安娜·玛格达莱娜说我是所有人中跳得最好的。"

"挺好。我什么时候可以说服你给我跳一段舞？"

"绝不可能，因为你不相信舞蹈。"

你不相信舞蹈。在男孩给他跳之前，他凭什么要相信？相信那些有关星星的莫名其妙的话？

110

他们一起吃了饭——伊内斯做好了晚餐——然后就到他该走的时候了。"晚安，我的孩子。我早上还会过来。我们可以遛一会儿玻利瓦尔。说不定会在公园踢场足球呢。"

"安娜·玛格达莱娜说，如果你想当个舞蹈家，就绝对不能踢足球。她说那会拉伤肌肉。"

"安娜·玛格达莱娜知道很多东西，但她并不了解足球。你是个强壮的男孩。不会在踢足球的时候伤了自己。"

"安娜·玛格达莱娜说，我绝对不可以。"

"很好。我不会强迫你踢足球。不过请跟我解释一件事。你永远不听我的，你几乎也从不听伊内斯的，但你对安娜·玛格达莱娜说的话却完全照办。为什么会这样？"

没有回答。

"好了。晚安。我明天早上再来找你。"

他情绪很恶劣，拖着疲惫的步子回到住处。有一度，男孩曾把心和灵魂交给伊内斯，或者至少在伊内斯眼中，他是个被藏起来的王子；但那样的日子似乎已经过去。对伊内斯来说，发现自己被阿罗约夫妇代替了，肯定很沮丧。至于他，在男孩的生活中，还留下什么位置呢？也许他应该学习玻利瓦尔的样子。玻利瓦尔已经完全进入一条狗生命的薄暮时分。它已经长得大腹便便。有时它躺下睡觉时，会发出一声轻轻的叹息。但是，如果伊内斯没心没肺到把一只小狗领进家——一只会长大的小狗，取代他们现在的保镖——玻利瓦尔将在它年轻对手的脖子上下嘴，将它一拽，直到咬断脖颈骨。也许这才是一个类似父亲的他应该成为的样子？无所事事、自私、充满危险。也许那时男孩才会尊重他。

伊内斯离家踏上曾经承诺要去的诺维拉的旅途；男孩暂时也轮到他负责照顾。星期五下午，他在专校外等着。铃声响起，学生们都奔涌而出，却看不见大卫的影子。

他爬上楼梯。教室空空荡荡。那边，一条没有照明的走廊通向一系列房间，都用黑木做墙板，没有任何家具。他穿过一个黑暗的空间，可能是食堂，摆着长长的、看上去破破烂烂的桌子，还有一个餐具柜，里面放满餐具，他又走到另一段楼梯脚下。上面传出一个男人的咕哝声。他爬上楼梯，敲了敲关闭的门。那声音停下来，然后说："进来。"

他走进一间宽敞的、只有天光照明的房间，显然是寄宿生的宿舍。安娜·玛格达莱娜和奥尔尤沙并排坐在一张床上。十几个孩子成群地围绕在他的身边。他认出两个阿罗约家的男孩，他们曾在音乐会上跳过舞，但大卫没在里面。

"十分抱歉，冒昧打扰，"他说，"我在找我儿子。"

"大卫在上音乐课，"安娜·玛格达莱娜说，"他四点钟就下课了。你愿意等等吗？你可以跟我们在这儿等。奥尔尤沙在给我们读故事。奥尔尤沙，孩子们，这是西蒙先生，大卫的父亲。"

"我这不是打扰吗？"他说。

"你没有打扰，"安娜·玛格达莱娜说，"坐下吧。华金，告诉西蒙先生到现在为止，故事里都发生什么了。"

你没有打扰。坐下吧。玛格达莱娜的声音中，她的整个举止中，有种始料不及的友善。出现这样的变化是因为他们一起赤身裸体过吗？这就是全部要求吗？

华金，阿罗约家的那个大孩子开讲了。"从前有个渔夫，一个很穷的渔夫，有一天，他抓到一条鱼，他切开鱼，在鱼肚子里发现一枚金戒指。他擦了擦戒指，然后——"

"把它擦得金光闪闪。"这时他的小弟弟插嘴说，"他把戒指擦得金光闪闪。"

"他把戒指擦得金光闪闪，这时一个魔仆出现了，魔仆说，'每次你擦这枚魔戒的时候，我就会出现，答应你一个愿望，你总共可以许三个愿，你的第一个愿望是什么呢？'我们就讲到这儿了。"

"无所不能，"安娜·玛格达莱娜说，"记住了，魔仆说他无所不能，而且可以实现任何愿望。奥尔尤沙，接着读。"

以前，他没有认真看过奥尔尤沙。这个年轻人长着一头精致、相当漂亮的黑发，直直地从太阳穴往后梳过去，皮肤细腻得像孩子。看不出任何刮过胡子的痕迹。他垂下黑黑的有着长长睫毛的眼睛，用令人惊讶的洪亮的声音读起来。

"渔夫并不相信魔仆的话，决定考验他一下。'我希望打捞一百条鱼带到鱼市上去卖。'他说。

"立刻，一股大浪扑到海滩上，在他脚下留下一百条鱼，快要咽气但仍活蹦乱跳。

"'你的第二个愿望是什么？'魔仆问。

"渔夫更大胆了，回答说：'我希望有个漂亮的姑娘做我的妻子。'

"立刻，有个美丽得让他喘不过气来的女孩出现了，跪在他面前。'我属于你的，我的老爷。'女孩说。

"'你最后一个愿望是什么？'魔仆说。

"'我想做这个世界的国王。'渔夫说。

"立刻，渔夫发现自己身披金色丝线做的锦缎长袍，头戴一顶金冠。这时一头大象出现了，用鼻子把他提起来，让他坐在自己脊背的王座上。'你已经实现了自己最后的愿望，你现在是这个世界的国王了。'魔仆说，'再见。'然后他化成一股烟消失了。

"天已经晚了。海滩上荒无人烟，除了渔夫、他那美丽的新娘、那头大象和一百条快要死的鱼。'我们应该行进到我的村里去。'渔夫用最和善的口气说。'行进！'可大象纹丝不动。'行进！'渔夫喊叫的声音更大了；但大象还是不听他的。'你！姑娘！'这位国王喊道，'找根棍子打大象，让他走！'女孩顺从地抓起一根棍子，抽打大象，最后大象终于开始走了。

"太阳开始沉落时，他们来到渔夫的村子。他的邻居们全都簇拥过来，个个都对大象、漂亮女孩以及头戴王冠坐在王座上的渔夫惊奇不已。'看呐，我现在是这个世界的国王了，这位是我的王后！'渔夫说，'为了显示我的慷慨，明天，你们将会吃一顿百鱼大餐。'村民们兴高采烈，扶着国王从大象上下来，他回到自己简陋的住处，他在那里搂着美丽的新娘睡了一个晚上。

"天刚亮，村民就出发到海边去取那一百条鱼。可是他们到那里后，除了鱼骨头什么都没看见，因为当天晚上，海滩上来了许多狼和熊，饱餐了一顿。于是村民们回去说，'哦，国王，狼和熊已经把鱼吃了，快去给我们抓更多的鱼来，我们饿了。'

"渔夫从长袍的皱褶里取出那枚金戒指。他擦了又擦，可是魔仆没有出现。

"这时村民们越来越饿，说，'你算什么国王，连吃的都给不了我们？'

"'我是全世界的国王，'做了国王的渔夫说，'如果你们拒绝承认，我就自行告辞了。'他转身对着一夜的新娘说，'去牵那头大象，'他命令道，'我们离开这个不知感恩的村子'。

"可是夜里，那头大象已经走丢了，王座和一切都不见了，谁都不知道上哪儿去找。

"'过来！'渔夫对新娘说，'我们步行走。'

"但是他的新娘拒绝了。'王后不能步行，'她噘着嘴说，'我想像个王后那样骑着白色的 palafrén 走，后面跟一队女仆随从，敲着小铃铛。'"

这时门打开了，德米特里轻手轻脚地走进房间，后面跟着大卫。奥尔尤沙暂时停下朗读。"过来，大卫，"安娜·玛格达莱娜说，"奥尔尤沙正给我们读想当国王的渔夫的故事呢。"

这时大卫在她身边坐下，德米特里仍然在门口蹲着，手里拿着帽子。安娜·玛格达莱娜皱了下眉头，迅速轻轻地挥了下手，似乎在命令他出去，但他没有理睬。

"接着读，奥尔尤沙，"安娜·玛格达莱娜说，"仔细听着，孩子们，因为奥尔尤沙读完后我要问你们从渔夫的故事中学到了什么。"

"我知道答案，"大卫说，"我已经自己读过这个故事了。"

"你可能读过这个故事，大卫，但我们别的人没有。"安娜·玛格达莱娜说，"奥尔尤沙，接着读。"

"'你是我的新娘，你得听我的。'渔夫说。

"女孩傲慢地摇着头，'我是个王后，我不会步行，我要骑一匹palafrén。'她又说了一遍。"

"什么是palafrén，奥尔尤沙？"其中一个孩子问道。

"palafrén是一种马，"大卫说，"难道不是吗，奥尔尤沙？"

奥尔尤沙点了头。"'我要骑一匹驯马。'

"国王一言不发，扔下他的新娘，大踏步走了。他走了好远的路，最后来到另一个村子。村民们围拢在他身边，对着他的王冠和锦缎长袍惊奇不已。

"'瞧，我是这个世界的国王，'渔夫说，'给我拿吃的来，我饿了。'

"'我们会拿吃的给你，'村民们回答说，'可是如果你像你说的那样是国王的话，你的随从们在哪儿呢？'

"'作为国王，我不需要随从，'渔夫说，'你没有看见我头上的王冠吗？照我说的去办。给我端上一顿大餐来。'

"这时村民们都开始嘲笑他。大伙儿并没有给他端来一顿大餐，而是敲掉他头上的王冠，扯掉他身上的锦缎长袍，最后他穿着渔夫简陋的装束站在他们面前。'你是个骗子！'村民们大喊大叫，'你就是个渔夫！你还没我们好呢！从哪儿来就回哪儿去！'村民们拿木板条儿把他给打跑了。想当国王的渔夫的故事到这里就结束了。"

"这个故事到这里就结束了，"安娜·玛格达莱娜应声重复道，"很有意思的一个故事，是吧，孩子们？你们认为我们可以从故事中得到什么？"

"我知道。"大卫说，然后冲着他，西蒙，微微斜视一笑，仿佛在说，你看见了吗，我在专校表现多聪明？

"你可能知道，大卫，但那是因为你之前已经看过这个故事，"安娜·玛格达莱娜说，"我们给别的孩子一个机会吧。"

"大象出什么事儿了？"说话的是阿罗约家最小的孩子。

"奥尔尤沙，大象出什么事儿了？"安娜·玛格达莱娜说。

"大象被一股巨大的旋风吹到天上，后来又落回它的森林之家，从那以后，它就幸福地生活在那里。"奥尔尤沙平静地说。

他的眼睛向她的眼睛递去一瞥。他第一次觉得他们之间可能正在发生着什么，在校长纯白如雪的妻子和这位英俊的年轻宿管之间。

"我们能从渔夫的故事中学到什么呢？"安娜·玛格达莱娜又重复了一遍，"渔夫是个好人还是坏人？"

"他是个坏人，"阿罗约家比较小的那位男孩说，"他抽打了大象。"

"他没有抽打大象，是他的新娘抽打大象了。"阿罗约家大些的男孩华金说。

"可是是渔夫让她打的。"

"渔夫是个坏人，因为他很自私，"华金说，"许他许三个愿望时，他只想到自己。他应该想想别人。"

"那我们从渔夫的故事中能得到什么启示呢？"安娜·玛格达莱娜说。

"我们不能自私。"

"大家赞同吗，孩子们？"安娜·玛格达莱娜说，"大家同意华金说这个故事告诫我们不要自私，如果我们太自私，我们最后会被邻居们赶到沙漠里去吗？大卫，你有什么要说的吗？"

"村民们错了。"大卫说。他看看四周，挑战地扬起下巴。

"请解释，"安娜·玛格达莱娜说，"说说你的理由。为什么村民错了？"

"他是国王。他们应该在他面前毕恭毕敬才对。"

从脚跟着地蹲在门口的德米特里那里传来缓缓的鼓掌声。"讲得好，大卫，"德米特里说，"讲得像个大师。"

安娜·玛格达莱娜朝德米特里皱了下眉头。"你没有自己的事要做吗?" 她说。

"对雕像要做的事儿吗? 那些雕像都是死的, 它们每一尊都能照顾好自己。"

"他不是真正的国王," 华金说, 他好像慢慢自信起来, "他是个假装国王的渔夫。这点故事讲得很明白。"

"他是国王," 大卫说, "魔仆让他成为国王了。魔仆无所不能。"

两个男孩怒目而视。奥尔尤沙出面干涉了。"我们怎么样才能成为国王?" 他问道, "这才是真正的问题, 难道不是吗? 我们中随便一个人怎么才能成为国王? 我们得碰到一个魔仆吗? 我们得开膛一条鱼, 找到一枚魔戒吗?"

"你首先得成为一个王子," 华金说, "如果你不能首先成为一个王子, 就不可能成为国王。"

"你可以," 大卫说, "他有三个愿望, 那是他的第三个愿望。魔仆让他成为世界的国王。"

从德米特里那儿再次传来响亮的鼓掌声。安娜·玛格达莱娜没有理他。"那你认为, 我们可以从这个故事中得到什么启示, 大卫?" 她问道。

男孩深深地吸了口气, 好像马上就要讲话了, 接着又突然摇了摇头。

"什么?" 安娜·玛格达莱娜说。

"我不知道。我看不出来。"

"我们该走了, 大卫," 他说着站起来, "谢谢你, 奥尔尤沙, 谢谢你读了故事。谢谢你, 夫人。"

这是男孩第一次光临他，西蒙现住的这间拥挤的屋子。他没有做任何评论，只是喝橘汁，吃饼干。后来，在玻利瓦尔如影随形的陪伴下，他们一起出去散步，打探下这个社区。这个社区没有多大意思，只有一条又一条的街，街边是正面很窄的民宅。可是，那是星期五晚上，劳作了一星期的人们下班回家，都好奇地看着这个小男孩和那条长着冷漠的黄眼睛的大狗。

"这是我的地盘，"他，西蒙说，"这是我送邮件的地方，要辐射到附近所有的街道。这个工作并不伟大，但是做一个码头工人，干的也不是伟大的活儿。我们每个人都会找到最适合我们的层次，这就是我的层次。"

他们在一个交叉口站住。玻利瓦尔轻轻地从他们身边走过去，走到公路上。一个高大结实的男人骑着自行车拐了个弯躲过它，然后气愤地朝后看了眼。"玻利瓦尔！"男孩大声喊道。玻利瓦尔懒懒散散地回到他身边。

"玻利瓦尔的做派就像个国王。"他，西蒙说，"它那样子好像遇到过魔仆似的。它觉得每个人都应该在它面前让路。它应该好好想想。也许它的愿望都用光了。或许它的魔仆只不过是股烟。"

"玻利瓦尔是狗中国王。"男孩说。

"做狗中国王也没法让它从被小车撞翻幸免。最终，狗中国王也还是一条狗。"

不管因为什么，男孩已经不是往常那个活泼的性情了。坐在桌边，面对他们的饭菜，土豆泥、肉汁和豆子，他眼皮总垂着。他没有抗议，就溜进自己的沙发床上。

"睡个好觉。"他，西蒙，轻声说，还吻了下他的额头。

"我正变得越来越小——小——小，"男孩用一种低沉而沙哑、似睡非睡的声音说，"我正变得越来越小——小——小，我正在坠落。"

"你放心坠落好了，"他轻声说，"有我在这儿看着你呢。"

"我是鬼魂吗，西蒙？"

"不，你不是鬼魂，你是真人。你是真人，我也是真人。快睡吧。"

早上起来，他好像更有生气了些。"今天我们打算干吗来着？"他说，"我们能去那个湖边吗？我想再去坐着船漂游。"

"今天不行。我们可以等迭戈和斯特凡诺来了去湖边来一次短途旅行，到时我们可以给他们展示下美景。要不看一场足球赛怎么样？我去买份报纸，看看谁在踢。"

"我不想看足球。太乏味了。我们能去博物馆吗？"

"可以啊。可是，你是真的想去参观博物馆还是想看看德米特里？你为什么这样喜欢德米特里？是因为他给你糖果吗？"

"他经常跟我说话。他告诉我许多东西。"

"他给你讲了许多故事？"

"嗯。"

"德米特里是个很孤单的人。他总是找人讲他的故事。真有些可怜。他应该给自己找个女朋友。"

"他爱着安娜·玛格达莱娜。"

"是的，他也这样告诉过我，所以，他告诉过愿意听他说话的任何人。安娜·玛格达莱娜一定觉得很尴尬。"

"他有很多不穿衣服的女人的相片。"

"嗯，这个我不觉得意外。这是孤独的男人常干的事，部分男人。他们会收集漂亮女人的相片，梦想跟她们一起生活的人都是这样。德米特里很孤独，他不知道应该怎么打发孤独，所以，当他不能像条狗那样跟在阿罗约夫人身边时，就看那些相片。我们不能责怪他，但他不该把自己的相片给你看。这样不好，而且如果伊内斯听说了，她会非常生气的。我要跟他说说。他还把这些相片给别的孩子们看吗？"

男孩点点头。

"你还有什么可以告诉我的？你和他经常谈些什么呢？"

"还谈来生。他说他来生要跟安娜·玛格达莱娜一起生活。"

"就这些？"

"他说我可以来生跟他们一起生活。"

"你还有别的什么人？"

"就我。"

"我一定要跟他谈谈。我还会跟安娜·玛格达莱娜谈谈。我对德米特里感觉不舒服。我觉得你不应该这么频繁地跟他见面。快吃早点。"

"德米特里说他有色欲，什么是色欲？"

"色欲是成年人遭受的一种状态，通常是像德米特里这样的成年人，他们一个人待太久，没有妻子或者女朋友。它有点像一种疼痛，比如头痛或者肚子疼。会让他们浮想联翩。会让他们想象很多并不真实的东西。"

"德米特里遭受色欲，是因为玛格达莱娜吗?"

"大卫，安娜·玛格达莱娜是个结了婚的女人。她有自己相爱的丈夫。她可以做德米特里的朋友，但不能爱他。德米特里需要一个因为他本人而爱他的女人，只要他找到一个爱他的人，他的所有悲伤就都会治愈。他就再也用不着看那些相片了，他也用不着告诉每个路人，他多么崇拜楼上的这位女士。但我相信他很感激你听他的故事，感激你做他的好朋友。我相信这对他会有帮助。"

"他跟另一个男孩说，他想自杀。他想拿一颗子弹射进脑袋。"

"哪个男孩?"

"另一个男孩。"

"我不信。那个男孩肯定理解错了。德米特里不会自杀。另外，他没有枪。星期一早晨，我送你去学校，到时我要跟德米特里聊一聊，问他出什么事儿了，我们能帮些什么。也许，如果我们大家去湖边的话，可以邀请德米特里一起去。我们可以这样吗?"

"行。"

"在此之前，我不想让你再私下见德米特里。你明白了吗? 你懂我说的意思了吗?"

男孩不说话，拒绝看他的目光。

"大卫，你懂我说的意思了吗？这可是件严肃的事。你不了解德米特里。你不懂他为什么要跟你那么亲密。你不知道他心里会怎么想。"

"他经常哭。我看见过。躲在小房间里哭。"

"什么小房间？"

"放扫帚和杂物的小房间。"

"他跟你说过为什么哭吗？"

"没有。"

"哦，如果有什么沉重的东西压在我们心上时，痛哭一场，总是有好处。也许德米特里有很沉重的心事，既然他哭过，那说明他的心理负担已经减轻了。我要跟他谈谈。我会发现问题出在哪儿。我要探个究竟。"

第 十 一 章

他说到做到。星期一上午，他把大卫送到班上后，就去找德米特里。他在一间展室找到德米特里，他正站在一把椅子上，用一根长长的毛掸扫除高高地挂在墙上的一幅画框里的画上的尘土。画中一男一女穿着相当正式的黑衣，坐在一个草坪上，周围林木葱郁，前面铺了一块野餐布，与此同时，背后一群牛在安静地吃草。

"能打扰你一下吗，德米特里？"他说。

德米特里从椅子上下来，面对着他。

"大卫跟我说你经常请些专校的孩子去你房间。他还告诉我你经常给他看裸体女人的相片。如果属实，我希望你立刻停止这种行为。否则你会招致严重后果，这点我用不着讲出来。你明白我的意思吗？"

德米特里往后推了下帽子，"你认为我在侵犯这些孩子年轻漂亮的身体吗？你是想控告我这个吗？"

"我不想控告你任何东西。我要确认你跟这些孩子的关系是完全无可指责的。但是，孩子们经常凭空想象好多东西，他们会夸张很多事情，他们互相交谈，还会跟父母讲。整个事情可能会变得很恶劣。你肯定明白这个。"

一对年轻夫妇走进展室，这是当天来的第一批参观者。德米特里把那只椅子放到一个角落的适当位置，然后坐上去，手拿一根长矛般竖起的羽毛掸子。"完全无可指责，"他压低声音说，"你真的当着我的面说：完全无可指责吗？你简直在开玩笑，西蒙。这是你的名字吗：西蒙？"

　　那对年轻夫妇瞥了他们一眼，互相悄悄说了句什么，就离开那个展室。

　　"明年，西蒙，我就要庆贺在这世上过的四十五周年。昨天我还是个小伙子，今天，眨眼的工夫，我就四十四岁了，满脸胡子，大腹便便，膝盖也坏了，我的一切都四十四岁了。你真的相信一个人到这么成熟的年龄还会完全无可指责吗？你会那样说自己吗？你完全无可指责吗？"

　　"求求你，德米特里，别长篇大论。我过来是做个请求，礼貌的请求。不要再请专校的孩子去你房间了。别再给他们看黄色相片了。另外，别再跟他们说他们的老师——阿罗约夫人了，别再说你对她的感情了。他们不懂。"

　　"我要是不停止呢？"

　　"如果你不停止，我就去博物馆管理者报告，你会丢了工作。就这么简单。"

　　"就这么简单……在这个世界上，没有什么是简单的，西蒙——你应该知道这点。我来跟你讲讲我的这份工作。我来博物馆前在医院工作，不是当医生，我得马上声

126

明，我一直都很笨，考试从不过，不擅长书本学习的。德米特里，一头傻公牛。不，我不是医生，我是个勤杂工，干些没人愿意干的活儿。干了七年，断断续续，我是个医院勤杂工。我跟你说过这事儿了，如果你还记得的话。我并不后悔那些年的经历。我看到了太多的生活，太多的生与死。看到的死太多了，最后我只好离开，再也没法面对。我拿到这份工作，在这里除了整天坐着，打呵欠，等着闭馆时间的铃声响起，无所事事。如果不是因为楼上的专校，不是因为安娜·玛格达莱娜，我早就无聊乏味死了。

"你认为为什么我会跟你家小孩聊天，西蒙，还跟别的小孩聊天？你认为为什么我会跟他们玩儿，还给他们买糖果？是因为我想拉拢腐蚀他们吗？是因为我想侵犯他们吗？不。不管你相信与否，我跟他们玩儿，是希望他们的一点芳香和纯真能沾染到我身上，这样我就不会变成一个沉闷、孤独、蜘蛛般坐在角落的老人，对别人毫无用处，多余、不被人重视。是因为我一个人待着有什么好处，而且你一个人待着又有什么好处——是的，你，西蒙！——我们独自待着有什么好处，像我们这样疲惫、无用的老人？我们还不如把自己锁在厕所里，朝我们的脑袋里射一颗子弹，你难道不同意吗？"

"四十五岁不算老，德米特里。你正处于生命的盛年。你没有必要在阿罗约夫妇的舞蹈专校的走廊里神出鬼没的。你可以结婚，可以养自己的孩子。"

"我可以。我的确可以。你认为我不想吗？可是我有个迷恋的人，西蒙，有个迷恋的人。这个迷恋的人就是阿罗约夫人。我对她神魂颠倒。你熟悉这个词吗？不？你可以在书里查查这个词。神魂颠倒。你知道这事，她知道这事，人人都知道这事，这事不是什么秘密。甚至阿罗约先生都知道，他的头脑大多数时候都飞到云里雾里。我对阿罗约夫人迷恋得神魂颠倒，为之疯狂，癫狂，自始至终都是如此。你会说，放了她，找别的。可是我办不到。我愚蠢死了，做不到——太傻、太单纯、太老派、太忠诚。像一条狗。我这样说并不感到难为情。我是安娜·玛格达莱娜的一条狗。我舔她脚步走过的地面。我跪俯在地。现在，你让我放弃她，就那样，放弃她找个替代者。绅士，负责任，工作稳定，不再年轻，欲寻找值得尊敬、可期许结婚的寡居女人。来信寄至邮箱 123，附照片。

"这不管用，西蒙。邮箱 123 里的女人不是我爱的女人，我只爱安娜·玛格达莱娜·阿罗约。为了适合邮箱123，我要把自己塑造成什么样的丈夫，什么样的父亲，如果心中还留着玛格达莱娜的影子？还有你希望我生的孩子，那些我自己的孩子，你认为他们会爱我吗，那些从冷漠的生殖器中生出的孩子？绝对不会。他们会恨我，鄙视我，对此我将罪有应得。谁会需要一个心不在焉的父亲？

"所以，谢谢你的关心和考虑周到的忠告，很不幸，我遵照不了。当面临人生的重大选择时，我只会遵从自己的内心。为什么，因为心总是对的，而头脑总是错的。你懂吗？"

他开始明白为什么大卫会被这个男人迷住。毫无疑问，在这番伟大无私、得不到回报的爱情的论说中，有种故作姿态的因素在其中，而且还有种自吹自擂的执迷不悟。也有某种自嘲：从开始他就感觉自己能够被单选出来获得信任，只是因为德米特里当他是个性低能或者月球上的居民，跟这些世俗的激情格格不入。但是这场表演实在太有力了。在大卫那样年纪的男孩面前，跟自己这样一个干枯的老柴棍比起来，德米特里多么掏心窝，多么伟大，多么真实！

"是的，德米特里，我理解。你把自己讲清楚了，太清楚了。我也澄清一下自己。你跟阿罗约夫人的关系，那是你的事，与我无关。阿罗约夫人是个成年女人，她自会好自为之。但孩子们的事就另当别论了。阿罗约夫妇开办的是所学校，不是孤儿院。你不能接管他们的学生，吸纳他们成为自己的家庭。他们不是你的孩子，德米特里，正如阿罗约夫人不是你的妻子。我希望你不要再邀请大卫，我的孩子到你房间，给他看黄色相片了——我的孩子，或者其他任何孩子。我对这孩子的健康成长负有责任。如果你不想停止这样做，我就要确保，你会被解雇。就这样。"

"这算是一种威胁吗，西蒙？你这是在发出威胁吗？"德米特里从椅子里站起来，手里仍然握着羽毛掸子，"你，不知从哪儿来的陌生人，想威胁我？你以为我在这儿没势力吗？"他的嘴唇微笑着张开了，暴露出黄黄的牙齿。他轻轻地在他，西蒙的脸上摇晃着羽毛，"你以为我在高层没有朋友吗？"

他，西蒙往后退了几步。"我想什么不关你任何事，"他冷静地说，"我已经说了我必须要说的话。祝你早上好。"

那天晚上开始下起雨来。其实整个白天都在下雨，毫不间断，也没有停的意思。自行车送信员们没法出去跑自己的活儿了。他待在自己房间，消磨时间，听听收音机里的音乐，打会儿盹，其间屋顶上一个漏洞里的水不断地滴进一只桶里。

雨下到第三天，他房间的门忽然打开了，大卫站在他面前，衣服完全湿透，头发像糨糊般贴到头皮上。

"我逃跑了，"他宣告称，"我从专校跑出来了。"

"你从专校逃跑出来了！过来，关上门，脱掉湿衣服，你一定冷得像冰了。我以为你喜欢在专校待着呢。出什么事儿了吗？"他边说话，边在男孩身边手忙脚乱地给他脱衣服，同时裹上一条大毛巾。

"安娜·玛格达莱娜不见了。德米特里也不见了。他们都不见了。"

"我想这肯定有原因。他们知道你来这儿了吗？阿罗约先生知道吗？奥尔尤沙知道吗？"

男孩摇了摇头。

"他们肯定会很担心。我来让你暖和下，喝点东西，然后我出去打个电话说你很安全。"

他穿上自己那件黄油布雨衣，戴上那顶黄水手帽子，走进瓢泼大雨里。他在街角的电话亭给专校打电话。没有人接。

他又回到房间。"没有人接。"他说,"我得亲自去趟那里。在这儿等着我。求求你,别跑开。"

这次他骑着自行车。花了他十五分钟时间,一路上穿过瓢泼大雨。他到达时已经湿到骨子里了。教室空空荡荡,但在那间深深的洞穴般的食堂,他看到了大卫的同学和寄宿生,坐在一张长长的桌子旁边,奥尔尤沙在跟他们读故事。奥尔尤沙中断了朗读,探询似的盯着他。

"很抱歉打搅了,"他说,"我打过电话,没人接。我只好过来告诉你,大卫很安全。他在家里跟我在一起。"

奥尔尤沙脸红了。"真抱歉。我一直想把大家都召集在一起,可有时也失去头绪。我以为他在楼上。"

"没有,他在我那儿。他说什么安娜·玛格达莱娜不见了。"

"是的,安娜·玛格达莱娜不在。我们的课程暂时休息,等她回来再恢复。"

"那得到什么时候?"

奥尔尤沙无奈地耸耸肩。

他又踩着自行车回到小屋子。"奥尔尤沙说他们暂时停课,"他告诉男孩,"他说安娜·玛格达莱娜很快就回来。她根本就没有出走,那完全是胡说八道的传闻。"

"不是胡说八道。安娜·玛格达莱娜跟德米特里跑了。他们想像吉卜赛人那样过。"

"谁告诉你这个的?"

"德米特里。"

"德米特里是个梦想家。他经常梦想跟安娜·玛格达莱娜私奔。安娜·玛格达莱娜对他没兴趣。"

"你就是从不听我的！他们跑了。他们想过一种新生活。我不想再去专校了。我想跟安娜·玛格达莱娜和德米特里一起生活。"

"你想离开伊内斯跟安娜·玛格达莱娜一起生活？"

"安娜·玛格达莱娜爱我。德米特里爱我。伊内斯不爱我。"

"伊内斯当然爱你！她都等不及马上从诺维拉回来，这样就可以再次跟你在一起了呢。至于德米特里，他谁都不爱。他没有爱的能力。"

"他爱安娜·玛格达莱娜。"

"他只是对安娜·玛格达莱娜有激情。那是两码事。激情是自私的。爱是无私的。伊内斯无私地爱着你。我也是。"

"跟伊内斯在一起太没意思了。跟你在一起也没意思。这雨什么时候停？我讨厌这雨。"

"听到你说这样没意思，我真难过。至于这雨，很遗憾我不是天上的国王，我没办法让它停止。"

埃斯特雷拉有两个广播台。他换到第二个台上，播音员正好在报告由于"不可理喻的"天气原因，当地农贸市场关闭。这条消息过后紧接着又播了个公交服务被压缩的长篇说明，还说许多学校暂停上课。"埃斯特雷拉的两所专校，也将关门，包括音乐专校和舞蹈专校。"

"我跟你说过了，"男孩说，"我再也不想回专校了。

我讨厌那里。"

"一个月前，你还说很爱专校。现在你又讨厌它。也许，大卫，你该开始明白，你可以拥有不仅仅两种感情，除了爱和讨厌，还有许多其他感情。如果你决定讨厌专校，打算放弃它，你会很快发现自己得进某所公立学校了，那里你的老师不会给你读有关魔仆和大象的故事，而是会整天让你做算术，六十三除以九，七十二除以六。你是个幸运的孩子，大卫，幸运又太放纵。我想你面对这个现实应该醒醒了。"

说完该说的话，他就出去走进雨中，给专校打电话。这次奥尔尤沙接了电话。"奥尔尤沙，又是西蒙。我刚从收音机里听到专校要关闭了，到雨停了才开。你为什么没有告诉我？我要跟阿罗约先生说话。"

沉默了好长时间。然后："阿罗约先生忙着，他不能过来接电话。"

"阿罗约先生，你们专校的校长，忙得没工夫跟家长说话。阿罗约夫人已经放弃了自己的工作职责，找不到人。究竟怎么回事？"

沉默。电话亭外，一个年轻女人怒气冲冲地看了他一眼，嘴里说着什么，轻轻敲着手表。她打了把伞。但是太薄了，抵挡不住在她上方扫荡的尖叫的雨水。

"奥尔尤沙，听我说。我们想回来，大卫和我。我们马上就过来，留着门不要锁。再见。"

他已经不打算身上干了再说了。他们骑车一起到了专校，男孩坐在笨重老旧的自行车的横梁上。从那身黄雨衣下面向外偷看着，当他们穿过大片水域时高高地抬起脚，兴奋得大喊大叫。交通信号灯都不工作了，大街上几乎空空荡荡。小城广场上的摊贩早就收拾好回家去了。

一辆小车停在专校外的门口。一个孩子坐在后面，他认出是大卫的同学，脸贴向窗户，孩子的母亲试图把一只提箱拎进车里。他去帮她。

"谢谢你，"她说，"你是大卫的父亲，没错吧？我认得你参加过那次音乐晚会。我们避一下雨吧！"

他和她回到门口的路上，这时大卫钻进车跟朋友在一起了。

"这不是太可怕了吗？"女人说，一边摇晃着头发上的水。他认出她了，想起她的名字：伊莎贝拉。她穿着雨衣，高跟鞋，显得十分优雅非常有魅力。她的眼神焦躁不安。

"你是说这天气吗？是啊，我以前可从没见过这样的雨。简直像世界末日。"

"不，我是说阿罗约夫人的事。对孩子们来说太难以平静了。专校的声誉以前那么好。现在我开始怀疑了。你对大卫有什么打算？还让他在这里待着吗？"

"我不知道。我需要跟他妈妈谈谈。阿罗约夫人，你说她究竟怎么回事啊？"

"你没有听说吗？他们掰了，阿罗约夫妇，她已经悄悄跑了。我想人们早就会预见到这个，年轻女人和老男人。但在学期中，也没有提前告知家长们。我看不出，专校还怎么运行。这就是这些小机构的劣势——太过依赖个

134

人了。唉，我们必须得离开了。我们怎么能分开这些孩子们呢？你一定为大卫感到自豪吧。我听说，这孩子很聪明。"

她竖起雨衣领子，在车窗上敲了几下。"卡尔洛斯！卡尔利托！我们马上要走了！再见，大卫。但愿你以后很快就能过来玩。我们会给你父母打电话。"她迅速招了个手就开走了。

教室门大开着。他们爬上楼梯时听到管风琴的乐声，一段快速华丽的乐章一遍又一遍地演奏着。奥尔尤沙正等着他们，他的脸绷得很紧。"外面还下雨吗？"他说，"过来，大卫，给我们拥抱一下。"

"别伤心，奥尔尤沙，"男孩说，"他们已经去过新的生活了。"

奥尔尤沙冲他，西蒙不解地看了一眼。

"德米特里和安娜·玛格达莱娜，"男孩耐心地解释，"他们已经去过新的生活了。他们想当吉卜赛人。"

"我完全被搞糊涂了，奥尔尤沙，"他，西蒙说，"我听了一个又一个故事，我不知道究竟相信哪个。我迫切需要跟阿罗约先生说几句话。他在哪里？"

"阿罗约先生在演奏。"奥尔尤沙说。

"我听见了。可是，我能跟他说几句话吗？"

他听到的快速、华丽的乐音这时跟低音乐器中一段更沉重的乐章交织在一起，二者似乎关系不那么明确。乐声中没有任何悲伤，没有沉重，丝毫都联想不到这位音乐家已经被年轻美丽的妻子抛弃。

"早上六点开始他就在琴盘边了。"奥尔尤沙说，"我想他不希望被打断。"

"很好，我有时间。我会等待。你能照看下大卫换上干的衣服吗？我能用下电话吗？"

他给服装店打了个电话。"我是伊内斯的朋友西蒙。有谁可以给在诺维拉的伊内斯带个信儿？告诉她专校出现了大麻烦，要她毫不迟疑地回家……没有，我没有她的号码，只要说专校有大麻烦，她就会明白。"

他坐下来，等着阿罗约。如果他不是那么愤怒，或许还可以欣赏下这音乐，这个男人用巧妙的方式将主题交织进乐曲中，使用着令人意外的和弦，给出有逻辑的解决。一个真正的音乐家，这点毋庸置疑，却被付以教师的角色。难怪他不想面对气愤的家长。

奥尔尤沙拿着一个装着男孩湿衣服的塑料袋回来了。"大卫想跟那些动物告别下。"他说。

接着男孩冲进来。"奥尔尤沙！西蒙！"他大喊大叫，"我知道他在哪里！我知道德米特里在哪里！快过来！"

他们跟着男孩从后面的楼梯下到博物馆那间巨大、昏暗的地下室，经过一排排脚手架材料，经过胡乱堆放在墙边的画布，经过一簇簇串在一起的大理石裸体雕塑，最后来到一个角落的一个小房间，草率地用钉子钉在一起的胶合板搭成，没有屋顶，"德米特里！"男孩大声叫道，然后使劲敲门，"奥尔尤沙来了，还有西蒙！"

没有应答。这时，他，西蒙，注意到这个小屋子用一把挂锁封住了。"里面没有人，"他说，"是从外面锁住的。"

"他在里面!"男孩说,"我能听到他!德米特里!"

奥尔尤沙把一个脚手架挡板横着拖过来,斜靠在小屋的一面墙上。他爬上去,朝里望去,然后又匆匆下来。

还没人来得及阻止,大卫就已经爬上脚手架。在顶上,他看着好像僵住不动了。奥尔尤沙爬上去,把他抱下来。

"怎么回事?"他,西蒙问。

"安娜·玛格达莱娜。快去,带上大卫。叫辆救护车。就说这里出事儿了。告诉他们赶快过来。"这时他的双腿发软,跪倒在地板上,他脸色惨白,"快,快去,快!"他说。

随后,一切都急急忙忙地出现了。救护车赶来了,然后警察也到了。博物馆游客已经清场,入口安排了一个保安。通向地下室的楼梯挡住了。阿罗约家的两个男孩,剩下的寄宿生排成一列,跟奥尔尤沙回到大楼顶层。阿罗约先生则是影子都看不见:琴房是空的。

他走到一个警官跟前。"我们可以离开了吗?"他问道。

"你们是谁?"

"我们是发现者……发现尸体的人。我儿子是这里的学生。他非常不高兴。我想带他回家去。"

"我不想回家。"男孩大声说,他表情生硬又固执,让他沉默的震惊似乎消退了,"我想看看安娜·玛格达莱娜。"

"这显然是不可能的。"

一声口哨响。警官没有说一句话就放弃了他们。与此同时，男孩冲过教室，低着头像只小公牛跑着。他，西蒙，直到楼梯脚下才追上他，两个护理人员抬着一副担架，上面蒙着一块白布，正通过交织成一团的人群。这块布被钩住了，刹那间露出已经死了的阿罗约夫人，直露到赤裸的胸脯。她左侧的脸是蓝色的，几乎是黑。她的眼睛睁得大大的、她的上嘴唇像在吼叫般被翻了上去。护理人员很快就换掉那张布单。

一个穿制服的警官，把男孩揽在怀里，拘束着他。"放开我！"他大喊道，挣扎着想出去，"我要救她！"

警官毫不费力地把他举到空中，在空中停了片刻，男孩蹬着脚。他，西蒙，没有干涉，只是等着，直到担架放进救护车，门砰地关上。

"你现在可以放开他了，"他对警官说，"我会管的。他是我儿子。他很烦躁。她是他的老师。"

他既没有力气，也没有兴致骑自行车。他和男孩并排蹚过节奏单调的雨水回到小屋。"我又湿了。"男孩抱怨说。他把雨衣披在男孩身上。

玻利瓦尔在门口迎接他们，以它惯常的那种气派的姿势。"挨着玻利瓦尔坐下，"他吩咐男孩，"让它暖和下你。让它给你些热量。"

"安娜·玛格达莱娜会怎么样？"

"她这会儿已经到医院了。我不想再多说这件事了。这一天发生的事太多了。"

"德米特里杀了她?"

"我不知道。我不知道她是怎么死的。现在,有件事我想要你来告诉我。我们发现她的那个小屋子——就是在那间屋子里,德米特里给你看那些女人相片的吗?"

"是的。"

第 十 二 章

第二天，大雨之后天放晴的第一天，德米特里自己投案了。他来到警察局的前台桌子前。"是我干的。"他对桌子后面一个年轻女子说，她不明就里，这时他取出早上的报纸，敲着上面的大标题"女芭蕾舞者之死"，上面还配了安娜·玛格达莱娜的照片，只露出头部和肩膀，以那种冷若冰霜的气质美丽着，"是我杀死了她，"他说，"我是罪人。"

随后的几个小时里，他给警方写了封完整详细的案情经过陈述：他如何找了个借口劝安娜·玛格达莱娜陪他去博物馆地下室；他如何强迫了她，事后又勒死了她；他如何把尸体锁在小屋里；他如何在城市的大街上游荡了两天两夜，完全不顾寒冷和雨水，简直疯了，他写道，但却不说出因何而疯（因为内疚，因为悲伤?），直到偶尔看到一家报摊上的报纸，照片上那只眼睛，像他说的那样，直刺他的灵魂，他开始恢复理智，自觉地放弃抵抗，"决心偿还自己欠下的债"。

所有这些都在第一次审讯时讲了出来，这些引起公众的强烈兴趣，在埃斯特雷拉现有的记忆中，从来没有出现过这么高涨的兴趣。阿罗约先生没有出席那次审讯：他已经关上专校所有的门，不想跟任何人说话。他，西蒙，努力想参加，但是那个庭审小房间外面人群太拥挤，他只好放弃。他从收音机里得知德米特里认罪了，拒绝法律援助，虽然法官向他解释了这次无论时间还是地点都还不是进入辩护程序的时候。"我做了世界上最坏的事情，我杀死了我爱的人。"据报道他这样说，"捆起我，绞死我，让我粉身碎骨。"从庭审室出来后他被转移回自己的单间，在路上经受了旁观者铺天盖地的嘲讽和羞辱。

接到他的电话后，伊内斯在哥哥迭戈的陪同下从诺维拉回来。大卫回公寓跟他们一起住了。因为没有课上，他就整天无拘无束地跟迭戈玩足球。他说，迭戈在足球方面"技艺高超极了"。

他，西蒙，吃午饭时跟伊内斯见面。他们讨论了大卫有哪些进步。"他似乎恢复到自我的常态，他好像从这场打击中缓过来了，"他告诉她，"可我还有不少疑虑。没有孩子会被暴露在那样的情景之下，然后不承受任何后果。"

"他从头就不应该去那所专校，"伊内斯说，"我们应该请个家庭教师，像我说过的那样。那些阿罗约家的人现在看来真是一场灾难！"

他表示反对。"阿罗约夫人被谋杀，几乎算不上她的过错，就这件事而言。一个人可能会在任何地方与德米特里这样的恶魔狭路相逢。就积极的方面看，至少大卫上了有关成年人的一课，知道了人们的激情会把他们带向何方。"

伊内斯反唇相讥。"激情？你管强奸和谋杀叫激情？"

"不，强奸和谋杀是犯罪，但你不能否认，德米特里是在激情的驱使下进行强奸和谋杀的。"

"对激情来说，这可太糟糕了，"伊内斯说，"如果这个世界上少些激情，就会成为一个更安全的地方。"

他们在服装店街对面的一家咖啡店里，几张桌子紧紧地挤在一起。他们的邻桌，两个穿着考究的女人，她们很有可能是伊内斯的客户，沉默不语，正专心听着已经听上去像在吵架的谈话。所以，他克制住自己不再讲想要说的话（激情，他本来想说——你对激情了解什么，伊内斯？），而是改成这样的说法："我们别走岔路掉进深水里了。迭戈怎么样？他觉得埃斯特雷拉怎么样？他打算住多久？斯特凡诺也要跟你们一块住吗？"

不，他知道，斯特凡诺不想到埃斯特雷拉来。斯特凡诺完全在他女朋友的控制下，她不想让他离开自己。至于迭戈，他还没有对埃斯特雷拉形成一个良好印象。他说这里很落后①。他无法理解伊内斯在这里干什么；他要她跟自己回诺维拉去。

"你会去吗？"他问道，"你会回诺维拉吗？我需要知道，因为大卫去哪里，我就去哪里。"

伊内斯没有回答，手里玩弄着茶匙。

"这个店铺呢？"他说，"如果你突然离开克劳迪娅，

---

① 原文为西班牙语，atrasada。

她感觉会怎么样?"他朝桌子对面略微倾靠过去,"跟我说真话,伊内斯,你还像从前那样全心全意要照顾大卫吗?"

"你这什么意思,我是否还全心全意?"

"我是说,你还想做孩子的母亲吗?你还爱他,还是正在离开他呢?因为,我必须提醒你,我不能既当父亲又当母亲。"

伊内斯站起来。"我得回店里去了。"她说。

音乐专校和舞蹈专校是两个截然不同的地方。位于一幢优雅的正面装着玻璃的大楼里,坐落在本地最昂贵区段的一个满地落叶的广场上。他和大卫被带进副校长莫托娅夫人的办公室,她接待他们时冷冰冰的。舞蹈专校关闭后,她就告知他,音乐专校已经招收了一小拨以前学生的申请人。大卫的名字可以加在名单中,但他的前景并不妙:会优先考虑已经有过正规音乐教育的申请人。而且,他,西蒙,要注意音乐专校的费用会比舞蹈专校高很多。

"大卫跟阿罗约先生本人上过音乐课,"他说,"他的音色很好。你愿意给他个展示自己的机会吗?他在舞蹈方面表现很出色。在音乐方面同样会表现出色。"

"他这一辈子想做一个歌手吗?"

"大卫,你听到夫人的问题了。你愿意做一个歌手吗?"

男孩没有回答,只是无动于衷地盯着窗外。

"你这辈子想干什么,年轻人?"莫托娅夫人问道。

"我不知道，"男孩回答说，"看情况。"

"大卫六岁，"他，西蒙说，"咱们没法指望一个六岁的孩子有人生计划。"

"西蒙先生，如果有个基本特质把我们专校所有学生联系起来，从最小的到最大的，那就是对音乐的激情。你对音乐有激情吗，年轻人？"

"没有，激情对人们来说是坏东西。"

"竟然如此！谁告诉你这个的——激情对人们来说是坏东西？"

"伊内斯。"

"谁是伊内斯？"

"伊内斯是他的母亲，"他，西蒙，插话说，"我想你误会了伊内斯的意思，大卫。他是指肉体激情。对歌唱的激情可不是肉体激情。你干吗不给莫托娅夫人唱一首呢，这样她就可以听到你的声音有多好了？就唱那首你经常给我唱的英文歌吧。"

"不。我不想唱。我讨厌唱歌。"

他带着男孩去农场拜访三姐妹。他们一如既往得到热情接待，还上了小冰糕和罗伯塔自己做的柠檬汁。男孩出去在马圈和牛栏里转了一圈，重新认了遍老朋友们。男孩出去期间，他，西蒙，讲了下跟莫托娅夫人面试的情景。"对音乐的激情，"他说，"想象下问一个六岁孩子是否对音乐有一种激情。孩子可能有热情，但还不可能有激情。"

他逐渐喜欢这姐妹几个了。他感觉对她们可以掏心掏肺。

"我只觉得音乐专校是个非常造作的学校，"瓦伦蒂娜说，"但他们的标准很高，这点不用怀疑。"

"如果托奇迹的福，大卫被录取了，你们打算资助他学费吗？"他又说了遍专校给的数额。

"当然没问题。"瓦伦蒂娜说，毫不犹豫。孔苏埃洛和奥尔玛点头表示同意。"我们很喜欢大卫。他是个出类拔萃的孩子。他的前途不可限量。虽然不见得必然在表演的舞台上。"

"他应对那场打击怎么样了，西蒙？"孔苏埃洛说，"他一定觉得痛苦极了。"

"他经常梦见阿罗约夫人。他以前跟她很亲近，这让我很惊讶，因为我觉得她很冷漠，不仅冷漠还令人生畏。可是他从开始就喜欢她。也许他从她身上发现了某种我没看到的品质。"

"她很漂亮，很典雅。你不觉得她很漂亮吗？"

"是的，她很漂亮。但对小男孩来说，漂亮几乎不会成为考虑因素。"

"我想不见得。告诉我：你认为在整个这件令人遗憾的事件中，她完全无可指责吗？"

"不完全如此。她和德米特里之间的事由来已久。德米特里对她迷恋不已，连她走过的地面都崇拜。他这样告诉过我，也这样告诉过听他说话的每个人。可她对他仍然不以为意。事实上，她视他如粪土。我亲眼看见过。最后他走向疯狂还有什么可奇怪的吗？当然我不是想给他开脱……"

大卫游历回来了。"鲁夫上哪儿了?"他问道。

"它病了,我们只好让它睡下了。"瓦伦蒂娜回答道,"你的鞋子上哪儿了?"

"罗伯塔帮我脱掉了。我能见见鲁夫吗?"

"让某人睡下了是委婉的说法,我的孩子。鲁夫死了。罗伯塔打算给我们找只小狗,将来能长大成为一个看门狗,接它的班。"

"可它在哪儿呢?"

"我不能说。我不知道。我们让罗伯塔处理这事的。"

"她没有像粪土一般对待他。"

"抱歉——谁对待谁像粪土一样了?"

"安娜·玛格达莱娜。她没有像粪土一样对待德米特里。"

"你一直在偷听?这样可不好,大卫。你不应该偷听。"

"她没有像粪土一样对待他。她完全是假装的。"

"好吧,你比我更了解,我相信。你母亲怎么样?"

他,西蒙插话了。"真不好意思,伊内斯今天不能上这儿来,他有个兄弟从诺维拉过来拜访。他住在我们公寓。我暂时从那里搬出去了。"

"他名叫迭戈,"男孩说,"他不喜欢西蒙。他总说西蒙是 una manzana podrida。他还说伊内斯应该从西蒙这里逃走,回诺维拉。una manzana podrida 是什么意思啊?"

"一只烂苹果。"

"我知道，可那是什么意思？"

"我不知道。你想告诉他，西蒙，一只烂苹果是什么意思吗，既然你是问题中的苹果？"

三姐妹开怀大笑。

"迭戈对我很长时间以来都十分恼火，因为把他妹妹从他身边带走了。以他对很多事情的看法，他和伊内斯以及他们的弟弟一起生活得很快乐，直到我出现，偷走伊内斯，然后什么都变了。当然这完全是错误的，彻头彻尾的对事实的歪曲描述。"

"哦？那事实真相呢？"孔苏埃洛说。

"我没有偷走伊内斯。伊内斯对我没感觉。她是大卫的母亲。她照顾大卫。我照顾他们两个。就是这样。"

"很奇怪，"孔苏埃洛说，"太不寻常了。不过我相信你。我们了解你，我们相信你。我们认为你绝对不是一只烂苹果。"她的姐妹们点头同意，"所以你，年轻人，应该回去跟伊内斯的哥哥说，他在西蒙的问题上犯了一个很大的错误。你会去说吗？"

"安娜·玛格达莱娜对德米特里有激情。"男孩说。

"我可不这样认为，"他，西蒙，说，"说反了。是德米特里有激情。正是他对安娜·玛格达莱娜的激情导致他做出好多坏事。"

"你总说激情是坏东西，"男孩说，"伊内斯也这样说。你们两个都讨厌激情。"

"根本不是。我不讨厌激情，这绝对是不实之词。可是，人也不能无视激情的坏结果。你们怎么想，瓦伦蒂娜、孔苏埃洛、奥尔玛：激情好还是坏？"

"我想激情是好的，"奥尔玛说，"没有激情，这个世界将停止运转。会成为一个沉闷空洞的地方。事实上——"她看了看姐姐们，"没有激情，我们就根本不可能在这里，我们一个都不会在这里。就不会有猪，不会有奶牛，不会有鸡。我们全都在这里，就是因为激情，某些人对别的某些人的激情。春天的时候，你就听得见它，空中密布鸟儿的鸣叫声，每只鸟都在寻找配偶。如果那不是激情，什么是？连分子也如此。如果氧气分子没有对氢气分子的激情，我们就不会有水。"

三姐妹中，他最喜欢奥尔玛，不过并没有怀着激情。她一点都没有姐姐们长得好看。她个头矮，甚至矮胖；她的脸圆圆的，很舒服，但却没有特点；她戴副并不适合她的小小的金丝边眼镜。她相对另外两个姐姐，是亲姐妹，还是半血亲姐妹？他跟她们还没熟悉到可以问这个的程度。

"你并不认为存在两种激情，奥尔玛，好的激情和坏的激情？"瓦伦蒂娜说。

"不，我认为只有一种激情，不管哪里都一样。你有什么想法，大卫？"

"西蒙说我不应该有想法，"男孩说，"西蒙说我太小。他说等我老到像他那样就可以有想法了。"

"西蒙满脑子的胡说八道，"奥尔玛说，"西蒙正变成一只萎缩的老苹果。"姐妹们又一次开怀大笑，"不要理睬西蒙。告诉我们你怎么想的。"

148

男孩走几步到地板中间，没有任何预兆，就穿着短袜开始跳起舞来。他，西蒙，立刻认出这段舞。跟那天音乐晚会上阿罗约家大孩子所表演的是同一段舞。但是，大卫跳得更好，更优美，更具权威和说服力，虽然另外那个男孩是舞蹈大师的儿子。姐妹们默默看着，全神贯注，看着孩子勾画着复杂的象形符号，轻而易举地躲开了客厅的小桌子小凳子。

你愿意给这些女人们跳却不想给我跳，他想。你给伊内斯跳。她们有什么我没有的东西？

舞蹈接近尾声。大卫并没有鞠躬——这不是专校的风格——而是笔直地一动不动在大家面前站立片刻，双眼闭上，嘴唇上露出一丝痴迷的微笑。

"太精彩了！"瓦伦蒂娜说，"是一段激情之舞吗？"

"这段舞可以把三唤下来。"男孩说。

"激情呢？"瓦伦蒂娜说，"激情在其中的位置呢？"

男孩没有回答，而是用他，西蒙，从未见过的一种姿势，把右手的三个手指搭在嘴上。

"这是哑谜吗？"孔苏埃洛问道，"我们必须要猜吗？"

男孩不为所动，而是顽皮地眨巴着眼睛。

"我明白了。"奥尔玛说。

"那你不妨给我们解释下。"孔苏埃洛说。

"没有什么可解释的。"奥尔玛说。

他告诉姐妹们男孩经常梦见安娜·玛格达莱娜，但真实情况远不止这个。在他们一起生活的所有时间里，先是跟他，后来又跟伊内斯，男孩晚上能够迅速入睡，一点紧张都没有，睡得很深，起来时阳光明媚，浑身是精力。但是，自从发现了博物馆的那个地下室，情况就变化了。现在，他晚上定时出现在伊内斯的床边，或者他的床边，如果他来看男孩的话，经常抽泣，抱怨做噩梦。在他的梦里，安娜·玛格达莱娜出现在他面前，从头到脚是黄色的，怀着一个"小小小小得像颗豌豆的婴儿"；有时她会张开手，那个婴儿就在她的手掌中露出来，像只小小的蓝色鼻涕虫蜷缩着身子。

他尽最大努力安慰男孩。"安娜·玛格达莱娜非常喜欢你，"他说，"所以她经常出现在你的梦里。她是来说再见，并且告诉你不要再有什么阴暗想法，因为她在来生很平安。"

"我也做过德米特里的梦。他的衣服全湿了。德米特里想杀我吗，西蒙？"

"当然不会，"他安慰说，"他为什么要这样做？再说，你看见的不是真正的德米特里，只是德米特里的一股烟。像这样挥挥手，"——他挥挥自己的手——"然后他就会走开。"

"可是他的阴茎会让他杀人吗？是他的阴茎让他杀了安娜·玛格达莱娜的吗？"

"你的阴茎不会让你做那么多事情。是别的什么东西钻进德米特里的脑子，让他干了他干的事，某种奇怪的，我们谁都不理解的东西。"

"我长大后不想要像德米特里一样长阴茎。如果我的阴茎长大了，我就割掉它。"

他把这次谈话跟伊内斯说了。"他好像有种印象，成年人做爱时总想杀死对方，觉得掐死就是这种行为的高潮。他好像还在什么时候看见过德米特里全身赤裸。他脑子里各种东西搅在一起。如果德米特里说他爱他，那就意味着想强奸他，掐死他。我多希望我们从来没见过这个人，那该多好啊！"

"错误的起因首先在于送他去他们所谓的专校，"伊内斯说，"我始终不信任那个安娜·玛格达莱娜。"

"稍微仁慈点儿，"他说，"她已经死了。我们还活着。"

他要伊内斯多些仁慈，可事实上，安娜·玛格达莱娜身上难道没有离奇之处吗——离奇之至，简直非人道！安娜·玛格达莱娜跟她那群孩子就像一个狼妈妈和她的狼崽。那双眼睛直视起来能穿透你的身体。甚至在那团吞噬一切的火中，难以相信那双眼睛会被消耗掉。

"我死了后也会像安娜·玛格达莱娜那样浑身发蓝吗？"男孩问。

"当然不会，"他回答道，"你会直接进入来生。你在那里会成为一个阳光的新人。会很激动人心。那将是一次探险，就像生命也是一场探险。"

"可我要是不去来生，我会变蓝吗？"

"相信我，我的孩子，永远都有来生。死亡没有什么可怕的。它闪电般结束，然后在来生又开始。"

"我不想去来生。我想到星星上去。"

第 十 三 章

埃斯特雷拉的正义法庭对犯人执行几种判决：改正、康复、拯救（recuperación, rehabilitacióny, salvación），他从自行车送信员同伴那里了解到，从这里进一步推出，有两种法律审判：长的，被告可以为指控辩护，法庭必须决定他有罪还是无辜。短的，被告承认自己有罪，法庭的任务是决定相应的补救处罚。

德米特里从开始就承认自己有罪。他在不是一份，而是三份供状上签了自己的名字，每份比前一份都要更加冗长，详细陈述了自己如何强奸，然后掐死了安娜·玛格达莱娜·阿罗约。每次都给了他机会可以减轻过失（在那个致命的夜晚可曾喝过酒？牺牲者是否在色情游戏过程中因意外致死？），但全都被拒绝了。他说，他的行为是无法原谅的，不可宽恕的。他的行为是否可以原谅不是他可以决定的，他的审讯员回答说。他必须要说的是为什么他要做这一切。第三次供认在这里骤然结束。"被告拒绝进一步合作，"他的审讯员报告说，"被告开始出言不逊并有暴力倾向。"

各种程序定于本月最后一天就绪，届时德米特里将出现在一个法官和两名助理员面前，接受宣判。

在审判前两天，两名身穿制服的警卫敲开他，西蒙租的房间的门，送来一个口信：德米特里要求见他。

"我？"他说，"他为什么要见我？他几乎不认识我。"

"不知道，"警卫说，"请跟我们去一趟吧。"

他们开车带他到警察局的单人牢房。那是晚上六点，正在进行换班，牢房里的犯人马上要吃晚餐；他只好白白等了很长时间，然后才被领进一个不通空气的房间，一个角落放着一只吸尘器，另外还有两把不相配的椅子，德米特里——头发剪得颇利落，穿着熨得笔挺的卡其布裤子和卡其色衬衣，脚上穿着凉鞋——在那里等着他。

"你好吗，西蒙？"德米特里跟他打了声招呼，"漂亮的伊内斯，还有你那个小子都好吗？我经常想到他。我很喜爱他，你知道。我爱他们所有的人，专校的那些小舞蹈家们。他们也爱我。但现在都成过去了，一切都成过去了。"

他，西蒙，本来就对被叫出来见这个人非常恼火，然后受到这种煽情的拍拍打打，简直愤怒到了极点。"你用糖果收买了他们的感情。"他说，"你想让我怎么样？"

"你很生气，我也明白为什么。我干了件可怕的事。我给太多的人心上带来了悲伤。我的行为十恶不赦，十恶不赦。你不理睬我也是对的。"

"你想要干吗，德米特里？为什么要让我上这儿来？"

"你来这里，西蒙，是因为我信任你。我在脑子里搜索了一遍所有的熟人，你是我最信赖的。我为什么信赖你？不是因为我对你多么熟悉——我并不怎么了解你，正如你并不特别了解我。可我信赖你。你是一个值得信赖的人，一个值得信任的人。这个谁都看得出。而且你还很谨慎。我自己并不谨慎，但我钦佩别人身上的谨慎。如果我还有下辈子，我会选择做一个谨慎、值得信赖的人。但是，这是我的命，分派给我的命。咳，我只能是我了。"

"有话直说，德米特里。为什么让我来这儿？"

"如果你下去到博物馆的储藏区，如果站在楼梯底端，朝你右边看去，你会发现有三个靠墙立着的档案柜。这几个档案柜都锁着。我以前有把钥匙，但这儿的人从我身上收走了。不过，那几个柜子很容易打开。找把螺丝刀插进锁孔上方的裂缝里，然后轻轻一撬，保持抽屉关闭的金属片就会松动。你一旦去试试，就会亲眼看到。很简单。

"在中间那个柜子底下的抽屉里——中间那个柜子底下的抽屉——你会看到一个类似学生用的小盒子。里面放着一些纸质材料。我想让你把那些材料烧掉。全部烧掉，不要看。我可以信赖你去干这事吗？"

"你想让我去博物馆撬开一个文件柜，把那些材料偷出来，然后销毁掉。你还有什么别的犯罪行为，因为你被关起来了不能自己干的，需要我代你去实施？"

"相信我，西蒙。我相信你，你必须要相信我。那个小盒子跟博物馆没有关系，是属于我的个人用品。里面装着私人物品。过几天我就要被判刑，谁知道会判什么刑。极有可能，我再也不可能回到埃斯特雷拉，再也不可能走

154

进博物馆的大门。在这个城市，我习惯称为我自己的城市，我将会被忘记，交付给遗忘。那将理所当然，不仅理所当然，而且公正和有益。我不想被记住。我不想只因为那些记者碰巧把手伸向我最私密的物品，而逗留在大众的记忆里。你明白吗？"

"我明白，但我不同意。我不会按你要求的去做。我要做下面这件事。我会找到博物馆馆长，然后说，过去在这里工作过的德米特里，告诉我说地下室有些他的私人物品，一些材料之类。他让我找出来，把它们原样带给狱中的他。你允许我这样做吗？如果馆长同意，我就把那些材料带给你。然后你可以随意处理。我顶多就为你做这些了，但不能有任何违法。"

"不，西蒙，不，不，不！你不能把它们带到这里，太危险了！任何人都不能看到那些书信，连你都不能看！"

"我在这个世上最不想看的东西就是你所谓自己的书信。我坚信那完全是些下流的东西。"

"是的！正是！下流的东西！这就是必须销毁它们的原因！这样这个世界上就会少些肮脏下流的东西！"

"不。我拒绝去做这事。另找别人吧。"

"没有别人了，西蒙，没有一个我可信赖的人了。如果你不帮我，就不会有人帮我。发现那些东西并卖给报社仅仅是个时间问题。然后，丑闻会再次爆发，所有旧伤将会再次被撕开。你不会允许这样的事发生的，西蒙。想想那些把我当朋友的孩子，想想我那些欢乐的日子。想想你的小孩。"

"固然是丑闻。事实是，你不想让你收集的那些下流相片公之于众，是因为你想让人们心中对你留下美好印象。你想让人们觉得你是个有激情的人，而不是一个嗜好黄色相片的罪犯。我要走了。"他轻轻敲了敲门，门立刻打开，"晚安，德米特里。"

"晚安，西蒙。心不要太硬，我希望。"

审判日到了。据他骑自行车送邮件期间所了解的情况看，博物馆发生的激情犯罪成为整个埃斯特雷拉谈论的焦点。虽然他确保自己早早就到了法院，门口却已经有大批人了。他使劲挤进门廊，迎面贴了一张很大的印刷通知：审判地点有变。开庭时间原定于 8：30，现已改时。将于 9：30 时在太阳剧院①举行。

太阳剧院是埃斯特雷拉最大的剧院。在去那里的路上，他跟一个带着个小孩，一个比大卫大不了多少的小女孩的男子攀谈起来。

"去看审判吗？"这人说。

他点点头算是回答。

"大日子啊。"这人说。那个小孩穿着一身白衣服，头发上扎着一根红色发带，冲他粲然一笑。

"你女儿？"他说。

"我的大女儿。"这人回答。

他看了眼周围，注意到在朝剧院方向挤过去的人群中

---

① 原文为西班牙语，Teatro Solar。

156

还有别的几个孩子。

"你觉得带她去是个好主意吗?"他问道,"让她接触这种事是不是小了点?"

"好主意?那得看情况。"这人说,"如果法律废话很多,她听厌倦了,我就带她回家。但我希望短一点,言简意赅。"

"我有个儿子也差不多这么大年纪,"他说,"我可得说,我绝对不会考虑带他来。"

"嗯,"这人说,"我想人们可能观点各异。照我看来,像这样一个大事件,会有教育意义——把它带回家给小孩们听,让他们知道跟自己的老师纠缠在一起有多危险。"

"据我所知,受审的这人根本就不是教师。"他讥讽道。这时他们已经来到剧院入口,父女俩被吞没在人群中。

正厅座位已经坐满,不过他在楼厅上找了个地方,舞台尽收眼底,一把长条椅上覆盖着绿色台面呢,已经摆好,应该是法官们坐的。

九点三十到了又过去了。礼堂开始变得闷热起来。新来的人挤在后面,最后他都被挤得紧紧挨着栏杆。下面,过道上都坐满了人。一个不辞辛劳的年轻人上上下下卖瓶装水。

接着有了动静。舞台上方的灯亮了。德米特里在一个穿制服的警卫的带领下出现了,脚上戴着镣铐。他茫然地站住,眼睛望着观众上方。护送者安排他在一个用绳索隔开的小空间里坐下。

全场肃静。从侧厅走出三个法官，或者说一个主审法官和两个助理员，都身穿红袍。观众推推挤挤着站了起来。他估计，剧院能容纳两百人，但现在至少来了两倍。

大家坐定。主法官说了几句什么话，听不清楚。警卫引导德米特里走上前来，并调整了下麦克风。

"你是囚犯德米特里吗?"法官问道。他向警卫点点头，警卫在德米特里前面给他放了个麦克风。

"是的，法官阁下。"

"你被指控于今年3月5日强奸并杀害了安娜·玛格达莱娜·阿罗约。"

这不是提问而是一句陈述。德米特里却回答道："强奸和谋杀是3月4日晚上发生的，法官阁下。这个记录错误我以前已经指出过。3月4日是安娜·玛格达莱娜在世上的最后一天。这是非常可怕的一天，对我来说可怕，但对她来说甚至更可怕。"

"你已承认了自己的两项指控罪名。"

"三次。我已经承认过三次。我有罪。法官阁下。请判决我吧。"

"耐心点。在判决之前，你有权向法庭陈述，这个权利，我希望你能使用。首先，你有机会证明自己无罪，然后你还有机会请求减刑。你明白这两个词的意思吗? 证明无罪和减刑。"

"我完全理解这两个词语的意思，法官阁下，但它们跟我的案件无关。我不想为自己开脱。我有罪。请审判我。给我判刑。把法律全部的重量施加在我身上。我不会抱怨。我保证。"

楼下人群中响起嘈杂声。"判决!"传出一声大叫。"安静!"又出现一声回应的大叫。一阵咕哝和低低的嘘声。

法官讯问般地看了看两位同事,先盯着看看这位,接着又盯着看看另一位。他举起木槌,往下敲了一下、两下、三下。哄闹声停止,寂静降临。

"我谨告知今天所有不辞辛苦前来见证正义得到伸张的各位,"他说,"我要衷心地提醒大家,正义不能匆促予以伸张,也不能通过喝彩伸张,显然更不能通过置法律的程序于不顾去伸张。"他转向德米特里,"无罪辩解。你说你不会或者不愿去证明自己无罪。为什么不?因为,你说,你的罪过无可否认。我要问:你是谁,凭什么预先制止这些程序,并在本庭面前定夺这个问题,况且还是你的罪过问题?

"你的罪行:让我们花片刻工夫来探究下这个词语。当说到我的罪过或者你的罪过,指这样那样的行为时,它意味着什么,它究竟指什么意思?如果这个成问题的行为被实施时,如果我们并不是我们自己,或者并不完全是我们自己,那又该怎么办?那么这个行为是我们的吗?为什么当人们实施邪恶的行为时,他们事后往往会说,我无法解释自己为什么会那样做,我把自己放一边了,我不是我自己了?今天你站在我们面前,肯定地断言你有罪。你声称你的罪过不可否认。可是,如果在你做出这个声明的时候,你不是你自己,或者你不完全是自己,那又该怎么办？这只是法庭有义务提出并解决的一些问题，这个由不得你，作为被告，作为处于风暴眼中的人，试图把这些问题封存起来。

"你还说你不想拯救自己。但是你的救赎并不是掌握在你手中的事。如果我们，你的法官，不能尽最大力量去挽救你，不能一丝不苟地遵循法律条文，那么我们就将不能挽救法律。当然，我们肩负某种社会责任，有一份伟大又沉重的责任，保护它免受强奸犯和杀人犯的侵袭。但我们同样负有责任把作为被告的你从你本人那里挽救出来，以防你现在或当时不是你自己，按照法律对什么是某个人自我的理解。我讲清楚了吧？"

德米特里沉默不语。

"就无罪开脱而言，你已经拒绝辩护。我们继续来说减刑的问题，你同样拒绝提出要求。我得告诉你，权当一个人对另一个人在说，德米特里：我能理解你可能希望尊严行事，毫无怨言地接受对你的宣判。我能理解，你不希望因为好像在法律面前显得卑躬屈膝而在公众面前自取其辱。但这正是我们请律师的最重要的理由。当你指派一个律师代表你辩护时，你就在允许他承受辩护带来的任何耻辱。可以说，当你的代理人替你卑躬屈膝时，这是在让你宝贵的自尊不受丝毫影响。所以，我得问你：你为什么拒绝请律师？"

德米特里清了清喉咙。"我唾弃律师。"他说，然后朝地板上啐了一口。

第一个助理法官插话了。"按照法律对自我的理解，我们的主审法官指出了你可能不是自己的可能性，对他刚才所讲的，允许我补充一句：在法庭上吐口水不是一个人是其自我时所做的事。"

德米特里死死地盯着他，像被逼到绝境的动物般露出牙齿。

"法庭可以给你指派一个律师，"这位助理法官继续说，"现在还不太晚。这是本法庭权力范围的事。我们可以指派一个律师，同时延迟审判，给那位警卫时间让他充分熟悉案情，再决定对你的最佳措施。"

人群中传来低低的失望的咕哝声。

"现在就审判我！"德米特里大声说，"如果你们不审判，我就割喉。我就吊死自己。我就打出自己的脑浆。你们阻止不了我的。"

"请自重，"助理法官说，"我的同事已经意识到你的意愿，希望看到你表现体面。可是当你威胁法庭的时候，你的行为就不体面了。恰恰相反，你的行为就像一个疯子。"

德米特里正要回答，但主审法官举起一只手。"安静，德米特里。我们全都会默默地跟你站在一起。我们来一起沉默，让我们的激情冷却下来。然后，我们再以冷静、理性的方式慎重地思考如何推进的问题。"

法官抱起双手，闭上眼睛。他的同事同样仿效。所有的人都开始抱起手，闭上眼睛。他，西蒙，也不情愿地照他们的样子做起来。几秒钟嘀嘀嗒嗒地过去了。他后面有个婴儿哭起来。让我们的激情冷却下来，他想：除了愤怒的激情，我体验到什么激情了？

主审法官睁开眼睛。"所以，"他说，"不用质疑，已经死去的安娜·玛格达莱娜走到了末路，是被告德米特里的行为所造成。法庭现在请德米特里讲讲他的经过，讲讲3月4日他亲眼所见的经过，至于记录的目的，就明说吧，德米特里的叙述将被视作自我开脱的请求。讲吧，德米特里。"

"当狐狸抓住鹅的脖子时，"德米特里说，"它不会说，'亲爱的鹅，为了显示我的优雅，我将给你一次机会说服我，你根本不是鹅。'不会，它会咬断她的头，撕开她的胸吃掉她的心。你已经抓住我的脖子了。接着来咬断我的脑袋吧。"

"你不是野兽，德米特里，我们也不是野兽。你是人，我们也是人，被委以重任要伸张正义或者至少接近正义。跟我们配合来完成这个任务吧。请相信法律，相信法律经过证明和考验的程序。告诉我们你的故事，跟已故的安娜·玛格达莱娜是如何开始的。对你来说，安娜·玛格达莱娜是个什么样的人？"

"安娜·玛格达莱娜是一名舞蹈教师，舞蹈专校主管的妻子。这所专校位于博物馆上面，我在博物馆工作。我每天都看见她。"

"接着讲。"

"我爱安娜·玛格达莱娜。我从见到她的刹那间就爱上她了。我尊敬她。我崇拜她。我亲吻她走过的地面。但她跟我不可能有任何关系，她认为我粗野不文。她经常嘲

162

笑我。所以我杀了她。我强奸了她，然后就掐死了她。这就是全部。"

"这不是全部，德米特里。你尊敬安娜·玛格达莱娜，你崇拜她，但你却强奸了她，掐死了她。我们认为这很难理解。帮我们理解下。当一个人爱着的女人蔑视这个人时，这个人的感情就会受到伤害，但是这个人的反应肯定不会是袭击她，然后杀害她。肯定还有别的原因，在目前尚存疑问的那天发生的什么事逼迫你采取了行动。请再详细地跟我们讲讲那天发生了什么。"

即使从他站的地方，西蒙都能看得到愤怒的红晕逐渐爬上德米特里的脸，以及他抓住麦克风的紧张劲。"给我判刑吧！"他怒吼道，"快结束这一切！"

"不，德米特里，我们在这里可不能听你的指挥。我们在这里是要伸张正义的。"

"你们不可能伸张正义！你们不可能度量我的罪行！那是无法度量的！"

"恰恰相反，我们在这里要做的就是：度量你的罪行，决定适合这个罪行的判决。"

"就像找一顶适合脑袋的帽子。"

"是的，就像找一顶适合你脑袋的帽子。伸张正义不仅仅是为了你，而且还为你的受害者。"

"那个你称为我的受害者的女人才不在乎你们做什么。她已经死了。她已经不存在。没有人能把她带回来。"

"恰恰相反，德米特里，安娜·玛格达莱娜并没有离去。今天她跟我们在一起，在这里，就在这个剧院里。她出没在我们身上，且以你为甚。如果她没有得到实现正义的满足，她是不会离开的。所以，告诉我们，3月4日发生了什么。"

当德米特里手中麦克风的外壳裂开时，能听到一声清晰的咔嚓声。眼泪像从石头中挤出的水般从他紧紧闭合的眼睛里迸涌而出。他慢慢左右摇晃着脑袋。说出几句压抑的话："我不能！我不会！"

法官倒了杯水示意警卫递给德米特里。他响亮地喝了口。

"我们可以继续进行吗，德米特里？"法官问。

"不能，"德米特里说，这时眼泪已经任意涌流，"不能。"

"那我就休息会儿，让你恢复下。今天下午两点钟我们重新开庭。"

观众群里发出一阵不满的喊叫。法官拿木槌响亮地敲击了几下。"安静！"他命令道，"这不是娱乐活动！请你们三思！"他昂首阔步离开舞台，先是两位助理法官跟着，警卫跟在最后，警卫在后面推着德米特里。

他，西蒙，汇入人群，走下楼梯。在门廊，他惊讶地碰上了伊内斯的哥哥迭戈，大卫也跟着他。

"你到这里来干什么？"他问男孩，没有管迭戈。

"我想来，"男孩说，"我想看看德米特里。"

"我敢说德米特里觉得非常屈辱，不需要专校的孩子来目瞪口呆地望着他。伊内斯允许你来的吗？"

"他要的就是屈辱。"男孩说。

"不，他不想要。这种事小孩子理解不了。德米特里并不想让人们像疯子一样对待他。他想给自己留点尊严。"

一个瘦瘦的、长得像鸟儿般的年轻男子，背着个小书包，一直偷听了好久。这时他插话了。"可是这人脑子肯定有病。"他说，"如果不是心灵扭曲，谁会犯这样的罪行？而且他一直都在请求给予最重的判决。正常人会这样做吗？"

"在埃斯特雷拉什么才算最重的判决？"迭戈问。

"盐井。在盐井里干一辈子苦力。"

迭戈放声大笑。"看来你们还有盐井！"

这个年轻人糊涂了。"没错，我们还有盐井。这有什么好奇怪的？"

"没什么。"迭戈说。但他继续笑着。

"盐井是干什么的？"男孩问。

"他们挖盐的地方。就像金矿是他们挖金子的地方。"

"德米特里要去那样的地方吗？"

"那是他们打发坏家伙去的地方。"迭戈说。

"我们可以去看他吗？我们可以去盐井吗？"

"我们还是别想得太远，"他，西蒙说，"我不相信法官会打发德米特里去盐井。这是我对事情进展的预感。我相信他会裁决说，德米特里脑子里有一种病，然后打发他去一家医院治疗。这样，不出一两年，他就会带着一个全新的脑子成为一个全新的人，重新出来。"

"你听着好像对精神病治疗评价不高，"背包的年轻人说，"对不起，我还没介绍自己呢。我叫马里奥，法学院的学生，所以我今天来这儿旁听了。这是一个很吸引人的案子。当中可以引发出一些非常基本的问题。比如，让违法者改造是法庭的天职，可是一个自己并不想改造的人，像德米特里这样的人，法庭有权在改造方面走多远？也许应该给他一个选择：要么通过盐井改造，要么通过精神病院改造。另一方面，在对本人的判决中应该给予违法者什么角色吗？在法律圈，对这样的做法抵制向来都是很强烈的，你也想象得到。"

迭戈，他看得出，开始焦躁不安起来。他了解迭戈，知道他对所谓的机智的谈话很烦。"今天天气不错，迭戈，"他说，"你和大卫怎么不去干些更有意思的事儿呢？"

"不！"男孩说，"我还想听！"

"上这儿来是他的想法，不是我的，"迭戈说，"我不怎么关心这位叫德米特里的人会怎么样。"

"你不关心，可我关心！"男孩说，"我不想让德米特里换上个新脑子！我想让他去盐井！"

下午两点庭审再次开始。观众重新聚集后比之前少了很多。他和迭戈、男孩毫不费劲就找到位子。

德米特里被重新带上台，后面跟着法官和助理。

"我面前有份你曾经工作过的博物馆的馆长的报告，德米特里，"法官说，"他写道，你向来忠于职守，还说，这些事件发生之前，他有充分的理由认为你是一个诚实的人。我还有份精神病专家亚历汉德罗·图森博士的报告，他受本庭委托评估了你的精神状况。图森博士报告说，因为你的暴力倾向和不合作态度，他无法对你进行评估。你有什么话想说吗？"

德米特里像石头般沉默着。

"最后，我还有份法医关于3月4日事件的报告。他说发生了完整的性行为，那就是说，性交结束时有男性射精，还说，这一行为发生在死者还活着的时候。随后死者被用手掐死。你对此有何质疑吗？"

德米特里仍不说话。

"你也许会问我为什么会详述上述这些令人恶心的细节。我这样做是要明确，法庭充分意识到你实施的犯罪行为是何等可怕。你强奸了一个相信你的女人，最后用最无情的手段杀死她。想想她在生命最后几分钟经历的一切，我不禁毛骨悚然，我们都毛骨悚然。我们有所不解的是你为什么会做出这种失去理智、没有必要的行为。你是一个误入歧路的人，德米特里，还是你属于别的什么种族，没有灵魂，没有良知？我再次劝你：向我们解释下你自己。"

"我属于外族。我在这个世界上没有地位。远离我。杀了我。把我在你们脚下踩得粉碎好了。"

"这是你想说的全部吗？"

德米特里沉默不语。

"这还不够，德米特里，还不够。但是我不会再要求你说了。本庭极尽谦卑努力为你争取正义，而每个环节你都抵制。现在，你必须承受后果了。我和同事们将退庭商议。"他指示警卫,"把被告带走。"

人群中出现一阵不安的骚动。他们还要坐等吗?整个过程将需要多长时间?但人们刚开始要在礼堂活动,德米特里就被重新带到台上,法官们回到各自的座位。

"起立,德米特里,"法官说,"根据赋予我的权力,我现在要进行宣判。我会尽量讲简短些。你没有提出减轻判刑要求。相反,你要求我们用最严苛的标准起诉你。摆在我们面前的问题是,这个要求是出自你的内心,出自你对自己罪大恶极的行为的悔恨,还是出自精神紊乱?

"这是一个很难回答的问题。在你的行为中,没有丝毫悔恨的表示。对受害人那丧失了亲人的丈夫,你没有表达过一句道歉的话。你现在的样子也不像一个有良知的人。我和我的同事们完全有理由发配你去盐井,然后了结此案。

"另一方面,这是你首次犯法。你曾是一个称职的员工。你对死者一直都很尊重,直到你强迫她那天。是什么邪恶的力量在那天掌控了你,对我们来说自然是一个不解之谜。你抵抗我们试图理解的任何努力。

"我们的宣判如下:你将从这里移送到医治精神错乱的犯罪医院,并押在那里。医疗权威们将每年会诊一次你的情况,然后向本法庭报告。根据那些报告,你在未来的某个时候或许被传唤到法庭,来重新评估对你的判决。宣判完毕。"

一声类似叹息的声音从市民中集体升起。这是为德米特里而叹息吗?他们在替他感到难过吗?这很难令人置信。几位法官列队走出舞台。德米特里低着头，被带走。

"再见，迭戈，"他，西蒙说，"再见，大卫。这个周末你有什么计划？我来看你？"

"我们可以跟德米特里说话吗？"男孩问。

"不能。这是不可能的。"

"可我就想！"在没有任何预兆的情况下，他冲进过道，朝舞台爬上去。他和迭戈紧跟在后面，穿过侧厅，然后又走进一段黑暗的过道。过道尽头，他们赶上了德米特里和他的警卫，警卫通过半开的门朝街上望去。

"德米特里！"男孩大喊了一声。

德米特里不顾锁链，高高地举起孩子，紧紧抱住他。警卫三心二意地想把他们分开。

"他们不想让你去盐井吗，德米特里？"孩子问。

"不，判给我的不是去盐井，是疯人院。但我会逃走，别担心。我会逃走，然后搭上去盐井的第一趟巴士。我会说，德米特里来报到了，先生。他们不会拒绝我，所以，别担心，年轻人。德米特里仍然是他命运的主宰。"

"西蒙说，他们会砍掉你的脑袋，给你换个新头。"

门砰然打开，光线射进来。"行了！"警卫说，"囚车到了。"

"囚车到了，"德米特里说，"时间到了，德米特里该走了。"他在孩子嘴上深深地吻了吻，把他放下，"再见，我的小朋友。是的，他们想给我一副新脑袋。这就是原谅我的代价。他们原谅你，但要砍下你的脑袋，当心原谅，这就是我想说的话。"

169

"我不会原谅你。"孩子说。

"那就好！从德米特里这儿接受一个教训：永远不要让他们原谅你，当他们许诺要给你一个新生活时，永远不要听。新生活纯属谎言，我的孩子，最大的谎言。没有来生。只有现世。一旦你让他们砍掉你的头，你也就完蛋了。除了黑暗，什么都没有，只有黑暗，黑暗。"

从刺眼的阳光中走出两个穿制服的男人，把德米特里拽下台阶。当他们正要把他推进囚车后面时，他转身高喊："告诉西蒙烧掉你知道的东西！告诉他我还会回来割断他的脖子，如果他不照我说的去办的话！"接着门摔上了，囚车开走。

"最后那句话是什么意思？"迭戈问。

"没什么。他留下些东西让我销毁。他从杂志上剪下的相片——诸如此类的东西。"

"不穿衣服的女人，"男孩说，"他让我看过。"

第 十 四 章

他被带进博物馆馆长的办公室。"谢谢你同意见我,"他说,"我来是应你们的一位员工德米特里的请求,他想让我既救救他本人,又救救博物馆,免得蒙受潜在的尴尬。在你们的地下室,他告诉我,有些属于他的黄色相片。他希望这些东西在媒体拿到前能销毁掉。你允许吗?"

"黄色相片……你看过这些相片吗,西蒙先生?"

"没有。但我儿子看过。我儿子是舞蹈专校的学生。"

"你是说这些相片是从我们的藏品中偷出来的?"

"不,不,不是这种相片。都是从色情杂志上剪下来的女人的照片。我可以给你看看。我知道在哪里可以找到它们——德米特里告诉过我。"

馆长拿出一堆钥匙,走在前面来到地下室,打开德米特里描述的文件柜。最底下的抽屉里放着个小纸盒,他打开纸盒。

第一张相片是个金发女人,长着一双吓人的红唇,双腿分开裸体坐在一个沙发上,手握巨大的乳房,向前挺着。

馆长发出一声厌恶的惊叫，合上盒子。"拿走！"他说，"我再也不想听到有人说这事了。"

他，西蒙在自己私密的斗室里打开那只盒子，又发现了半打类似的相片。但是，在这些照片底下，另外有一个信封，装着两条女人的黑色内裤；一个设计简单的单只银耳环；一个年轻女孩的照片，可以认得出是安娜·玛格达莱娜，抱着一只猫，冲照相机微笑着。最后是几封信用一条橡皮筋扎在一起，AM①写给我的爱人②。任何一封信上都没有日期，没有回信地址，但他推测这些信从海滨度假胜地阿瓜维瓦③寄出。这些信描述了各种假日活动（游泳、收集贝壳、沙堆上行走），还提到华金和达米亚的名字。"我想再次回到你的怀中。"其中一封信这样说。"我充满激情地渴望你。"另一封信上这样说。

他慢慢地从头读到尾读完这些信，然后又读了第二遍，已经熟悉了笔迹，非常幼稚，根本不是他想象的，每个字母 i 都用一个小心翼翼的小圆圈代替，看完后他把这些信连同那张照片、耳环、内裤都放回信封，再把信封放进盒子，最后把盒子放在自己床底下。

他的第一个念头就是德米特里希望他读读这些信——要让他知道，他，德米特里，被一个女人爱着，而这个女人，他，西蒙也许只能远远地渴望，但却没有足够的男子气概占有她。但是，他越细想，似乎这样的解释越不够合

---

① 安娜·玛格达莱娜的姓名首字母。
② 原文为西班牙语，Mi amor。
③ 原文为 Aguaviva。

理。如果德米特里事实上一直跟安娜·玛格达莱娜有外遇，如果他总提到崇拜她走过的地面，以及她对待他轻蔑的态度，而这些话不过是掩饰他们博物馆地下室见不得人的交媾行为，那为什么他在好几份供认书中都宣称他强迫了她呢？而且，为什么德米特里要他，西蒙知道两个人的真相，而极有可能，他，西蒙，会立刻让官方知道，而官方会立刻举行一次新的审判？还有一个最简单的解释难道最终不是最好的解释吗：德米特里相信他会烧了这个盒子和里面的东西，绝对不会查看它们？

但是更大的困惑仍然在于：如果安娜·玛格达莱娜不是她表面上向世人展示的那样，她的死不是看上去的那样，为什么德米特里要向警方和法庭撒谎呢？为了保护她的名誉？为了让她丈夫免受羞辱？德米特里是出于心灵的高尚，把所有的罪责都揽在自己身上，这样阿罗约夫妇的声名就不会被拖进这片泥淖？

然而，安娜·玛格达莱娜说了或者做了什么，在3月4日晚上，致使她被一个她渴望——充满激情地渴望——回到他怀抱中的男人杀害？

再者，如果安娜·玛格达莱娜从没写过这些信又会怎么样呢？如果这些信是伪造的又会怎么样？而且，如果他，西蒙在抹黑她名誉的阴谋中被当作工具利用，又该怎么办？

他开始战栗起来。他是一个真正的疯子！他心里对自己说。最终法官是对的！他应该待在疯人院，戴着镣铐，关在一个七重锁锁着的房间里！

他诅咒着自己。他不该卷进德米特里的事件中。他不该答应他的恳求，不该对博物馆馆长讲，不该看盒子里的东西。现在恶魔已经从瓶子里放出来，他不知道该怎么办。如果他把这些信交给警方，他将变成一个他完全不明就里的阴谋的同谋；如果他把这些东西放回去交给博物馆馆长，效果同样如此；如果他烧了这些东西，或者把它们隐藏起来，他又成为另一场阴谋的同谋，这个阴谋就是要把安娜洗白成一个无瑕的烈士。

那天半夜，他起来把床底下的那只盒子取出来，用一个闲置的床罩包起来，放在衣柜的最顶端。

早晨，正当他出发去货站拿当天要分送的小册子时，伊内斯的小车过来停住，迭戈从车上下来，男孩跟着他。

迭戈的情绪显然不好。"整个昨天一天，又加上今天，这孩子一直都纠缠着我们，"他说，"他简直要把我们折磨死了，把我和伊内斯。所以我们就过来了。告诉他，大卫——告诉西蒙，你想要干什么。"

"我想见德米特里。我想去盐井。可是伊内斯不让我去。"

"她当然不会让你去。我想你明白。德米特里没有去盐井，他被送到一家医院了。"

"没错，可德米特里不想去医院，他想去盐井！"

"我不知道你认为盐井是干什么的，大卫，不过首先，盐井在几百公里之外；其次，盐井不是度假胜地。法官会送德米特里去医院，是为了挽救他不要去盐井。去盐井你就得受苦。"

174

"可是德米特里不想被挽救！他想受苦！我们能去那家医院吗？"

"肯定不能去。他们送德米特里去的医院不是普通医院。那是专门收留危险人物的医院。大众是不允许进去的。"

"德米特里不危险。"

"恰恰相反。德米特里极其危险，他已经证明了这点。总之，我不会带你去那家医院，迭戈也不会。我再也不想跟德米特里有任何关系了。"

"为什么？"

"我没有必要告诉你为什么。"

"是因为你恨德米特里！你恨所有的人！"

"你用这个词打击面太大了。我不会恨任何人。我只是不再跟德米特里有任何关系。他不是好人。"

"他是个好人！他爱我！他认可我！你不爱我！"

"根本不是这样。我很爱你。我爱你不知道超过德米特里多少倍。德米特里根本不知道爱的意义。"

"德米特里爱很多人。他爱他们是因为他有一颗巨大的心。他告诉过我。不要笑，迭戈！你为什么要笑？"

迭戈忍不住哈哈大笑。"他真的说了——说如果你有一颗巨大的心就会爱很多人？也许他的意思是很多女孩吧？"

迭戈的笑声甚至让男孩更加恼火，他提高嗓门儿。"是真的！德米特里有一颗巨大的心，西蒙的心很小——德米特里这样说的。他说西蒙有一颗像床上臭虫那么小的小心。所以他没法爱任何人。西蒙，德米特里真的跟安娜·玛格达莱娜性交是想弄死她吗？”

“我不想回答这个问题。这太愚蠢，太荒唐。你根本就不知道什么是性交。”

“我知道！伊内斯告诉过我。她性交过很多次，而且讨厌性交。她说太可怕了。”

“也许有可能。我再也不想回答跟德米特里有关的任何问题了。我再也不想听到他的名字了。我跟他已经没关系。”

“可他为什么要跟她性交呢？你为什么不告诉我？他是要让她心跳停止吗？”

“够了，大卫。安静点。”他说完又对迭戈说，“你看见了，这孩子很烦恼。他一直做噩梦，自从……自从那件事发生以来。你应该帮帮他，不要嘲笑他。”

“告诉我啊！”男孩大声说，“你为什么不告诉我？他想在她里面做个孩子吗？他想让她心跳停止吗？即使她心跳停止了，她也能怀上孩子吗？”

“不，她不能。如果妈妈死了，她身体里的孩子也会死去。这是法则。但安娜·玛格达莱娜不会怀上孩子的。”

“你怎么知道？你什么都不知道。德米特里把她的婴儿变成蓝色的了吗？我们能让她的心再次跳起来吗？”

“安娜·玛格达莱娜不会怀上孩子的，而且，不能，我们不能让她的心再次跳起来，因为心不是那样工作的。心一旦停止跳动，它就永远停止了。”

"可是如果她有了新生活，她的心还会再次跳起来吗？"

"在某种意义上，会的。在来生，安娜·玛格达莱娜会有一颗新的心脏。她不仅会有新生，还会有新心，这些乱七八糟的故事，她将什么都记不得。她将记不得专校，记不得德米特里，这将是个天赐的幸福。她会重新开始，就像你和我这样，把过去洗得干干净净，不会有任何糟糕的记忆压垮她。"

"你会原谅德米特里吗，西蒙？"

"我不是德米特里伤害的人，所以不该由我原谅他。他应该寻求的是安娜·玛格达莱娜的原谅。以及阿罗约先生的原谅。"

"我不会原谅他。他不想任何人原谅他。"

"那不过是他在吹牛，变态的吹嘘。他想让我们以为他是个狂放不羁的人，做的都是常人害怕做的。大卫，谈论那个人，我觉得恶心和厌倦。以我的关注范围而言，他已经死了，被埋葬了。现在我得去干活儿了。下次你要做了噩梦，记得你只要挥挥胳膊，那些东西就会像烟一般挥发掉了。挥挥胳膊，大声喊走开！就像堂吉诃德那样。吻我一下。我星期六来找你。再见，迭戈。"

"我要去找德米特里！如果迭戈不带我去，我就自己去！"

"你可以去，但他们不会让你进去。他待的地方不是普通医院。是给罪犯用的医院，周围有大墙，有守门狗看守。"

"我会带上玻利瓦尔。它会咬死那些守门狗。"

迭戈扶着打开的车门。孩子钻进汽车，抱着胳臂坐着，他噘着嘴，满脸不高兴。

"如果你想听我的意见，"迭戈平静地说，"他已经失控了，这位。你和伊内斯应该为此采取点措施。送他去学校，重新开始。"

最后看来，他把医院想错了，彻底错了。那个他想象中的精神病院，那个在遥远的乡下，有着高墙和守门狗的医院并不存在。有的只是那家城里的医院，侧楼带有非常现代化的精神病科室——跟德米特里在到博物馆上班前工作的那家医院是同一家医院，勤杂工中有些人回忆起昔日的他还满怀深情。大家完全不顾他是个自己供认不讳的杀人犯这个事实，对他很纵容，经常从员工食堂给他带点小吃，还给他不断地提供香烟。他在标有禁止入内的那侧楼里有个自己的房间，有淋浴间，还有一张放着一只灯的桌子。

所有这些——小吃、香烟、淋浴间——是迭戈来过后的那天，他骑自行车送完东西回到家，发现这个自己供认不讳的杀人犯伸长身子躺在床上睡觉，而男孩盘着腿坐在地板上玩一种扑克游戏时知道的。他惊讶得喊叫了一声，而男孩听到叫声后把一根手指放在嘴唇上，轻轻"嘘"了声。

他大步走过去，生气地摇了一把德米特里。"你！你在这里干什么？"

德米特里坐起来。"镇定，西蒙，"他说，"我马上就走。我只是想确认……你知道……你按我说的做了没有？"

他没有理会这个问题。"大卫，这个人是怎么到这里来的？"

德米特里自己先回答了。"我们坐公交来的。西蒙，像个正常人那样。镇定。年轻的大卫像个好朋友那样来看我。我们聊了会儿。然后我穿上勤杂工的制服，像过去那样，这孩子拉着我的手，我们就走出来了，我们两个，就这样来的。他是我儿子，我说，多可爱的男孩，他们说。当然制服帮了忙。人们都相信穿制服的人——这是我从生活中学来的一个经验。我们走出医院，就直接上这儿来了。等你和我解决了我们的事儿，我就搭巴士回去。甚至都没有一个人注意到我出来了。"

"大卫，真是这样吗？一个治疗犯过罪的精神病人，他们就让这人走出来？"

"他想吃面包，"男孩说，"他说医院里没有给他吃的面包。"

"胡说。他在那里一天三餐，要多少面包都有。"

"他说没有面包，所以我就给了他面包。"

"坐下，西蒙，"德米特里说，"你能帮我一个忙吗？"他拿出一盒香烟，点上一支，"别当着孩子的面侮辱我，拜托了。不要管我叫犯过罪的精神病人。因为事实不是这样。可能是个罪犯，但不是精神病人，一丁点儿都不是。

"你想听医生们怎么说吗，那些被叮嘱要找出我毛病

179

的医生们！不想？好吧，我就不说这些医生了。我们就说说阿罗约家。我听说他们关了专校。真遗憾。我喜欢这所专校。我喜欢跟那些年轻人，那些小舞蹈家们在一起，全都那么开心，充满了生命力。我多希望自己小时候能够上一所那样的专校。谁知道，我最终还是跟人不一样。不过，为打翻的牛奶痛哭没用的，对吧？做了的就让它过去。"

打翻的牛奶。这个说法激怒了他。"有很多人为你打翻了牛奶而痛哭。"他突然大吼道，"你身后留下很多破碎的心和太多的愤怒。"

"这个我能理解，"德米特里说，优哉游哉地喷着香烟，"你以为我没有意识到自己犯罪带来的仇恨吗，西蒙？你想过我为什么要主动去盐井吗？盐井不是给哭哭啼啼的婴儿开的。想要对付盐井中的生活，你得是个男子汉。只要他们给我从医院离开的通行证明，我明天就出发去盐井。德米特里来了，我会对盐井的头子说，既强壮又健康，来报到了！但他们不会让我出去，那些心理学家和精神病学家，那些研究这样那样离经叛道行为的专家们。跟我说说你母亲的情况，他们说。你母亲爱你吗？你还是个婴儿的时候，她给你哺乳吗？吸吮她的乳房是什么感觉？我该怎么说呢？我连昨天发生的事儿都几乎想不起来，我怎么还记得我母亲和她的乳房呢？所以，我脑子里出现什么就说什么。感觉就像吸柠檬汁，我说。或者说感觉就像猪肉，感觉就像吸猪排。因为精神病学家就是这样工作的，不是吗？——你说出脑子里首先想到的东西，然后他们就走了，去分析，然后得出有关你的错误结论。

"他们对我这么感兴趣，西蒙！这让我感到很奇妙。我对自己都不感兴趣，但他们却感兴趣。对我来说，我不过是个普通的罪犯，普通得像根草。可是对他们来说，我却有点特别。我没有良知，或者说我没有太多良知，他们拿不准。如果你的良知太多，我想告诉他们，你的良知会吃掉你，吃得你什么都不剩，就像一只蜘蛛吃一只黄蜂，或者一只黄蜂吃一只蜘蛛，我记不起该是哪个，总之除了外皮什么都不剩。你认为呢，年轻人？你知道良知是什么吗？"

男孩点点头。

"你当然知道！你比任何人——比世上所有的心理学家——都了解老德米特里。你经常梦见什么？他们说，你可能梦见自己坠落到黑洞里，然后被龙吃了——是的，我说，是的，说得太对了！可你永远用不着问我做什么梦。你只要看一眼就立刻理解我了。我理解你，我不会原谅你。我永远不会忘记这点。他是真正的特别，西蒙，你的这个孩子。一个特例。聪明得超出了他的年龄。你可以向他学习。"

"大卫不是什么特例。没有特例这种东西。他不是特例，你也不是。没有人会被你伪装的疯狂表演糊弄住，德米特里，一分钟都不会。我希望你真的能被发送到盐井。那会结束你的胡说八道。"

"说得好，西蒙，说得好！我就因为这点才爱你。我会亲吻你，只是你不喜欢这样，你不是一个可以亲吻的男人。所以你儿子一直都随时准备亲老德米特里一下。对吗，我的孩子？"

"德米特里，你为什么要让安娜·玛格达莱娜心跳停止？"男孩问道。

"问得好！这正是那些医生最想知道的。这让他们感到刺激，想象这个——用你的手臂紧紧压住一个漂亮女人，最后压得她心脏停止跳动——只是他们太不好意思了。他们不敢直截了当地问出来，不敢像你这样，他们只好用迂回的方式接近，像蛇那样。你母亲爱你吗？吃妈妈的奶是什么滋味？或者像那个愚蠢的法医：你是谁？你是你本人吗？

"我为什么会让她心跳停止？我来告诉你。我们在一起时，她和我，忽然一个念头出现在我脑子里——蹦进脑袋不肯离开。我想：为什么不把你的手围住她的脖子，而她，你知道，正好脖子痛，掐她一小下呢？给她看看谁是主宰。给她看看真正的爱是什么样子。

"杀害你爱的人：这是老西蒙永远无法理解的事。但是你理解，对吗？你理解德米特里。从最初的刹那，你就理解。"

"她不想跟你结婚吗？"

"跟我结婚？不。为什么一个像安娜·玛格达莱娜这样的女士会喜欢我呢？我这么脏，我的孩子。老西蒙说得没错，我很脏，我的脏会沾染到我接触的每个人。这就是我必须要去盐井的原因，那儿每个人都脏，那儿我会有回家的感觉。不，安娜·玛格达莱娜蔑视我。我爱她，我崇拜她，我愿为她做任何事情，但她不会和我有任何关系，你明白这点，每个人都能看得出。所以，我给了她一个巨大的家，停止了她心脏的跳动。给她上了一课。给了她点可以回味思考的东西。"

沉默片刻。然后，他，西蒙说话了。"你问那些资料，你让我销毁的资料。"

"是的。还有什么原因让我冒险离开医院的家上这儿来呢？当然就是寻找那些资料。接着说。告诉我。我信任你，你却破坏了这份托付。你想说这个吗？说吧。"

"我没有破坏任何托付，但我想说说这事。我已经看了盒子里的东西，包括你知道的那些东西。因此，我知道你告诉我的这个故事并不真实。我不想再说什么。但我不想站在这里，顺从得像只绵羊，被人欺骗。"

德米特里转向男孩。"你有什么东西可以吃吗，我的孩子？德米特里感觉有点饿了。"

男孩立马跳起来，在橱柜里搜索，拿回一包饼干。

"小姜饼！"德米特里说，"你要来块小姜饼吗，西蒙？不？你呢，大卫？"

男孩从他手里拿了一块饼干，咬了一口。

"那这事尽人皆知了，是吗？"德米特里说。

"没有，还没有尽人皆知。"

"但你打算利用这个对付我。"

"用什么对付你？"男孩问。

"没事，我的儿子。这是老西蒙和我之间的事。"

"这取决于你说的对付是什么意思。如果你遵守承诺，后半辈子消失在盐井，那我们指的仅仅就是：以这样或那样的方式消除后患。"

"别跟我玩逻辑游戏，西蒙。你知道，我也知道对付是什么意思。你为什么不按我跟你说的去做？瞧你陷入了什么混乱当中。"

"我？陷入混乱的不是我，你才陷入混乱了。"

"不，西蒙。明天或者后天，或者大后天，我将释放去盐井，偿还我的欠债，洗清我的良知，而你——你——将不得不跟手上的这片混乱周旋。"

"什么混乱，德米特里？"男孩问，"你为什么不告诉我？"

"我来告诉你什么混乱。可怜的德米特里！我们真的对他公正吗？难道我们不应该更加努力去挽救他，去把他转化成一个好公民和社会的积极成员？对他来说，当我们在埃斯特雷拉过着舒适的生活，他却在盐井病歪歪的一蹶不振，那会成什么样子？我们就不该对他表示一点点仁慈吗？我们就不该召回他，说，一切都宽恕了，德米特里，你可以继续回来干你的老工作，穿你的制服，拿你的薪金，你只要说声对不起，这样我们心里感到更好受些？这就是混乱，我的孩子。像一头猪一样在屎尿中翻滚。在你自己的粪便中翻滚。为什么你就不能照我说的去做，西蒙，却要卷入这个愚蠢的把我从自我中拯救出来的谜团呢？把他交给医生们，告诉他们拧下这颗脑袋，安上一颗新脑袋。还有，他们给你的那些药片！那比盐井还可怕，住在疯子的单间房里！熬过二十四小时就像在泥泞地里跋

184

涉。钟表一声一声嘀嗒地响着。我都等不得重新开始生活。"

他，西蒙的忍耐已经到了极限。"够了，德米特里。请马上离开，不然我就要叫警察了。"

"哦，那就这样再见了，是吗？你呢，大卫？你也想跟德米特里说再见了吗？再见——来生见。以后就这样了？我想我们还是有一种默契的，你和我。老西蒙一直在做你的工作，动摇你对我的信心？他是一个坏人，你怎么能爱这样一个坏人？谁会因为一个人坏而不再爱他？我对安娜·玛格达莱娜做了最坏的事，但她从来没有停止爱我。也许她会恨我，但这并不意味着她不爱我。爱和恨，你不可能有这个没那个。就像盐和胡椒。就像黑和白。人们经常忘记这点。她爱我又恨我，像任何正常的人一样。也像这位西蒙。你认为西蒙一直都爱你吗？他当然没有。他爱你又恨你，在他内心这些是搅和在一起的，只是他不想告诉你。不，他秘而不宣，假装他内心一切都美好宁静，没有波浪，没有涟漪。就像他说话的方式，我们出了名的理性的人。但是相信我，这位老西蒙内心的紊乱跟你或者我一样严重。事实上，还不只是紊乱。因为至少我没有伪装自己真实的状态。我就是这个样子，我说，我就这样说的，各种东西搅和在一起。你在听着吗，我的孩子！如果你有可能，记住我的每句话，因为这位西蒙想赶我走，赶出你的生活。好好听着。你听我的就是在听真理，除了真理，我们最终想要什么呢？"

"你要在来生看到安娜·玛格达莱娜，你不会再让她心跳停止吧?"

"我不知道,我的孩子,也许没有来生——对我来说,对我们任何人来说都没有。也许太阳会突然在天空中变大,将我们吞掉,那将是我们所有人的末日。再也没有德米特里。再也没有大卫。只剩一只巨大的火球。有时,我就是这样看待事物的。这是我的幻想。"

"然后呢?"

"然后就什么都没有了。只有众多的火焰,然后是无边的寂静。"

"可这会真的来临吗?"

"真的?谁会说得清?这都是未来的事,未来是一团不解之谜。你怎么想?"

"我想不会是真的。我想你只是这样说说而已。"

"好吧,如果你说不是真的,那就不是真的,因为你,年轻的大卫,是德米特里的国王,你的话就是给德米特里的命令。不过,还是回到你刚才提的问题,不会,我再也不会那样做了。盐井将永远治愈我的邪恶,我的愤怒,我的嗜杀本性。他们会把所有这种乱七八糟的东西从我身上敲打出来。所以,你不必担心,安娜·玛格达莱娜会很安全。"

"可你必须不能再跟她性交了。"

"不再性交了!你的这孩子很苛刻啊,西蒙,非常坚决。等他长大些后,他会改变想法。性交——那是人的本性,我的孩子,没有人逃避得了。连西蒙都会同意。没有人逃避得了,有吗,西蒙?没有人能逃得掉这惊雷。"

他，西蒙，一声不吭。他最后一次遭到惊雷一击是什么时候？这个世界里还没有。

接着德米特里好像突然对他们没兴趣了。他眼睛焦躁不安地扫视了一遍房间。"该走了。该回到我孤独的单间去了。我带上这些饼干你介意吗？我想时不时尝一口饼干。再来看我吧，年轻人。我们可以乘着公交车转转，还可以去参观公园。我会很喜欢。我一直都很喜欢跟你聊天。你是唯一理解老德米特里的人。心理学家和精神病专家，他们问了那么多问题，根本就搞不清我是什么人，是人还是野兽。可是你一眼就看穿我，看到我心里了。来给德米特里一个拥抱。"

他把男孩从地上抱起来，紧紧地拥抱了一下，轻轻地在孩子耳边说了几句话，他，西蒙听不清的几句话。孩子剧烈地点了点头。

"再见，西蒙。不要相信我说的任何东西。那不过是团空气，谁也不知道它的来去。"

他关上门走了。

第 十 五 章

从学院提供的西班牙语课程目录中，他选择了西班牙语作文（初级）。"注册这门课的学生应该熟练掌握西班牙语口语。我们将学习如何把东西写得清楚明白，符合逻辑，风格得体。"

他是班里年龄最大的学生。连老师都要比他年轻：一个很有魅力，长着黑黑的头发、黑黑的眼睛的年轻女子，告诉他们只管叫她玛蒂娜就可以了。"我们将在整个教室轮流一遍，你们每个人都要告诉我你是谁，希望从这门课学到什么。"玛蒂娜说。轮到他时他说："我叫西蒙，我在做广告生意，不过层次很低。我讲西班牙语已经一年多，而且讲得非常流畅了。对我来说，该到学习写得清楚明白、符合逻辑、风格得体的时候了。"

"谢谢你，西蒙，"玛蒂娜说，"接下来呢？"

当然他想写好。谁不想呢？但他来这里不是因为这个，完全不是。他为什么来这里，他会在待在这里的过程中发现原因。

玛蒂娜给大家发了必读材料。"请像对待一个朋友那样用心对待你的阅读材料。"玛蒂娜说，"这门课结束的时候，我会把它从你们手中收回来，这样它就又会成为别的学生的朋友。"他自己的那本已经被翻阅过无数次，上面用墨水和铅笔画了许多重点线。

他们读了两篇商务书信的范本：一封是胡安写的想做销售员的求职信，另一封是露西娅写给她的房东的一封信，希望终止公寓租借。他们对致敬和结尾的形式做了笔记。他们还仔细研究了段落的划分和分段的方式。"一个段落就是一个思想单元，"玛蒂娜说，"它展示某种思想，然后又将其与前后表达的思想连接起来。"

他们的第一篇作业是练习写段落。"给我讲讲关于自己的某些事，"玛蒂娜说，"不是什么都要，而是某些事。给我用三个段落的篇幅来讲述，然后再把它们互相串起来。"

他赞同玛蒂娜的写作哲学，尽最大能力完成好作业。"我来到这片土地，心中怀着一个压倒一切的目的，"他写道，"就是保护一个落在我手中需要照顾的小男孩免遭伤害，同时把他交给他的母亲。在适当的时候，我找到了他的母亲，把他跟她联系起来。"

这是他写的第一段。

"然而，我的义务并没有到此结束。"他写道。然而，这个连词。"我继续照管母亲和孩子，并且料理他们的安康。当他们的安康受到威胁后，我就带他们到了埃斯特雷拉，在这里我们受到了欢迎，在这里，那个男孩，开始用大卫的名字活动，现在他跟母亲伊内斯和舅舅迭戈生活在一起（我和伊内斯不再同屋而居），日子过得很美满。"

189

第二段结束。第三段，同时也是最后一段开始，用连词现在引出。

"现在，我有些不情愿地必须接受，我的义务完成了，孩子可能不再需要我。对我来说，该到结束我人生的某个章节，翻开新的篇章的时候了。翻开新的篇章跟学习写作的计划有关联——以某种对我来说还不明朗的方式关联起来了。"

这个就足够了。这些是必须写的三段，贴切地连起来。第四段，他打算写的这段，对作业而言是多余的，内容跟德米特里有关。他没有用连词"不过"，这个词会让第四段跟在第三段后面显得清楚、符合逻辑；但是，在这个连词后面，他要写："在埃斯特雷拉，我遇到一个叫德米特里的人，他后来因为做了强奸犯和杀人犯而声名狼藉。德米特里好几次嘲笑我的说话方式，给他的印象是过于冷静和理性。"他思考着，然后又把冷静这个词改成冷淡，"德米特里认为某种说话方式能暴露某个人的内心。德米特里不会像我现在这样去写，把段落互相串起来。德米特里会把这个称为毫无激情的写作，就像他管我叫没有激情的人。德米特里会说，一个充满激情的人不用分段就会让自我喷涌而出。

"尽管我对此人毫无敬意，"他想继续写，在想象中的第五段，"我却被他的批评搞得很烦恼。我为什么会烦恼？因为他说（此时我可能完全同意他的说法）一个理性到冷淡的人对一个本性爱冲动和激情洋溢的男孩子来说，算不上最好的导师。

"因此（第六段），我想成为一个不同的人。"写到这里，在段落中途，他就打住了。这就够了，没有更多可写的了。

第二次课堂会上，玛蒂娜进一步讨论了商务书信的种类，特别是求职信。"求职信可以当作某种诱惑的表演行为。"她说，"在求职信中，我们要用最讨人喜欢的方式介绍自己。这就是我，我们会说——我没有吸引力吗？录用我吧，我将属于你。"教室里响起一阵欢笑的微波，"但是，我们的书信肯定同时要有某种商务的感觉。这里必须要有某种平衡。因此，撰写一封优质的求职信就需要某种艺术了，自我表现的艺术。今天我们就来研究这种艺术，希望你们能够掌握并且化为己有。"

他被玛蒂娜迷住了：这么年轻又如此自信。

课程进行到中途时有十分钟的休息时间。学生们溜出去到走廊上或者去卫生间的工夫，玛蒂娜仔细读着大家的作业。大家重新回来时，她把作业又返给大家。在他的作业上，她写道："段落划分很好，内容独特。"

他们的第二篇作业是写一封求职信，用玛蒂娜的话说就是找一份"你梦想的工作，你最想到手的工作"。"记住要听上去很吸引人，"她又补充道，"要让自己抢手。"

"埃斯蒂马多馆长先生，"他写道，"我应今天《星报》上诱人的求职广告写信申请博物馆看管员的职位。虽然我没有在这个领域的工作经验，但是我有几个特质让自己显得颇具优势。首先，我是一个成熟又可靠的人。其次，我热爱或者至少尊敬艺术，包括视觉艺术。再次，我没有远大期望。如果我被任命担任看管员级别的职务，我不会期望第二天提拔成为主管保安，更不要说馆长。"

他把自己写的整块文字分成几部分，五个简短的自然段。

"我没法真诚地宣称"，他补充说，"做一名博物馆看管员是我一直以来的梦想。但是，我已经到了人生的危急时刻。你必须要变一变，我对自己说。但是变成什么呢？也许我目光所落的这个广告就是我想要的信号，一个来自天堂的信号。跟我来，《星报》说。于是我就来了，这封信就代表了我的追随。"

这是他写的第六段。

他把这封信交给玛蒂娜，总共六段。课内休息时他没有离开教室，而是待在课桌旁，贪婪地看着她批阅，看着她手中的钢笔快速又果断地活动着。他注意到玛蒂娜开始要看他的信时的情景。她在这封信上花了更长的时间，看的时候有点愁眉苦脸。她抬起眼睛时，看到他在看她。

课间休息结束后，她把作业发给大家。在他的作业上她写了句：下课后找我一下。

下课后，他一直等到别的学生都离开。

"我很有兴趣地看了你的作业，"她说，"你写得很好。但是，我不知道这门课是否特别适合你。你不觉得你上一门创意写作课会更加如鱼得水吗？你知道，停修有关课程还不太迟。"

"如果你告诉我我应该取消这门课，我就取消。"他回答说，"但我并不认为自己的写作就是创作。在我看来，这跟人们在日记里的写法是一个样。写日记并不是创作。那也是书信写作的一种形式。人们可以给自己写信。但是，我理解你说的意思。我来这里不合时宜。我不会再浪费你的任何时间了。谢谢你。"他把那册阅读材料从包里取出来，"这个还给你吧。"

"别生气，"她说，"别走，别取消。我会继续看你的作业。但我读你的作业会跟我读别的学生的作业方式完全一样；以一个写作教师而不是倾听者的方式。你接受吗？"

"我接受，"他说，"谢谢你。很感激你的好心。"

第三篇作业，要求他们描述下自己以前的工作经验，然后，再写一份教育背景梗概。

"我曾经是个体力劳动者，"他写道，"如今，我靠往邮箱里投递各种手册维生。这是因为我没有以前那么强壮了。另外，在体力不支的同时，也丧失了激情。这个至少是德米特里的看法，我之前提到的那个人，那个充满激情的人。德米特里的激情有一天晚上沸腾到了杀死他情妇的地步。至于我，我没有欲望想杀害任何人，更不要说我可能爱的某个人。我说这话时德米特里放声大笑——我说我不会杀害我爱的某个人。照德米特里说，在某个深藏不露的层次，我们每个人都渴望杀害我们爱着的人。我们每个人都渴望杀害爱人，但只有很少蒙上帝挑选的人才有勇气实现自己的渴望。

"小孩能嗅出谁是懦夫，德米特里说。小孩也能嗅出骗子，以及伪君子。因此，照德米特里说，大卫对我的爱逐渐淡化，他已经证明我是个懦夫，一个骗子，一个伪君子。相比之下，在大卫被像德米特里本人（一个自己供认不讳的杀人犯）和他舅舅迭戈（在我看来是个饭桶和恃强凌弱的家伙，但这个暂且不说）这等人吸引去的过程中，他发现了一个深刻的道理。孩子们来到这个世界上，带着某种天生的直觉，知道什么是善良，什么是真实，他说，但是，他们在逐渐社会化的过程中，又丧失了这种能力。按照他的说法，大卫是个例外。大卫仍然原封不动地保留着天生的天赋。因此他尊敬大卫——事实上到了崇敬的地步，或者像他说的那样，认出他。我的最高统帅，我的国王，他这样称呼大卫，丝毫没有开玩笑的成分。

"你怎么可能认出你以前从没见过的人？我想对德米特里提这个问题。

"跟德米特里相见（我不喜欢此人，事实上从道德的观点看已经是蔑视了）是一种很有教育意义的经历，对我而言。以至于我要把它列入我的教育背景。

"我相信我对很多新的观念持开放态度，包括德米特里的观念。我认为，德米特里对我的判断很可能是正确的。作为父亲或者继父，或者人生导师，对像大卫这样的孩子而言我不是合适的人选，一个特别例外的孩子，一个始终提醒我，我并不了解他或者理解他的孩子。因此，也许该到我抽身而退给自己另找人生角色的时候了，找到另一个对象，或者人，我可以在其身上倾注从我身上倾倒出的不管什么东西。有时可以仅仅是言谈，有时可以是眼泪，有时以我固执地称为关爱的方式。

"关爱是我毫不犹豫会在日记中使用的一种公式化表述。但是这篇东西肯定不是日记。所以声称受到关爱的激励的说法有些宏大。

"继续。

"允许我以一条脚注的形式，再多说几句跟眼泪有关的话。

"某种音乐会给我的眼睛带来泪水。如果我是个没有激情的人，这些眼泪从哪里来？我还没见过德米特里被音乐感动得流泪。

"让我再以第二条脚注的方式，说说伊内斯的狗玻利瓦尔，说说伊内斯同意做大卫的母亲后跟她来的那条狗。不过现在那条狗已经成了大卫的狗，那是在这样的意义上，即当我们说某个保护我们的人是'我们的'保卫者，尽管我们并没有权力控制他，或者她以及或者它。

"狗像小孩一样，据说，有本事嗅出懦夫、骗子等等。但是，从第一天起，玻利瓦尔就把我接纳为他们那个家庭的成员。对德米特里而言，这肯定值得他好好想想。"

玛蒂娜女士——他没法直呼其名，虽然这位女士还很年轻——把批阅过的作业发给班上其他同学了，却没有返还他的。可是，当她经过他的桌子时，却轻声说，"下课后，请找我，西蒙。"只有这几个词，这有他叫不上名字的轻轻飘过的香水味。

玛蒂娜女士年轻，漂亮，智性，他很欣赏她的沉稳和才华，以及那双黑黑的眼睛，但并没有爱上她，就像他也没有爱上过安娜·玛格达莱娜，他对安娜要更了解些（而且还看到过她赤身裸体），但她现在已经死了。他想从玛蒂娜小姐那里得到的不是爱，而是别的。他希望她听他说，告诉他自己讲的话——这番讲话他正努力写在纸上——听上去真实还是恰恰相反，从头到尾都是一篇冗长的谎言。然后，他希望她告诉自己该怎么办：到底要继续早上骑上自行车出去发送广告手册，下午躺在床上听着收音机（越来越频繁）喝着酒，然后接着沉睡，睡啊睡，死睡个八个，或者九个，甚至十个小时；还是出去闯世界，干些不一样的事情。

对一个作文老师来说这个期待太大了，大到她应付不了的程度。可是，当初，在那个遥远的岸边，对那个登上那艘轮船的男孩来说，期待这个身穿黄褐色衣服的硬气男人把自己藏在他的翅膀下，在一个陌生的土地上引导他的脚步继续向前，这个期待同样太大了。

他的同学们——他跟他们还不过是互相点头之交——一个个从教室走出去。"坐下，西蒙。"玛蒂娜女士说。他在她对面坐下。"这事不是我能对付得了的。"她说。她直视着他。

"这不过是文章而已，"他说，"你对付不了作为文章的它吗？"

"这是一篇求助信，"她说，"你在向我求助。我早上还有份工作，晚上还要给你们上课，加上还有丈夫、孩子、家庭需要照料。事情太多了。"她把这篇作业提到空中，好像要评估它的重量，"太多了。"她又重复道。

"有时会在我们最意想不到的时候有人来拜访。"他说。

"我明白你想要说什么，"她说，"可是对我来说实在要求太高了。"

他从她手中接过那三页纸，塞进自己的包里。"再见，"他说，"再次感谢你。"

现在可能会出现两种情况。一种是什么事都不发生。另一种是玛蒂娜女士心思变了，跟踪他到他的住处，某天下午将看到他躺在床上，听着收音机，她会说，很好，西蒙，来明示我吧：说你想从我这里得到什么东西。他给了她三天时间。

三天过去了，玛蒂娜女士并没有来敲他的门。显然是第一种情况，什么都没有发生。

他的房间，很久以前被涂成令人压抑的蛋黄色，在他看来始终没有成长为一个家。租借他房间的那对老年夫妇一直敬而远之，对此他很感激，但是，有几个晚上，透过薄薄的墙壁，他听到那老头儿，得了什么病的老人，一直咳嗽个不停。

他像鬼魂般在学院的走廊里游荡。他上了个短期烹饪课，试图想办法丰富下自己单调的饮食，但老师讨论的菜品要求的餐具是个烤箱，他没有烤箱。他出场时没有任何能展示的东西，只有一个小小的调料盘，这东西给所有的学生都发过：土茴香、生姜、肉桂、姜黄、红胡椒粉、黑胡椒粉。

他取消这门课后又上了个占星班。讨论的内容是天体：这些星球属于天体呢还是正好相反，沿着自己的轨道运行，天体在数量上有限还是无限。主讲老师认为天体的数量有限——有限但不知道并且不可知，根据她的说法。

"如果天体数量有限，那么它们之外又有什么?"一个学生问。

"没有之外。"老师回答。这个学生显得很困惑。"没有之外。"她又重复了一遍。

他对天体并不感兴趣，甚至对星星都不感兴趣，那些东西就他所关心的范围而言，不过是遵循某些神秘的起源规律，在虚空中穿越的一堆堆毫无知觉的物质团块。他想要知道的是这些星星和数字之间有什么关系，数字和音乐之间有什么关系，一个像胡安·塞巴斯蒂安·阿罗约这样聪明的人怎么会同时把星星、数字和音乐搞在一块儿谈论。但是这位讲师没有表现出对数字或者音乐有什么兴趣。她的主题是星星可能拥有的布局，以及这些布局如何影响着人类的命运。

没有之外。这个女人怎么可以如此自信？他自己的看法是，不管有没有之外，如果没有之外的观念去依附的话，人们会在绝望中被淹没。

第十六章

伊内斯接到三姐妹的召唤：发生了件很急的事，她和他，西蒙务必来趟农场。

他们受到茶、新烤的巧克力饼的款待。在三姐妹的鼓励下，大卫狼吞虎咽地吃了两大块。

"大卫，"奥尔玛等他吃完后说，"我有个东西，你可能会感兴趣——一组牵线木偶，罗伯塔无意中在阁楼上发现的，我以前经常玩，那时我们还小。你知道牵线木偶是什么吗？知道？你想看看吗？"

奥尔玛领着男孩走出房间，他们可以触及正事了。

"阿罗约先生拜访过我们一次，"瓦伦蒂娜说，"他还带着那两个不错的男孩。他想了解下，我们是否愿意考虑帮助他在原地重新开张他的专校。由于受到那场悲剧事件的影响，他失去了好多学生，但他还抱有希望，如果专校很快重新开张，仍然会有部分学生回来。你们有什么意见，伊内斯和西蒙？你们是有跟专校直接打交道的经验的人。"

"我先说吧，"他，西蒙说，"对阿罗约先生来说，宣布专校重新开张当然很好，可是谁会来搞教学？谁来负责管理？以前都是阿罗约夫人承担了全部重担。在埃斯特雷拉从哪儿可以找到合适的人填补她的位置，这样的人还要赞同他的世界观和哲学？"

"他告诉我们他的妻姐会过来帮忙，"瓦伦蒂娜说，"他还高度赞赏了一个名叫奥尔尤沙的年轻人。他感觉奥尔尤沙会接过一些工作负担。但是，基本上这所专校将变成一个音乐专校而不是舞蹈专校，阿罗约先生将亲自参与教学。"

伊内斯现在开始说话了，不失时机地澄清了自己的立场。"我们当初送大卫去阿罗约夫妇那里，他们向我们答应好——答应好的，请记住——除了跳舞，孩子还会接受常规教育。告诉我们他会学习阅读、写作以及算数，像常规学校的孩子们一样。可他什么都没学到。阿罗约先生是个好人，我相信，可他不是个合格教师。我很不愿意再把大卫送到他手里照管。"

"你说他不是个合格教师，是什么意思？"瓦伦蒂娜问道。

"我是想说他的头脑在云端。我的意思是说他不了解鼻子底下发生的事。"

姐妹们面面相觑。他，西蒙向伊内斯靠过去。"这个时候这样合适吗？"他悄声咕哝说。

"是的，这个时候说最合适。"伊内斯说，"只要坦诚，什么时候都最合适。我们是在谈论一个孩子的未来，一个年幼的孩子，他的教育问题迄今为止已经成为一场灾难，他已经掉得越来越远了。我不想把他交出去又去做实验。"

"好吧，那问题解决了，"孔苏埃洛说，"你是大卫的母亲，你有权利决定什么对他最好。那么我们是不是可以这样理解，你认为帮助这所专校是一项糟糕的投资？"

"是的。"伊内斯说。

"那你呢，西蒙？"

"不好说。"他转问伊内斯，"如果舞蹈专校永久关门了，伊内斯，如果音乐专校没有大卫的位置——而这种可能性很大——如果公立学校又不让进，你建议我们应该对他怎么办呢？他在哪儿可以接受教育呢？"

伊内斯还来不及回答，奥尔玛就带着孩子回来了，拿了个看上去破破烂烂的胶合板箱子。"奥尔玛说我可以带走它们。"男孩宣称。

"是些牵线木偶，"奥尔玛说，"我们留着没用，我想大卫也许乐意带走它们。"

伊内斯的注意力没有被分散。"大卫去哪里接受教育？我告诉你。我们应该雇个私人教师，一个拥有合格证书、能够胜任的人，没有古里古怪的信仰，比如孩子们从哪里来，或者孩子的思维是如何运转的，这个人会跟大卫坐下来，像常规学校那样按照教学大纲往下教，帮他打下缺失的基础。我想我们应该这样做。"

"你怎么想，大卫？"西蒙问道，"我们应该给你请个私人教师吗？"

大卫把那只箱子放在膝盖上坐着。"我想跟阿罗约先生在一起。"他说。

"你只想去阿罗约先生那里是因为你可以轻易左右他。"伊内斯说。

"如果你们送我去别的学校，我就逃跑。"

"我们不会送你去任何地方。我们会雇个老师，他过来在家里教你。"

"我要去阿罗约先生那里。阿罗约先生知道我是什么人。你们不了解我。"

伊内斯生气地哼了一声。虽然他的心思不在这上头，他，西蒙还是担起责任。"我们有多么特别，这不重要，大卫，有些东西我们大家得坐下来学习。我们得学习阅读——我不是说只读一本书——否则我们就不知道在这个世界上在发生着什么。我们得会算术，否则我们就处理不了钱。我想伊内斯心里也这么想——如果我说错了就纠正，伊内斯——我们还需要学习像自律、尊重他人的想法这些好习惯。"

"我知道世界上在发生什么，"男孩说，"就你不知道世界上在发生什么。"

"世界上在发生什么，大卫？"奥尔玛说，"我们感觉如此与世隔绝，在农场就像世外桃源。你可愿意告诉我们吗？"

男孩把装提线木偶的箱子放到一边，小步跑着来到奥尔玛跟前，悄悄在她耳边说了好久。

"他在说什么，奥尔玛？"孔苏埃洛说。

"我觉得不能告诉你。只有大卫能告诉。"

"你想告诉我们吗，大卫？"孔苏埃洛说。

男孩毅然地左右摆着脑袋。

"那这事儿就说到这里，"孔苏埃洛说，"谢谢你，伊内斯，谢谢你，西蒙，谢谢你们关于阿罗约先生和他的专校的意见。如果你们决定要给儿子雇个家庭教师，我想我们肯定会资助相关费用的。"

他们正要走，孔苏埃洛把他拉到一边。"你得好好管管这孩子，西蒙，"她悄声说，"为他自己着想。你明白我的意思吗？"

"我明白。他还有另一面，相信我。他不是总这样自以为是。他的心还是善良的。"

"听到这个我就放心了，"孔苏埃洛说，"那你们这就走吧。"

他花了好长时间才进入专校或者前专校。他按了门铃，等待，然后又按，反反复复好几次，最后又开始敲门，先是用指关节，最后索性用鞋后跟踢了。他好不容易听到里面有点动静。钥匙在锁孔里拧动，奥尔尤沙打开门，看上去衣冠不整，好像刚刚睡醒，尽管刚过正午。

"你好，奥尔尤沙，你还记得我吗？大卫的父亲。你怎么样？大师在里面吗？"

"阿罗约先生在做音乐呢。如果你想见他，就得等了。也许要等好长时间。"

安娜·玛格达莱娜曾经上过课的教室空空荡荡地空在那里。每天都被穿着舞鞋的年轻的脚擦得光亮的杉木地板失去了光泽。

"我会等的，"他说，"我的时间不重要。"他跟着奥尔尤沙走进餐厅，在一张长桌边坐下。

"喝茶吗？"奥尔尤沙问。

"那太好了。"

他隐隐约约能听到钢琴的叮咚声。音乐突然中断，然后又响起，接着又中断。

"我听说阿罗约先生想重新开张专校，"他说，"还听说你要接手部分教学工作。"

"我打算教竖笛，然后再带初级舞蹈班。这还只是计划。如果我们重新开张的话。"

"看来你还是坚持带舞蹈班。我还得知专校将变成一所单纯的音乐学校。一所纯音乐专校。"

"音乐的背后永远是舞蹈。如果我们专心听音乐，如果我们忘我地沉浸在音乐中，灵魂就要开始在我们内心舞动。这是阿罗约先生哲学的一块基石。"

"你相信他的哲学吗？"

"当然相信了。"

"大卫不回来了，很遗憾。他想回来，很想，但他母亲坚决反对。我有点不知如何是好。一方面，我觉得专校的哲学，你们坚持的哲学，很难让人严肃对待。我希望你不介意我这样说。特别是星相学的内容。另一方面，大卫已经依恋上阿罗约夫妇，特别是记忆中的安娜·玛格达莱娜。深深地依恋上了。他紧紧抓住不松手。他不愿放开。"

奥尔尤沙笑了。"是的，我已经看出这点。最初，他

204

总是试探她。你肯定见识过了：他如何试探人们，把自己的意志强加于别人身上。他还试图对她发号施令，但她忍受不了，一刻都无法忍受。你在我关照期间，就得按我说的去做，她对他讲。别给我看这种表情。你的表情没有压服我的力量。从那以后，他就再也不玩那套把戏了。他对她很尊重，对她言听计从。跟我就不同了。他知道我软弱。我不介意。"

"他的同学们呢？他们也很想念她吗？"

"所有那些年轻人都爱着安娜·玛格达莱娜。"奥尔尤沙说，"她对他们很严格，要求很高，但他们对她忠心耿耿。她走了后，我竭尽全力阻止，但仍然有很多说法流传开来。然后，当然了，他们的父母把他们接走了。所以，我没法确切地告诉你，他们的情绪受到什么样的影响。这是一场悲剧。你无法想象孩子们会从这样一场悲剧中不受影响脱身。"

"不能，没有人能。还有德米特里的事情。他们恐怕也因此被动摇了。德米特里是在他们中备受喜欢的人。"

奥尔尤沙正要搭腔，餐厅的门突然开了。华金和他的弟弟兴奋地冲进来，紧接着跟进来一个陌生人，一个手拄拐杖、头发灰白的女人。

"梅赛德斯姨妈说，我们可以吃饼干，"华金说，"可以吗？"

"当然可以。"奥尔尤沙说，他笨拙地做起介绍来，"梅赛德斯夫人，这位是西蒙先生。是专校一个孩子的父亲。西蒙先生，这位是梅赛德斯夫人，从诺维拉过来看我们的。"

梅赛德斯夫人，梅赛德斯姨妈，向他伸出瘦骨嶙峋的
手。从她窄窄的、鹰一般的五官和蜡黄的皮肤中，他看不
出与安娜·玛格达莱娜有任何相似之处。

"我们还是别打搅你们了，"她用低得几乎嘶哑的声
音说，"孩子们只是想进来拿份快餐。"

"你没打搅。"他，西蒙回答说。当然不是这样。他
想听奥尔尤沙多说些什么。他对这个年轻人留下深刻印
象，包括他良好的判断力和严肃庄重的气质。"我只是在
消磨时间，等着见阿罗约先生。也许，奥尔尤沙，你可以
提醒他一下我在这里。"

梅赛德斯夫人叹了口气，在一把椅子上坐下来。"儿
子没有跟你一起来吗？"她说。

"他跟母亲在家里呢。"

"他名叫大卫，"华金说，"他是班上最优秀的学生。"
他和弟弟在桌子旁边最远的那端坐下，面前摆着饼干盒。

"我来是想跟阿罗约先生商量我儿子未来的事。"他
向梅赛德斯解释，"他的未来和专校的未来，在经历过最
近这场悲剧后。请允许我说，我们大家对你妹妹的死不知
有多悲痛。她是一个出色的教师，又是一个出色的人。"

"安娜·玛格达莱娜不是我妹妹，"梅赛德斯说，"我
妹妹，华金和达米亚的母亲已经在十年前就去世了。安
娜·玛格达莱娜是——曾是——胡安·赛巴斯蒂安的第二
任妻子。阿罗约家是个很复杂的家庭。谢天谢地我没有卷
入那复杂之中。"

当然！结了两次婚！他犯了多蠢的一个错误！"实在抱歉，"他说，"我没假思索。"

"不过，当然了，我认识她，安娜·玛格达莱娜，"梅赛德斯接着说，丝毫不受干扰，"她甚至短暂地做过一段我的学生。所以她才能跟胡安·塞巴斯蒂安相遇。所以她才进入这个家庭。"

他愚蠢的错误，似乎为那些古老的仇恨的释放开辟了道路。

"你教过舞蹈？"他问。

"我教过舞蹈。我现在还教，尽管你不会这么想，看我这个样子。"她用拐杖敲着地板。

"我承认，我觉得舞蹈在某种意义上是一种外语。"他说，"大卫已经放弃试图向我解释。"

"那你想怎么办，送他上一所舞蹈专校吗？"

"大卫是个主见极强的人。我和他母亲都控制不了他。他声音很好，却不想唱歌。他是个天才的舞者，却不愿给我跳。断然拒绝。说我不懂。"

"如果你儿子能解释他的舞蹈，他可能就再也不会跳了。"梅赛德斯说，"这是我们舞者深陷其中的一个内在悖论。"

"相信我，夫人，你不是第一个这样跟我说的人了。从阿罗约先生，从安娜·玛格达莱娜，从我儿子，我不断听到我的疑问是愚钝的。"

梅赛德斯发出一声大笑，低沉又强烈，像狗的吠叫声。"你应该学学跳舞，西蒙——我可以叫你西蒙吗？那会治愈你的愚钝，或者结束你的疑问。"

"我担心自己不可救药了，梅赛德斯。说实话，我看不出跳舞会对什么问题有解。"

"不，我看你可以。你肯定恋爱过吧。你在热恋中时难道看不出问题的解答就是爱吗？否则你岂不是个愚钝的恋人吗？"

他没说话。

"你没有爱上过安娜·玛格达莱娜，哪怕一点点？"她坚持问，"那似乎是她对大多数男人产生的影响。还有你，奥尔尤沙——你呢？也爱上过安娜·玛格达莱娜吗？"

奥尔尤沙脸色通红，但并不说话。

"我想严肃地问一句：对于什么问题，安娜·玛格达莱娜会在这么多的情况下都是答案呢？"

这是一个真正的难题，他看得出来。梅赛德斯是个严肃的女人，一个严肃的人，但是，这个问题适合当着孩子们的面争论吗？

"我没有爱上过安娜·玛格达莱娜，"他说，"从我记得起，已经很久很久没有恋爱过了，跟任何人都没有。但是，在抽象意义上，我承认你的问题很有力量。当我们什么都不缺的时候，当我们完全自足的时候，我们缺什么？如果我们没有恋爱时，我们想念的是什么？"

"德米特里爱着她。"华金插嘴说，用他那清晰又还没变声的孩童的声音说。

"德米特里就是杀害安娜·玛格达莱娜的那个人。"

他，西蒙解释道。

"我知道德米特里。整个国家我怀疑没有人不知道他的故事的。在爱情中受挫，德米特里对他不可得到的欲望对象产生了性欲，然后杀了她。他干的这件事实在太可怕。虽然可怕，但不难理解。"

"我不同意。"他说，"从开始我就发现他的行为不可理喻。他的法官们同样觉得这些行为不可理喻。所以他被关在一家精神病院。因为心智健全的人不会干出他那种事。"

德米特里并不是爱情受挫的人。可这不能说，不能公开说。这才是真正无法理解的，不仅仅是无法理解。他杀害她是因为他想要这样。他杀害她是想看看，掐死一个女人是什么样子。他杀害她并没有理由。

"我不理解德米特里，也不想去理解，"他强调说，"他怎么样我毫不关心。他可以在精神病人单间里去受煎熬，直到老了，头发灰白、枯萎衰颓，他也可以给打发到盐井工作，自生自灭——都一样。"

梅赛德斯和奥尔尤沙交换了一下眼神。"显然是个痛处，"梅赛德斯说，"请原谅我触摸它。"

"出去走走怎么样？"奥尔尤沙对两个男孩说，"我们可以上公园去。带些面包——我们可以喂金鱼。"

他们走了。只留下他和梅赛德斯。可是他没有兴致说话，显然她也没有。透过打开的门，传来阿罗约先生弹琴的声音。他闭上眼睛，试图让自己镇定下来，让音乐一路进来。奥尔尤沙的话又回到他的脑海：如果专心致志地聆听，灵魂会在我们心里起舞。他的灵魂上次起舞是什么时候？

从音乐不断起停的节奏来看，他假设阿罗约在练习。但他想错了。停顿的时间太长，不像在练习，而且音乐本身好像有时候显得很迷茫。这个人不是在练习，而是在作曲。他开始换上另一种注意力听起来。

这音乐的弦旋律变化太多，逻辑太复杂，对像他这样一个笨拙的人来说跟不上，但它却给头脑带来某只小鸟盘桓和飞驰舞蹈的意象，它的翅膀快速地鼓动着，几乎看不见。问题是，灵魂在哪里？灵魂什么时候会从它的藏身之地出现并张开其翅膀？

他还不能跟自己的灵魂保持着亲切的关系。他对灵魂的泛泛了解，包括他读过的东西，就是，当面对一面镜子时，它会轻轻地飞走，因此拥有它同时它又拥有的那个人没法看到。

由于看不见自己的灵魂，因此他还没有质疑过人们告诉他的有关他灵魂的话。那是一个单调乏味的灵魂，缺乏激情。而他自己隐秘的直觉——绝不缺乏激情，他的灵魂会因为渴望知道它不知的东西而疼痛——他可疑地视为不过是某种故事，某个单调、理智、有缺憾的灵魂告诉自己以维持自尊的故事。

所以，他并不去思考，不去做那些可能会惊醒内心那个胆怯的灵魂的事。他让自己沉浸在音乐中，任由它进去洗涤自己。这音乐好像知道问题所在，毫不停歇——起始乐章，开始流动。在这个灵魂的意识最边缘，它的确像一只小鸟，浮现出来，鼓动着翅膀，开始跳起舞来。

奥尔尤沙发现他时是这个样子，坐在桌边，双手撑着下巴，睡得很酣。奥尔尤沙摇了一下："阿罗约先生现在想要见你了。"

至于拄拐杖的那个女人，梅赛德斯奶姐已经不见踪影。他在这里失神待了多久？

他跟在奥尔尤沙后面，来到走廊上。

第 十 七 章

带他进去的那个房间明亮舒服又通风，是通过屋顶的玻璃板照明的，阳光从上倾泻而下。整个房间空空荡荡，除了一张桌子、上面放着的一堆凌乱的纸、一架巨大的钢琴。阿罗约站起来迎接他。

他曾以为，处于哀悼中的男人会伤心欲绝。但是阿罗约睡衣外面穿了件杏色吸烟外套，脚踏一双拖鞋，似乎跟往日一样坚强和快乐。他递给他，西蒙一支香烟，他拒绝了。

"很高兴再次见到你，西蒙先生，"阿罗约说，"我还没忘记咱们在卡尔德隆湖边的那次关于星星的谈话呢。今天我们谈论些什么呢？"

听完音乐，又小睡片刻后，他的舌头迟钝了，脑子有些犯糊涂。"我儿子大卫，"他说，"我得过来跟你说说他的事。关于他的未来。大卫最近变得有点野。在不上学期间。我们打算给他报名上声乐专校，但我们的希望实现的可能不高。我们很为他着急，特别是他母亲。她一直说要雇个私人教师。但我们现在听传言说你可能要重新开门了。我们在想……"

"你们在想，如果我们重新开张，谁会负责教学。你们在想谁会接替我妻子的位置。谁来做的确是个问题！因为你儿子跟她很亲近，你也知道。谁能取代她在他心中的地位？"

"你说得对。他还牢牢地保有着对她的记忆。不肯放手。但是情况还不止这样。"雾开始散了，"大卫对你非常尊敬，阿罗约先生。他说你知道他是什么样的人。阿罗约先生知道我是什么样的人。另一方面，我——他这样说——我不了解他，而且永远不会了解。我得问问：他说你了解他是什么人这是什么意思？"

"你是他的父亲，但你却不了解他是什么人？"

"我不是他真正的父亲，我从来就没有声称是他真正的父亲。我自以为是个继父什么的。我是在开往这里的船上碰到他的。我看他被遗弃了，于是就管上他了。开始关心他。后来，我又跟他的母亲伊内斯联合上了。简单地说，这就是我们的故事。"

"现在你要我告诉你，他是谁，这位你在外国的船上遇到的孩子。如果我是个哲学家，我会这样回答：这取决于你所说的谁是什么意思，取决于你所说的他是什么意思，取决于你所说的是是什么意思。他是谁？你是谁？事实上，我是谁？我只能确切告诉你的是：一天，一个人，一个男性小孩，不知从什么地方出现在专校门口。这点你跟我一样知道，因为你带他来的。从那天开始，我就很高兴成为他的音乐陪练者。我还陪他练舞蹈，正如我陪伴我经管的所有孩子们。我还跟他聊天。我们说过很多话。你的大卫和我。那都是在指导。"

"我们一致决定管他叫大卫，阿罗约先生，但他的真名，如果我能用这个说法的话，如果它意味着什么的话，肯定不是大卫，正如你肯定知道的，如果你知道他真正是谁的话。大卫不过是他卡片上的名字，他们在码头给他的名字。我同样可以说，西蒙也不是我的真名，不过是在码头上给我的一个名字。对我来说，名字无关紧要，不值得过分关心。我明白，你走的是一个不同路线，在说到名字和数字时，你和我就属于不同的思想流派了。但允许我说说我想说的话。在我的思想流派中，名字不过是个方便的工具，正如数字也是方便的工具。这些没有什么可神秘的。我们正在谈论的这个孩子完全可以取个名字叫六十六贴在他身上，我也可以叫九十九。六十六和九十九的作用跟大卫和西蒙一样，一旦我们习惯了的话。我始终不理解，为什么我现在叫大卫的这个孩子觉得名字如此重要——尤其是他的名字。我们所谓真实的名字，我们在叫大卫和西蒙之前的名字，不过又是我们有这个名字之前的那个名字的替代名，然后可以不断往后推。就像翻一整本书的书页，一直往后翻，往后翻，寻找第一页那样。但是并没有第一页。这本书没有开头，或者开头在整体性的遗忘的混乱中遗失了。至少，我是这样看这件事的。所以我再次重复一遍我的问题，当大卫说你知道他是谁时，是指什么意思？"

"如果我是个哲学家，西蒙先生，我会这样来回答：这取决于你所谓的知道是什么意思。我在前世遇到过这孩子吗？我怎么敢肯定呢？那个记忆丧失了，正如你所说，在整体性的遗忘中，我有些自己的直觉，正如毫无疑问你也有自己的直觉，但直觉不是记忆。你记得在外国船上遇见这个孩子的，认为他失散了，然后照看他。也许他记得的这件事完全不同。也许你才是看上去失散了；也许他决定照看你呢。"

"你误会我了。我有的是记忆，但我没有直觉，直觉可不在我的存货中。"

"直觉就像急速移动的星星。它们光芒闪耀穿过天空，此刻在这里，下一刻又不见了。如果你看不见它们，也许是因为你闭上了眼睛。"

"可是在天空闪耀的是什么？如果你知道答案，为什么不告诉我？"

阿罗约先生把香烟蹭灭了。"这取决于你所谓的答案是什么意思。"他站起来，抓住他西蒙的肩膀，盯着他的眼睛。"勇敢些，我的朋友，"他嘴里带着烟气说，"年轻的大卫是个超常的孩子。我评价他的词是完整。他的完整是以其他孩子没有的方式表现出来的。从他身上什么都拿不走。什么都添加不上去。你或者我认为他是谁或者什么，无关紧要。不过，我郑重希望你的问题能获得解答。答案会在你最想不到的时候出现。抑或不会出现。这也有可能。"

他愤怒得都失去定力了。"我不能告诉你，阿罗约先生，"他说，"我多么讨厌这些廉价的悖论和神秘主义说辞。别误会我。我跟尊重你故去的妻子一样尊重你。你们是教育家，你们对自己的职业看得很严肃，你们对学生的关心出自真心——这点我毫不怀疑。但是说到你的体系，阿罗约体系①，我却深为怀疑。我这样说完全是考虑到你是一个音乐家。星星和流星。神秘之舞。数相学。秘密的名字。神秘的顿悟。这些可能会让那些年轻人的心中留下深刻印象，但请不要试图拿它来欺骗我。"

在他走出专校的路上，由于太出神了，怀着坏心情，他撞上了阿罗约的妻姐，差点把她给撞翻了。她的拐杖咔嗒咔嗒敲着楼梯掉下去。他替她找到拐杖，为自己的鲁莽道歉。

"别道歉，"她说，"楼梯上应该装个灯。我不知道为什么这个楼非要搞得这么黑暗、阴郁。但既然我碰到你了，就拉我一把。我需要吸支烟，我不想让那些孩子帮我，这会树立一个不好的榜样。"

他帮她走到街角那个小亭前。她行动迟缓，但他也并不着急。天气晴朗舒服。他开始放松。

"你想喝杯咖啡吗？"他提议。

他们在路边一家咖啡店坐下，享受着脸上的阳光。

"我希望你不要因为我说的那些话生气。"她说，"我是说有关安娜·玛格达莱娜和她对男人的影响那些话。安娜·玛格达莱娜跟我不是一个类型，但事实上我很喜欢她。她遭遇的这种死亡——没有人该这样去死。"

他沉默不语。

---

① 原文为西班牙语。

216

"我提起过，她年轻时我教过她。她已经显示出有前途，她工作努力，对自己的事业很严肃。但是从女孩向女人的转变对她来说处理起来太难了，对一个跳舞的人来说，这向来都是一段艰难时刻，就她的情况而言尤其如此。她想保持自己线条的纯洁性，在我们不成熟的时候来得很容易的那种纯洁，但她失败了，她身体中新生长的成熟气质不断地往外流露，不断地自动表现出来。所以，最后，她终于放弃，找别的事情去做了。我跟她失去了联系。后来，我妹妹死后，她忽然出现在胡安·塞巴斯蒂安身边。我很惊讶——我不知道他们有接触——但我什么都没说。

"对他来说，她很好，我得承认她是个好妻子。如果没有像她那样的人，他可能就会迷茫失落。她把两个孩子接过来照管——那个小的当时还是个婴儿——成为他们的母亲。她把胡安·塞巴斯蒂安从钟表修理行业给拉回来，在这个行业他没有什么前途，然后鼓动他开了专校。从那以后他就蒸蒸日上。所以，别误解我。她在很多方面都是个令人钦佩的人。"

他依然沉默不语。

"胡安·塞巴斯蒂安是个有学问的人。你读过他写的书吗？没有？他写了本论述自己音乐哲学的书，你在书店里还能看到这本书。我妹妹帮了他不少。我妹妹受过音乐训练，她是个优秀的钢琴家。他和胡安·塞巴斯蒂安经常一起弹奏双重奏。然而安娜·玛格达莱娜，尽管她是个或者曾经是个非常聪明的年轻女人，却既不是音乐家也不是我所称的智性人。她用热情替代了智性。她一口气接过胡安·塞巴斯蒂安的哲学，并成了一个热情的倡导者。她把这种哲学应用在自己的舞蹈课中。天知道人们能理解多少。我来问你，西蒙：你儿子对安娜·玛格达莱娜的教学懂多少？"

大卫对安娜·玛格达莱娜的教学懂多少？他正要回答，他在斟酌时，忽然被什么占据了。或许是他对阿罗约的愤怒发泄的记忆回潮了，或许他只是疲惫了，懒得表现得理智，他说不上；但他感觉自己的脸突然显得委顿了，他只能勉强认出从喉咙里发出的声音是自己的，如此沙哑和干枯。"我儿子，梅赛德斯，正是他发现了安娜·玛格达莱娜。他亲眼看到她死在床上。他的记忆被这个情景，那种恐怖场面污染了。因为，你知道，她死了一段时间了。任何小孩都不应该目睹这样的一副场景。

"我的儿子，要回答你的问题，正努力紧紧抓住安娜·玛格达莱娜在世时的记忆，同时又牢牢抓住他从她那里听来的故事不放。他更愿意相信有个天国存在，数字永远在那里跳舞。他更愿意相信这点，当他跳她教的那些舞蹈时，那些数字降临下来，跟他一起舞蹈。每天放学时，安娜·玛格达莱娜总是把孩子们召集在自己身边，弄响她所谓的弧声——后来我发现那不过是个普通的声叉——然后让他们闭上眼睛，和着那个声调嗡鸣。那会让他们的灵魂平静，她告诉孩子们，让他们与这个声调进入和谐状态，而这个声音是星星沿着它们的中轴转运时发出的。嗯，这就是我儿子愿意坚持的：天堂之音。通过与星星共舞，他愿意相信，我们就参与了它们的天堂生活。可是，梅赛德斯，他看到那一切后，他怎么可能，他怎么可能继续坚持？

梅赛德斯隔着桌子伸过手，拍了拍他的胳臂。"好了，好了，"她说，"你已经度过一段艰难时刻，你们大家都是，也许你儿子把专校抛到脑后，包括对她的不好记忆，然后上有正规老师的正规的学校，这样最好。"

第二波巨大的怒火从他内心席卷而过。他这是在干什么，跟这个什么都不理解的陌生人进行言语交谈？"我儿子不是个正常孩子，"他说，"很抱歉，我感觉不太好，没法继续说了。"他向侍者招了招手。

"你太痛苦了，西蒙，我不久留你了。我只想说，我来埃斯特雷拉不是为了妹夫，他几乎忍受不了我，而是为了妹妹的孩子，两个失落的孩子，没有人替他们多想想。你的儿子就要走了，但他们的未来是什么？先失去了他们的母亲，又失去了继母，他们被这个男人和男人的观念构成的坚硬的世界抛在后面。我经常为他们哭泣，西蒙。他们需要温柔，像所有的孩子需要温柔那样，甚至男孩。他们需要爱抚和搂抱，需要呼吸女人温柔的气息，感觉女人抚摸的温柔。他们将从哪里得到这些？他们将在缺憾中长大，不会开花盛放。"

温柔。梅赛德斯却没有给他温柔的感觉，她尖削的鼻头和瘦骨嶙峋，像得了关节炎的双手。他付完账站起来。"我得走了，"他说，"明天是大卫的生日，他就要七岁了。得做些准备。"

第十八章

　　伊内斯下决心男孩的生日得适当地庆祝下。要尽可能多邀请些他昔日在专校时的同学，能找到多少算多少，同时邀请公寓楼区跟他踢足球的男孩来参加派对。她从糕点房订了个形状像足球的蛋糕；她买回家一个驴子形状图案的喜庆的糖果罐，还从她的朋友克劳迪娅那里借来一些球拍，孩子们可以拿它把糖果罐打成碎片；她预订了个魔术师到时来一场魔术表演。她没有向他，西蒙，透露她的生日礼物将是什么，但他知道，她在这上头花了大钱。

　　他的第一个冲动就是在慷慨方面跟伊内斯旗鼓相当，但他克制住了这个冲动：因为他是家长中弱势的那一方，所以礼物也应该轻微。他在一家古董店的后屋里，发现了一件最恰当的东西：一只模型船，很像他们乘过的那艘船，带个大烟囱，一个推进器，还有一个船长的驾驶台和若干小小的乘客，都用木材雕刻而成，乘客斜靠栏杆上或者在上面的甲板上散步。

　　当他在埃斯特雷拉的老城区各个店里探寻时，他也注意寻找梅赛德斯提到的那本阿罗约有关音乐的书。他没有发现。没有一个书店老板听说过这本书。"我曾经参加过他的一些朗读会。"其中一个说，"他是个神奇的钢琴家，一个真正的艺术大家。我不知道他还写过书。你确定吗?"

经过与伊内斯协商，男孩派对前夜在他租的屋子里跟他过了一夜，这样她就可以对公寓房做些准备。

"这是你作为小男孩的最后一夜，"他对男孩说，"因为明天你就要七岁了，七岁就是大男孩了。"

"七是个贵数字，"男孩说，"我认识所有的贵数字。你要我把它们背诵出来吗?"

"今天晚上不用，谢谢你。除了贵数字，你还学习过数相学的其他哪些分支?你研究过分数，或者超过极限范围的分数吗?你不知道数相学这个名词吗?数相学是阿罗约先生在他的专校实际应用的科学。数相学家就是相信数字独立于我们而存在。他们相信，即便一场大洪水过来，淹死了所有生物，数字仍然能够幸存下来。"

"如果洪水真的很大，大到涌上天空，那些数字同样会被淹死。那时就什么都不剩了，只有暗星和暗数了。"

"暗星?那是什么?"

"介于发光的星星之间的星星。你看不见它们，因为它们是黑暗的。"

"暗星一定是你的一项发现。据我所知，数相学里没有提到过暗星或者暗数。再者，根据数相学家的说法，无论洪水高到什么程度，数字都不会被淹死。它们不会被淹死，因为它们既不会呼吸，也不会吃喝。它们只是单纯存在着。我们人类来来去去，我们这一生过度到下一生，但数字始终如一地待着。这正是阿罗约先生在他的书里写的人们喜欢的部分。"

"我发现了一个从新的来生回来的办法。我可以告诉你吗？太棒了。你把一根绳子系到一棵树上，一条长长的绳子，然后当你到来生时，你就把绳子的另一端系到一棵树上，另一棵树。然后，当你想从你来生回来时，你只要抓住那根绳子就可以了。就像在 Larebinto 里的人。"

"是 Laberinto①。这可是个非常聪明的计划，非常巧妙。遗憾的是我从中发现了缺点。这个缺点就是当你游到此生时，抓住绳子，海浪会涌起，把你的记忆洗得干干净净。所以，当你到达这一侧时，你就会把另一侧看到的所有东西都忘了。就好像你从来不曾到过另外那一侧。就好像你睡了一觉，却没有做过梦。"

"为什么？"

"因为，我说过了，你会淹没在忘却水中。"

"可为什么？为什么我就非得忘记？"

"因为那是规则，你不可能从来生回来，同时还能讲出你在那边看到的东西。"

"为什么这就是个规则？"

"规则就是规则。规则是不用自己证明的。它们就那样存在。就像数字。对数字来说没有为什么。这个宇宙就是规则构成的宇宙。对宇宙来说没有为什么。"

"为什么？"

---

① 西班牙语，迷宫。

"现在你可就有些冒傻气了。"

后来，大卫在沙发上睡着后，他自己躺在床上听着老鼠在天花板上乱窜，他在思考着，男孩会如何回想他们的这些谈话。他，西蒙自以为是个明智理性的人，要给男孩提供一种为什么万物是这样的明智理性的教育。但是他这种干巴巴的小小说教能够比专校提供的奇幻的精神食粮更好地服务于一个孩子心灵的需要吗？为什么不让他在奥尔尤沙和阿罗约先生的陪伴下，跳着数字舞，跟星星互相交流着，度过这些高贵的年华，然后等着明智和理性在它们最好的时候到来呢？

从这个国度连接那个国度的一根绳子，他应该跟阿罗约谈谈这个，给他寄封短信。"我儿子，就是说你知道他真名的那位，构思了一个有关我们的整体解救计划：从岸与岸之间用一根绳桥连起来，人们一把一把地扯着自己横渡大洋，有的在走向来生，有的在走向原来的生活。我儿子说，如果有这么一座桥，那就意味着不会再有遗忘。我们每个人都会知道我们是谁，而且会欢欢喜喜。"

他真的应该给阿罗约写封信。不仅仅是一张便条，应该更长些、更详细些，说说要不是在他们见面时冲动离去的话可能会说的话。如果他们不是那么困乏那么无力，他应该打开灯就写。"尊敬的胡安·塞巴斯蒂安，请原谅我今天早上的鲁莽，我正经历着一段烦恼时刻，虽然不用说我承受的负担要比你的轻多了。具体说，我感觉自己出现在海边（我用了一个很普通的隐喻），离坚实的陆地往外漂得越来越远。怎么会这样？我还是坦诚相告吧。尽管我进行了艰苦的智力上的努力，我还是不相信数字，那些更高级的数字，高高在上的数字，像你做的那样，像每个跟你的专校有关的人貌似做的那样，包括我儿子大卫。我对这些数字一无所知，从头到尾。你对它们的信仰帮助你（我推测）度过了这些困难时光，而我，作为一个没有这种信仰的人，就很容易生气、发火，容易大发脾气（今天早上你也见识了一次）——事实上，这变得很难忍受，不仅对我周边的人，而且对自己也同样如此。

"在你最想不到的时候答案就会出现。或许不出现。我厌恶悖论，胡安·塞巴斯蒂安，这点你好像跟我不同。为了获得心灵的宁静，我必须这样做吗：当悖论出现时我忍气吞声？如果你愿意，帮我理解下，为什么一个受过你训练的孩子，当请他解释这些数字时，会回答说无法解释，只能跳舞呢？同样的孩子，在去你的专校之前害怕从一块铺路石跨到下一块，害怕透过缺口掉下去消失在虚无中。但现在他可以毫不畏惧地跳着舞跨过各种缺口。跳舞究竟有什么神奇的魔力？"

他应该写。他应该写这封短信。但是胡安·塞巴斯蒂安会回信吗？胡安·塞巴斯蒂安给他的印象不是那种半夜起床给一个如果不是快要淹死至少也在挣扎的男人扔一根绳子过去的人。

当他逐渐入睡时，公园足球赛上的一幅画面出现了：那孩子低着头，紧握拳头，像一种无可抵制的力量，在跑啊跑。为什么，为什么，为什么，当他生活如此充实时——这一世的生活，当下的生活——却对来世的生活如此充满兴趣？

第一批来参加派对的两个男孩，来自楼里某个公寓，兄弟俩，穿着干净的衬衫和短裤很不自在，头发弄得湿淋淋的。他们迫不及待拿出包得五颜六色的礼物，大卫放在一个角落清理出来的地方。"这是我的礼物，"他宣告说，"等每个人都走了我才会打开礼物。"

礼物间里已经有了农场姐妹们送的牵线木偶和他，西蒙的衣物，那只船，放在一个纸盒里，用一条带子扎着。

门铃响了，大卫冲过去迎接新来的客人，又收到更多的礼物。

因为迭戈承担着分发点心饮料的任务，所以他没有太多事情可做。他想，大多数他们的客人把迭戈当成男孩的父亲，而把他，西蒙，当成某个祖父或者甚至更远的什么亲戚。

派对进行得很顺利，虽然一小部分专校来的孩子对公寓楼来的更喜欢吵吵闹闹的孩子还挺警惕，并且互相抱团，自己内部窃窃私语。伊内斯——她的头发时髦地做成波浪形，穿了件时尚的黑白外套，无论哪方面，都是一个会让一个男孩引以为豪的母亲——看上去对整个进程非常满意。

"这件衣服真不错，"他对伊内斯说，"很适合你。"

"谢谢你，"她说，"该到吃生日蛋糕的时候了。你能拿出来吗？"

所以，把这只巨大的在绿色杏仁蛋白糊上面的足球蛋糕摆到桌子上就成了他的特权。当大卫一口气吹灭所有七根蜡烛时，他温和地微笑着。

"太棒了！"伊内斯说，"现在该你许愿了。"

"我已经许过愿了，"男孩说，"那是一个秘密。我不会告诉任何人。"

"连我都不告诉？"迭戈说，"连在我耳边悄悄说都不行？"他亲密地把头倾过去。

"不行。"男孩说。

切蛋糕时出现了点挫折：刀扎进去时，巧克力外壳裂开了缝，蛋糕碎成不均匀的两块，一块滚出案板，翻滚到桌面上变成碎片，撞翻了一杯柠檬汁。

大卫得意地喊叫一声，在头顶挥舞着刀："简直是一场地震！"

伊内斯赶紧把这团乱东西擦掉。"小心刀，"他说，"可别伤着谁。"

"这是我的生日，我可以想干什么就干什么。"

电话响了。是魔术师打来的。他晚些时候赶来，还得再要四十五分钟，说不定一个小时。伊内斯恼火地摔下听筒。"哪有这样做生意的！"她大喊道。

孩子们太多了，公寓里都容不下了。迭戈把一只气球拧成带两只大耳朵的侏儒的样子，这成了孩子们追逐的对象。他们在整个房间胡奔乱跑，把家具踢得东倒西歪。玻利瓦尔惊醒过来，从厨房的老窝里走出来。孩子们害怕地缩回去。该轮到他，西蒙，拉住项圈把狗控制住。

"它叫玻利瓦尔，"大卫宣告说，"它不会咬人，它只咬坏人。"

"我能拍拍它吗？"一个女孩问道。

"玻利瓦尔现在情绪不太友好，"他，西蒙回答说，"他习惯下午睡觉。他是个非常遵守习惯的家伙。"他用手使劲把玻利瓦尔弄回厨房。

谢天谢地，迭戈劝跟大卫在一块儿的那些毛糙男孩子出去到公园里踢足球。他和伊内斯留下来招待那些胆小些的孩子。后来足球玩家们急匆匆冲回来把剩的蛋糕和饼干全都狼吞虎咽给吃光了。

门口传来敲门声。魔术师站在那里，是个脸蛋红润，看上去满面通红的小个子男人，戴顶大礼帽，身穿燕尾服，带只柳条篮。伊内斯都不给他说话的机会。"太迟了！"她大声说，"哪有这样对待客户的？走吧！别想从我们这儿拿一分钱！"

客人都走了。大卫拿着一把剪刀开始打开礼物。他解开伊内斯和迭戈的礼物。"是把吉他！"他说。

"是把尤克里里，"迭戈说，"还有份说明书，教你怎么用。"

孩子漫不经心地弹了下尤克里里，发出一声丁零当啷的弦音。

"得先调试，"迭戈说，"我来演示给你。"

"现在别，"男孩说，他打开西蒙的礼物，"太棒了！"他惊叫出声来，"我们可以带上它到公园去航行吗？"

"这是个模型，"他回答说，"我说不好它浮起来后会不会侧翻。我们可以在澡盆里试验下。"

他们在澡盆里放满水。小船在水面上欢快地漂浮着，没有任何侧翻的迹象。"太棒了！"男孩又说了一遍，"这是我收到的最好的礼物。"

"你要学会了弹奏，尤克里里会变成你最好的礼物。"他说，"尤克里里可不是个模型，是件货真价实的东西，是件真正的乐器。你跟伊内斯和迭戈说过谢谢了吗？"

"胡安·巴勃罗说专校是所女里女气的学校。他说只有女人气的男人才去上专校。"

他知道胡安·巴勃罗是谁，公寓楼里的一个男孩，比大卫大些，个头高些。

"胡安·巴勃罗从来就没进过专校的门。他都不知道里面是怎么回事。如果你是个女里女气的男孩，玻利瓦尔会让你对它颐指气使吗——这个玻利瓦尔下辈子可是要做狼的？"

他要走时，伊内斯在门口赶上他，往他手里塞了几张纸。"这是专校寄来的一封信，还有份昨天的报纸，里面有几页提供私人教学的广告。我们必须给大卫请个私人教师了。我把可能性大的几个都做了标记。我们不能再等了。"

这封信地址上写了同时让伊内斯和他收，不是阿罗约的专校而是声乐专校寄来的。由于申请下一学季的标准非常之高，信中通知他们，很遗憾没给大卫的位置了。专校对他们的垂询很感谢。

第二天早上他拿着这封信又去了趟舞蹈专校。

他气势汹汹地坐在餐厅里。"告诉阿罗约先生我在这里，"他指示奥尔尤沙说，"说我不跟他说上话就不走。"

几分钟后，大师亲自出现了，"西蒙先生！你又来了！"

"是的，我又来了。你是个大忙人，阿罗约先生，所以我就长话短说。上次我说到我们想申请让大卫上声乐专校。那个申请现在被拒绝了。我们只剩下一个选择，在公立学校和私人授课之间。

"有些情况我向你隐瞒了，而你应该知道。我的搭档伊内斯和我离开诺维拉来到埃斯特雷拉时，我们是在逃避法律。不是因为我们是坏人，而是因为诺维拉的有关权威部门想把大卫从我们身边带走，放在某些地方，这些地方我不得进入，而且会把他安排在一个公共机构里。我们进行了抵制。因此，追究起来，我和伊内斯是违法者。

"我们把大卫带到这里，在你的专校给他找到了一个家——最后看来，是个临时的家。我还是说重点吧。如果我们让大卫上公立学校，我们就有充分的理由认为，他的身份将被识别出来，然后送回诺维拉。所以我们尽量躲着公立学校。不到一个月前搞的人口统计，又增添了麻烦。我们得把他的一切踪迹藏起来不让人口统计员发现。"

"我也要把自己的两个儿子藏起来。大卫就跟他们一起好了。这个楼里有很多黑暗角落。"

"你为什么需要把儿子藏起来？"

"上次人口统计没把他们算进去，因此他们没有数，因此他们不存在。他们是幽灵。不过，接着说。你刚才说你们得躲着公立学校。"

"是的。伊内斯倾向于给大卫请个私人教师。我们以前试过一次私人教师。并不成功。孩子个性太强。他总是习惯于自作主张。他更需要成为一个社会动物。他需要跟别的孩子一起待在一个班里。在他尊敬的某个老师的亲手指导下。

"我意识到你现在手头拮据，阿罗约先生。如果你能顺利地重开专校，如果大卫能重新回来，我可以无偿向你提供支持。我可以做门房工作——干些扫地、保洁、搬柴火之类的活儿。我可以帮寄宿生做点事。我不会因为干体力活儿而难为情。在诺维拉我当过码头工人。

"我可能不是大卫的父亲，但我仍然是他的监护人和保护者。遗憾的是，他好像越来越不尊重我，以前可不是这样。他目前是最桀骜不驯状态的一段时期。他嘲笑我是个老头子，整天跟在他后面摇着一根手指头教训他。但他尊敬你，阿罗约先生，你和你故去的妻子。

"如果你重新开张，以前的老学生们都会回来的，我相信这点。大卫将是第一个回来的。我不想假装懂你的哲学，但在你的翅膀下面生活，对这孩子有好处，我看得出来。

"你觉得怎么样？"

阿罗约先生怀着极大的热情听着，一次都不曾打断他。现在他说话了。

"西蒙先生，既然你对我如此坦诚，我也会对你交心。你说你儿子对你嘲讽。事实不是这样。他爱你，并且钦佩你，即便他并不总是服从你。他自豪地告诉我，在你当码头工人的时候，你经常搬最重的货物，比任何更年轻的同事搬的东西都重。他跟你作对的原因在于，尽管你举止像他父亲，可你并不知道他是谁。你是明白这点的。我们之前谈过这个。"

"他不仅仅是跟我作对，阿罗约先生，他还伤害我的自尊心。"

"他伤你的自尊心，惹你不高兴了，肯定会这样。让我换种说法，说说我们上次见面时我对你说的话，也许会让你放心些。

"我们每个人，都有过初来乍到某个新地方的经验，然后被指定一个新的身份。我们每个人都在一个并不是我们自己的名分下生活。但我们很快就会适应，适应这种新创造的生活。

"你儿子是个例外。他对自己新生活的虚假性感觉异常强烈。他还没有屈服于遗忘的压力。他还记得什么，我说不上，但应该包括他认为自己的真名。那个名字到底是什么？我又说不上。他拒绝透露或者说不能透露。我不知道该是哪种情况。也许，总体上来说，最好他的秘密还是当秘密保守着吧。这又有什么关系呢，像你说的那样，改天我们知道他是大卫或者托马斯，是六十六或者九十九，是阿尔法或者欧米伽，如果他的真实名字暴露了，地球会在我们脚下发抖还是星星会从天上掉下来吗？当然不会。

"所以尽可放心。你不是第一个遭受否定的父亲，也将不会是最后一个。

"我们再来说另外那件事。你志愿为专校服务的事。

谢谢你。我倾向于接受，很感叹。我亡妻的姐姐已经好心提供了些帮助。她是——我不知道她告诉过你没有——一个出色的教师，不过是另一派风格。我重开专校的想法在更多的社区居民中也获得了支持。大家都鼓励我，相信我能克服目前的困难。不过，给我点时间，来做一个决定。"

讨论到此结束。他起身走了。我们目前的困难：这句话有些粗俗的趣味。阿罗约对自己的困难了解吗？他还能从安娜·玛格达莱娜的真相中蒙蔽多长时间？德米特里在医院待的时间越长，为了消磨时间，他开始向朋友吹嘘这个大师冷若冰霜的妻子跟他有染的可能性就越大。这个故事会像野火般蔓延开来。人们会在阿罗约背后窃笑。他会从一个悲剧人物变成一个可笑的人物。他，西蒙，应该找个办法警告他，这样，当窃窃私语开始时，他会有个准备。

还有那些信，那些暗示有牵连的信！他应该早就烧掉。我充满激情地爱着你。他不止千次地诅咒自己卷进德米特里的事件中。

第 十 九 章

在这种心烦意乱的状态下，他回到家里，然后发现，在他家门外趴着一个人，不是别人，正是德米特里，穿着医院勤杂工的工作服，浑身淋得湿透——又下雨了——但却乐呵呵地笑着。

"你好，西蒙。这天气可真可怕，是吧？允许我进去吗？"

"不，我不允许。怎么到这儿的？大卫和你一起来的？"

"这回大卫一点都不知道。没有任何人帮助我就来了：搭公交车，然后步行过来。谁都不多关注我一眼。哎哟！太冷了。连给我一杯热茶都不让喝！"

"你为什么上这儿来，德米特里？"

德米特里咯咯地笑起来。"很意外，是吧？你应该看看你的脸。帮凶和同谋：我能看得见这几个词从你脑子里溜过去。帮助和教唆一个罪犯。别担心。我马上就会走。这辈子你再也不会见到我。所以拜托，让我进去。"

他打开门锁。德米特里走进去，扯掉床单，把自己裹起来。"这多好！"他说，"你想知道我为什么来这里吗？

我来告诉你，所以仔细听着。等天亮的时候，从现在起还有几个小时，我就上路去北方，去盐井。这是我的决定，我最终的决定。我要自我放逐到盐井，谁知道我在那里会变成什么。人们常说，'德米特里，你像头熊，什么都杀不了你。'嗯，也许以前这样说没错，但现在今非昔比了。鞭打，镣铐，面包和水——谁知道在我的双膝跪地之前，说'够了！处理掉我吧！给我致命一击吧！"之前，我能忍受多久！"

"在这个昏天黑地的城镇，只有两个理智的人，西蒙，你和阿罗约先生。阿罗约指望不上，我是杀害他妻子的凶手。所以就只有你了。你还可以去说，你认为我话说得太多了，我知道，在某种意义上，你是对的，我确实有些令人厌烦。但从我的角度看看，如果我不说，如果我不自己解释，我会是什么？一头公牛。一个无名之辈。也许还是个精神变态者。没准。但显然什么都不是，我是一个零，在这个世界上没有任何地位。你不会理解的，对吗？惜墨如金，这是你。在说出每个词之前都反复斟酌权衡。唉，这个世界真是什么人都有。

"我爱那个女人，西蒙，我眼睛落在她身上的刹那，我就知道她是我的星星，我的命运。我的人生有一个洞被打开了，一个她并且只有她才能填充的洞。说实话，我现在还爱着她，安娜·玛格达莱娜，虽然她已经埋葬在地下或者烧成灰了，没有人告诉我怎么了。那又怎么样？你会说——每天都有人相爱。但跟我的爱不同。我配不上她，这是一个朴素的真理。你明白吗？跟一个女人在一起，在最充分的意义上在一起是什么感觉？我用漂亮的话说，你忘记自己在哪里，而且时间凝滞不动，那种在一起，那种欣喜若狂的在一起，你知道你在她心里，她在你心里——那种跟她在一起，同时又在你内心的一个角落知道这一切有点不对劲，并不是道德上的不对劲，我跟道德从来没有多少交道可打，向来特立独行，道德上特立独行，而是一种宇宙论意义上的不对劲儿，就好像我们头顶上空中的行星错位了，在对我们说不，不，不？你明白吗？不，你当然不会明白，这不怪你。我这是在拙劣地自我解释。

"我说了，我配不上她，配不上安娜·玛格达莱娜。这就是最后走到这个地步的原因。我不应该去那里，跟她同床共枕。错了。这是一种冒犯——冒犯了星星，冒犯了某种东西或别的什么，我不知道具体冒犯了什么。这是我的一种感觉，隐秘的感觉，挥之不去的感觉。你明白吗，你能明白那么一点点吗？"

"我对你的感觉毫无兴趣，德米特里，无论过去还是现在。你不要告诉我这方面的任何东西。我没有鼓励你。"

"你当然没有鼓励我！没有人比你对我的隐私权更尊重了。你是个正派人，西蒙，是真正的正派人中罕见的类型。可我不想私密！我想做一个人，要做人就得做一个会讲话的动物。这就是我告诉你这些事情的原因：这样我就又能够成为人，听到人的声音再次从我的胸中释放出来，德米特里的胸中！如果我不能把它们告诉你，我还能去告诉谁？还有谁？所以，让我告诉你！我们经常做那事，做爱，她和我，只要我们有时间做，只要有一个小时的空闲，甚至只有一分钟、两分钟、三分钟。我能坦率地讲讲这些事吗，我可以吗？因为我没有什么可以向你保密的，西蒙——自从你读了那些你不应该读的信以后，就没有了。

"安娜·玛格达莱娜。你见过她，西蒙，你一定同意，她是个美人儿，一个真正的美人，真正的尤物，从头到脚没有瑕疵。我应该为怀中搂着这样一个美人而感到自豪，可我没有。不，我感到羞愧。因为她配得上更好的，比一个我这样丑陋、满身是毛的无知人物更好的。我想起她那冰凉的双臂，冰凉得像大理石，紧紧搂着我，把我拉进她的怀中——我！我——我摇着头，有什么东西不对劲儿，西蒙，有什么东西深深地错了。美女和野兽。这就是我用宇宙论这个词的原因。在星星或者行星中，出现什么错误了，什么东西搅浑了。

"你不想恣意我，我欣赏这点，真的。从你而言，这值得尊重。然而，你一定很好奇这个问题，安娜·玛格达莱娜方面是怎么回事。因为，如果我真的配不上她，像我深信的那样，她在床上跟我做什么呢？答案是，西蒙：我真的不知道。她已经有个配她千倍都有余的丈夫，一个爱着她的丈夫，而且向她证明了自己的爱，或者像她说的这样，她看上我什么呢？

"不用怀疑，欲望这个词出现在你心中：安娜·玛格达莱娜对我提供的，不管是什么，有种欲望。可并非这样！欲望全在我这边。她那边，除了优雅和温柔，别的什

236

么都没有，就像一个女神下凡，用不朽的生命的滋味恩赐一个垂死的人。我应该崇拜她，我的确崇拜她，直到一切都恶化的那个致命的日子到来。这就是我想去盐井的原因，西蒙：因为我不感恩。这是一种可怕的罪行，不感恩，也许是万恶之首。我这种不感恩是从哪里来的呢？谁知道。人心是一片黑暗的森林，像人们说的。我一直都对安娜·玛格达莱娜很感激，直到某一天——轰隆一声！——我变得不感恩了，就像这样。

"为什么呢？我为什么最后对她做了那样的事！我敲打着自己的脑袋——为什么，你这个傻瓜，为什么，为什么？——我得不到答案。因为我后悔了，这点毫无疑问。如果我能把她从不管什么地方带回来，从埋葬她的地穴里或者像尘土一样撒在波浪上，我会闪电般去行动。我会跪在她面前，万般后悔啊，我的天使，我会说（我以前有时这样称呼她，我的天使），我再也不干这种事了。可是后悔没用，真的——后悔、抱愧。时光像支箭：你不能让它回头。不会回头。

"他们在医院不懂这些东西。美丽、优雅、感恩——对他们来说，这完全是一本合上的书。他们端着灯盏想窥探我脑子里的东西，显微镜、望远镜，寻找交叉线路，或者打开被认为关掉的开关。问题不在我脑子里，而在我灵魂中！我告诉他们，当然他们不理我。或者就给我一片药。把这个吃了，他们说，看看它能否把你矫正了——药对我不起作用，我告诉他们，只有皮鞭管用！给我皮鞭！

"只有皮鞭对我才管用，西蒙，皮鞭和盐井。故事到此结束。谢谢你听我讲完。从现在开始，我发誓，我的嘴巴会封起来。安娜·玛格达莱娜神圣的名字将永远不会从我的唇间经过。我将年复一年地默默地劳动，为这个大地上的善良的人们挖盐，直到我再也干不动的那天。我的心，我这颗忠诚的老熊的心，将俯首听命。当我咽最后一口气的时候，神圣的安娜·玛格达莱娜将会降临，依然冷静和美丽，把一根手指放在我的嘴唇上。来吧，德米特里，她会说，跟我一起去来世，在那里，过去将被原谅和遗忘。这是我的想象。"

当他说"被原谅和遗忘"时，声音哽咽了。他的眼中泪光闪闪。连他，西蒙都被感动了。接着德米特里又恢复了平静。"说重点吧，"他说，"我能在这里过夜吗？我能睡在这里，攒攒力气吗？因为明天将是漫长又艰难的一天。"

"如果你答应明天早上就走，如果你发誓我永远不再见到你，永远永远，是的，你就可以睡这里。"

"我发誓，永远！我以我母亲的头发发誓！谢谢你，西蒙。你是真正大度的人，谁会想得到你，这样一个城里最正统、最正直的人，最后会帮助一个罪犯，跟他同谋。再帮个忙。你能借我几件衣服吗？我本要买，可我身上一分钱都没有，在医院，他们把钱都拿走了。"

"我会给你些衣服，给你些钱，我会给你一切，只要能摆脱你。"

"你的慷慨让我惭愧。真的。我还对你做了件错事，西蒙。我经常在你背后开玩笑。你不知道吧？"

"拿我开玩笑的人多了。我已经习惯了。这些东西都悄无声息过去了。"

"你知道安娜·玛格达莱娜怎么说你吗？她说你假装是个可敬的公民，一个理智的人，但其实你不过是个迷茫的孩子。这是她的原话：一个不知道自己在哪里生活或者想要什么的孩子。她真是个洞察力很强的女人，你不觉得吗？而你，她说，当然是指我，德米特里——你至少知道自己想要什么，至少人们在这方面对你有话可说。这话没错！我从来都知道想要什么，她就爱我这点。女人爱知道他想要什么的男人，不拐弯抹角的人。

"还有最后一件事，西蒙。有什么吃的吗，好为明天的旅程加强下体力？"

"橱柜里有什么尽管取。我想出去散会儿步。需要呼吸点新鲜空气。我要出去好大一会儿。"

一个小时后他回来，德米特里已经在床上睡着了。晚上，他被这个人的呼噜声吵醒。他从沙发上起来，摇了摇德米特里。"你在打呼噜。"他说。德米特里大大地翻了个身。一分钟后，他又恢复了打呼噜。

等醒来时他已经听到树上的鸟儿开始鸣叫了。天非常冷。德米特里在屋里焦躁不安地走来走去。"我得走了，"他轻声说，"你说要给我点衣服和钱。"

他起来打开灯，给德米特里找出一件衬衣和裤子。他们个头一样高，但德米特里肩膀更宽，胸膛更大，腰更肥：这件衬衣只能勉强系上扣子。他从钱包里给德米特里取出一百雷埃尔。"拿上我的外套，"他说，"在门后面。"

"我真是感激不尽，"德米特里说，"现在我必须出发迎接自己的命运了。替我向那小子告别下。如果有人过去打探，告诉他们我搭上去诺维拉的火车了。"他又停顿了下，"西蒙，我告诉你，我是自己离开医院的。完全不是真的。事实上是彻头彻尾的谎言。你家孩子帮了我。怎么帮的？我给他打了个电话。德米特里呼唤自由，我说。你能帮忙吗？一个小时后他就过来了，跟我一起走出去，就像第一次那样。干净利落。没有人注意到我们。真怪。好像我们看不见。就这么回事。我想我得告诉你，这样我们之间就两清了。"

第二十章

　　克劳迪娅和伊内斯想在服装店策划搞一个活动：一场促销春季新款时装的表演。服装店以前从没举办过表演：两个女人完全投入，又是监督着裁缝，又是雇模特，又是委托制作广告，迭戈负责照看男孩。但迭戈却并不上心。他在埃斯特雷拉结识了不少新朋友，他大部分时间都跟他们一起出去玩。有时彻夜不归，天亮了才回来，睡到中午。伊内斯说过他，而他并不理会。"我又不是保姆，"他说，"如果你想要个保姆，那就雇一个。"

　　这一切大卫都向他，西蒙报告了。因为厌倦一个人待在公寓里，男孩就跟他一块儿骑着自行车分发广告册。他们一起配合得很好。男孩好像有着无穷的能量。他从这幢楼跑到另一幢楼，把那些册子塞进邮箱，那些打开一个奇异世界的小册子：不仅有在黑暗中发光的钥匙圈、你睡觉时能够融化脂肪的"奇异带"、门铃响起来时吠叫的电子狗，而且还有胜利女神夫人的产品，星座咨询，只能预约；还有布兰迪的产品，内衣模特，也只能预约；还有小丑费尔迪的广告，声称保证让你的下一个派对生动有趣；更不要说各种烹调班、冥想班、愤怒情绪管理班，以及花一份的钱买两个比萨（买一赠一）。

"这是什么意思，西蒙？"男孩问，举着一份印在劣质牛皮纸上的宣传单。

人是万物的尺度，广告上写道。著名学者哈维尔·莫雷诺主讲，继续学习学院，星期四系列，晚上八点。免费入场，欢迎支持。

"我不知道。我想是有关土地调查方面的。土地调查员是把土地分成小块，这样就可以购买和出售的人。你不会感兴趣的。"

"这个呢？"男孩问。

"步话机，这是对一种无线对讲机取的无厘头的名字。你可以随身带着，跟远处的朋友说话。"

"我可以买一个吗？"

"这东西是成对买的，一个给你，一个给你朋友。十九雷埃尔九十五分。对一个玩具来说，这太贵了。"

"看它上面说趁还有库存，冲冲冲。"

"你可以不管这个。这个世界不会把步话机卖光的，我向你保证。"

男孩满脑子都是有关德米特里的问题。"你觉得他到盐井了吗？他们真的会用皮鞭抽他吗？我们什么时候可以去看他？"

他尽量如实回答，考虑到他对盐井的情况一无所知。"我相信囚犯们都是以挖盐打发每一天，"他说，"他们也可以踢足球，或者看看书，有消遣的时候。一旦稳定下来，德米特里会给我们写信，告诉我们他的新生活的情况。我们只要耐心等待就可以了。"

比较难回答的是有关德米特里被罚去盐井的那个罪行的问题，那些问题反反复复："他什么时候让安娜·玛格达莱娜的心脏停止跳动的，那疼吗？她为什么会变成蓝色？我死了后也会变成蓝色吗？"最难回答的问题是："他为什么要杀死她？为什么，西蒙？"

他不想逃避男孩的问题。如果不回答，他们就会产生怨恨。所以，他就编造所能编的最容易、最能承受的故事，"几分钟的间隙，德米特里疯了，"他说，"有些人会发生这种情况。他们脑子里的某种东西断了。德米特里头脑疯狂了，在疯狂状态下，杀害了他最爱的人。很快他就又清醒过来了。疯狂消失后，他就彻底后悔了。他绝望地试图让安娜·玛格达莱娜死而复活，但不知道该怎么办。于是他决定做这件还有尊严的事。他坦白了自己的罪行，并请求惩罚。现在他去了盐井，想通过工作还自己的欠债——他欠安娜·玛格达莱娜和阿罗约先生的债，以及欠专校失去他们心爱的老师的男孩女孩的债。每当我们在吃的东西里撒盐时，就会想到我们在帮德米特里还他的债。在未来的某一天，等他的债全部还完了，他就可以从盐井回来，我们大家就可以重新相聚了。"

"可是没有安娜·玛格达莱娜。"

"没有，没有安娜·玛格达莱娜。想见到她，我们得等到来生。"

"医生们想给德米特里一个新的脑袋，一个不会发疯的脑袋。"

"没错。他们想确保他再也不发疯。不幸的是，换掉一个人的脑袋得花些时间，而德米特里等不及了。他在医生还没有机会治好他的旧脑袋或者给他一个新脑袋之前，就离开医院了。他匆匆忙忙去还他的债去了，他感觉去还债要比治愈脑袋更重要。"

"可是他还会发疯的，不会吗，如果他还是那颗旧脑袋。"

"让德米特里发疯的是爱情。在盐井，他就没有女人可爱了。所以，德米特里发疯的可能性微乎其微。"

"你不会发疯吧，会吗，西蒙？"

"不，我不会。我没有那种脑袋，那种会发疯的脑袋。你也不会。对我们来说这是万幸。"

"可堂吉诃德会。他有那种会发疯的脑袋。"

"没错。但堂吉诃德和德米特里是两种不同类型的人。堂吉诃德是个好人，所以他疯狂导致他做些从龙嘴里救出女仆这样的好事。堂吉诃德是你今后人生中追随的好榜样。但德米特里不是。从德米特里身上没有什么好东西可学。"

"为什么？"

"因为，撇开他脑子里的疯狂不说，德米特里也不是一个有好心的好人。起初他好像挺友善和大方，但那不过是装样子想骗你。你听他说了，想杀死安娜·玛格达莱娜的冲动根本就没有来头。这不是真的。不可能无缘无故。这肯定来自他的内心，在那里，这个冲动潜伏了很长时间，像蛇一样等着出击。

"无论你还是我，都对德米特里帮不上什么了，大卫。只要他拒绝深究自己的内心，面对他从中看到的东西，他就不会改变。他说他想获得拯救，但获得拯救的唯一途径就是自我拯救，而德米特里太懒惰了，他满足于自己的现状，拯救不了。你懂了吗？"

"那蚂蚁呢？"男孩说，"蚂蚁的心也不好吗？"

"蚂蚁是昆虫。它们没有血液，因此它们没有心。"

"熊呢？"

"熊是动物，所以它们的心既说不上好，也说不上坏，仅仅是心而已。你为什么会问蚂蚁和熊？"

"也许医生们应该取出一颗熊的心放进德米特里的身体里。"

"这个主意很有意思。遗憾的是医生们还没研究出一个办法，把一头熊的心放进一个人的身体里。等到能办到的这一天，德米特里就得为自己的行为负责了。"

男孩看了他一眼，他发觉很难理解：是欢快还是嘲讽？

"为什么这样看我？"他说。

"没原因。"男孩说。

这天就这样结束了。他把男孩给伊内斯送回去，然后就回自己住处了，可怕的雾很快落在他身上。他给自己倒了杯葡萄酒，然后又倒了一杯。拯救的唯一途径是自救。男孩转而向他寻求指点。除了肤浅和险恶的胡言乱语，他还能提供什么呢。靠自我。如果他，西蒙，得靠自己，他有什么救赎的希望？从什么获得救赎？从无所事事，从漫无目标，从脑袋里的一颗子弹中获得救赎？

他从衣柜上取下那只小盒子，打开信封，盯着那个抱着猫的女孩，这个女孩二十年后挑出自己的这张照片送给她的情人。他又从头到尾重读了一遍这些信。

华金和达米安跟两个寄宿楼的女孩成为朋友。我们今天邀请她们去了海边。海水冰凉，但是他们全都潜到水里，似乎毫不在意。在其他幸福的家庭中，我们是幸福的一家，但事实上我并不在其中。我心不在焉。我跟你在一起，就像我在心中跟你在一起，每天的每时每刻。胡安·塞巴斯蒂安已经感觉到这点了。我只有尽可能让他感觉到是被爱着的，但他已经意识到我们之间已经有某种东西变了。我的德米特里，我多么思念你，想到你我就战栗！整整十天！这时间怎么过？……

晚上我醒来，躺在那里想着你，恨不得时间快点过去，渴望赤身裸体再次躺在你怀里……

你相信通灵术吗？我站在悬崖上，望着下面的大海，集中所有的能量想着你，刹那间，我发誓听到了你的声音。你说着我的名字，我也叫着你的名字。这是昨天，星期二发生的事。大概是早晨十点左右。你也有感觉吗？你听到我的声音了吗？我们能隔空互相说话吗？告诉我这是真的！……

我想念你，我亲爱的，充满激情地想念！还有两天了！

他把这些信叠起来，放回信封。他更愿意相信这些信是德米特里伪造的，但真相并非如此。这些信就是它们的本来面目：一个恋爱中的女人的情话。他一直警告男孩防着德米特里。如果你想在生活中有个榜样，就向我看齐，他说，向西蒙看齐，模范继父，一个理性的人，一个庸人；或者，如果不向我看齐，那就向无害的疯老头堂吉诃德看齐。但是，如果这孩子真的想接受教育，还有谁比这个能够激发起如此不相配、如此不可理喻的爱情的人是更好的学习对象呢？

第二十一章

伊内斯从她的手提包里取出一封皱巴巴的信。"我想给你看来着，可给忘了。"她说。

地址上同时写着西蒙先生和伊内斯女士收，写在舞蹈专校的一张便笺纸上，专校的饰章用水笔涂抹掉，签名是胡安·塞巴斯蒂安·阿罗约，这封信是邀请他们参加一场招待会，以向著名哲学家哈维尔·莫雷诺·冈特雷斯表达敬意，在美术博物馆举办。"按照标志从雨果街进去，再上到第二层。"还有便餐招待。

"就是今天晚上，"伊内斯说，"我不能去。我太忙了。另外，还有人口统计的事儿呢。我们在安排表演期间，把这事儿完全忘了，等想起来时已经太迟，通知已经过期了。展秀明天下午三点开始，六点钟所有的商铺都得关闭，雇员都得打发回家。我不知道我们该怎么处理。你去参加招待会吧。带上大卫。"

"什么是招待会？什么是人口统计工作？"男孩问道。

"人口统计就是一种计算，"他，西蒙解释道，"明天晚上，他们将开始计算埃斯特雷拉所有的人口，然后制作一个姓名清单。伊内斯和我决定把你藏起来不要让人口统计员看见。不会只有你一个人。阿罗约先生也要把自己的儿子藏起来。"

"为什么?"

"为什么?原因多了。阿罗约先生认为把数字跟人依附起来,无异于把他们变成蚂蚁。我们想让你们跟官方的名册脱钩。至于招待会,是给成年人办的聚会。你可以一起去。会有很多吃的东西。你要觉得太无聊,可以去看看奥尔尤沙的兽笼。你已经很长时间没去看过了。"

"如果他们把我算进人口统计中,他们就会认出我吗?"

"也许会,也许不会。我们不想冒那个风险。"

"可是你打算永远把我藏起来吗?"

"当然不会——只是在人口统计期间。我不想给他一个理由,把你打发到他们在彭塔·阿雷纳斯的那所枯燥乏味的学校。一旦你过了上学的年龄,你就可以放松,可以自己做主了。"

"然后我就可以留小胡子了吗?"

"你可以留小胡子,可以改自己的名字,可以做各种可以避免被认出来的事情。"

"可是我就想要被认出来!"

"不行,你不能被认出来,还不行,你不能冒那个险。大卫,我想你不理解认出或者被认出是什么意思。不过,我们暂且不争论这事。等你长大后,你想成什么人都可以,做你喜欢的什么事都可以。在此之前,我和伊内斯希望你按照别人说的去做。"

他和男孩到招待会时已经晚了。他很惊讶居然有那么多客人。那位著名的哲学家和尊贵的客人大概是一大批追随者。

他们见到了那三姐妹。

"我们听过莫雷诺大师上次来访时的演讲。"孔苏埃洛说,"那是什么时候,瓦伦蒂娜?"

"两年前。"瓦伦蒂娜说。

"两年前,"孔苏埃洛说,"很有意思的一个人。晚上好,大卫,我们不亲吻一下吗?"

男孩在每个姐妹的脸颊上都例行公事地亲了下。

阿罗约走到他们这边来,由妻姐梅赛德斯陪着,她穿了件灰色丝绸长裙,披了条醒目的深红色小短披纱。同行的还有大师莫雷诺本人,是个矮胖的小男人,几绺头发飘下来,皮肤上满是麻子,嘴唇又大又薄,像青蛙的嘴。

"哈维尔,你认识孔苏埃洛女士和她的姐妹们,不过我来给你介绍下西蒙先生。西蒙先生是个很有实力的哲学家,他也是这位出色的年轻人的父亲,这孩子名叫大卫。"

"大卫不是我的真名。"男孩说。

"大卫不是他的真名,我应该说明才是,"阿罗约先生说,"但是,正是用这个名字,他在我们中间被接受了。西蒙,我想你已经见过我妻姐梅赛德斯了,她是从诺维拉过来拜访我们的。"

他向梅赛德斯鞠了一躬，梅赛德斯对他报以微笑。但从他们上次谈话以来，她的态度已经柔和多了。一个很清秀的女人，只是气质太强悍。他很好奇她妹妹，死去的那位，长得什么样。

"你到埃斯特雷拉有何贵干，莫雷诺先生？"他问道，攀谈起来。

"我到处旅行，先生，我的职业让我成为一个巡回人士，一个漫游者。我在全国各地在各种各样的院校讲学。不过，说实话，我来埃斯特雷拉是想看看我的老朋友胡安·塞巴斯蒂安。我们认识的历史可长久了。过去，我们一起做过钟表维修生意。我们还在四重奏乐团里表演过。"

"哈维尔是个一流的小提琴手，"阿罗约说，"一流。"

莫雷诺耸了下肩。"也许，不过毕竟是业余的。我说了，我们两个做过生意，但后来胡安·塞巴斯蒂安产生了怀疑，所以，长话短说吧，我们就关门不做了。他开了他的舞蹈专校，我继续走我自己的路。但我们仍然保持着联系。我们有不少分歧，但从宏观的角度讲，我们看世界的方式还是相同的。如果不同，我们怎么可能那些年一起工作呢？"

该轮到他说了。"哦，你一定是举办土地调查讲座的那位莫雷诺先生！我们在广告上见到过，我和大卫。"

"土地调查？"莫雷诺问道。

"地表测量。"

"人是万物的尺度，"莫雷诺说，"这是我今晚要讲的

251

题目。完全跟土地测量无关。是关于米特洛斯及其知识遗产方面的内容。我想这是很清楚的。"

"抱歉。我搞混了。我们很想来听你演讲。不过，人是万物的尺度肯定是这个讲座广告上写的标题——我知道是因为我自己送的那些小广告，那是我的活儿。米特洛斯是谁？"

莫雷诺正要回答，但有对夫妇已经等得不耐烦了，等着轮到他们插话。"大师，我们太激动了，你又回来了！在埃斯特雷拉，我们感觉与真正的精神生活如此隔绝！这将是你唯一的一次亮相吗？"

他迅速离开了。

"为什么阿罗约先生叫你哲学家？"男孩问。

"那是在开玩笑。你现在应该很了解阿罗约先生的做派了。因为我不是一个哲学家，他才说我是一个哲学家。弄点东西吃吧。今天晚上时间会很长。招待会后还有莫雷诺先生的讲座。你会很喜欢的。像读故事书那样。莫雷诺先生将站在一个讲台上，告诉我们一个名叫米特洛斯的男人的有关情况，这个人我从没听说过，不过显然是个很重要的人物。"

邀请书上许诺的水果饮料招待原来是一大壶茶，温热而不是滚烫，再加几盘坚硬的小饼干。孩子吃了一块，做了个鬼脸，然后吐出来。"太难吃了。"他说。他，西蒙，一声不响地把吐出的东西清理干净。

"饼干里的姜太重了。"梅赛德斯说，她悄无声息地出现在他们旁边。那根拐杖没了踪影；她似乎活动很自如。"千万别告诉奥尔尤沙。你们可别伤害他。他和那两个男孩烤了整整一下午。原来你就是大名鼎鼎的大卫！那两个男孩告诉我你跳舞跳得很好。"

"我可以跳所有的数字。"

"这个我也听说了。除了数字舞，你还会跳别的类型的舞蹈吗？你能跳人舞吗？"

"什么是人舞？"

"你是人类，对吧？你能跳什么人类会跳的舞吗，比如为了欢乐而跳的舞，或者跟你喜欢的什么人贴着胸跳的舞？"

"安娜·玛格达莱娜没有给我们教过那个。"

"你想让我教给你吗？"

"不想。"

"哦，除非你学会人该做的东西，否则就不能算是完整的人。你还有别的什么没做过？你有一起玩的朋友吗？"

"我踢足球。"

"你玩体育运动，但你从来都只是玩儿吗？华金说你在学校从不跟别的孩子说话，你只会发号施令，告诉他们做什么。真是这样吗？"

男孩不吭声了。

"嗯，显然跟你进行一场人的谈话并不容易，年轻的大卫。我想我得找别人去聊了。"她手拿茶杯飘然而去。

"你干吗不去跟那些动物打招呼？"他向大卫建议，"带上奥尔尤沙的饼干。也许兔子们会吃。"

他又绕回去，来到围着莫雷诺的圈子跟前。

"有关米特洛斯我们一无所知，"莫雷诺说，"对他的哲学了解也不多，因为他没有留下文字书写的记录。但是，他对现代世界显得很重要。这个，至少是我的看法。

"根据一条传说，米特洛斯说，宇宙中没有什么是不可测量的。根据另一种说法，他说不可能存在绝对的度量——度量总是跟度量者有关。哲学家们自然在争论这两种说法是否互相兼容。"

"你相信哪一种？"瓦伦蒂娜问。

"我属于骑墙派，我在今晚的演讲中将解释。之后，我的朋友胡安·塞巴斯蒂安将有机会回应。我们想在今晚举办一场辩论会——我们认为这将会搞得更加生动活泼。胡安·塞巴斯蒂安过去曾批评我对米特洛斯感兴趣。他总体上对度量持批评态度，对宇宙中的万物可以度量持批判态度。"

"是宇宙中的万物应该被度量，"阿罗约说，"这是有区别的。"

"宇宙中的万物应该被度量——谢谢你纠正我。这就是我的朋友决定放弃钟表制造的原因。说到底，什么是钟表呢，无非就是一种把同一个米特隆加在活动的时间上的机械装置？"

"一个米特隆？"瓦伦蒂娜问道，"那是什么？"

"米特隆是根据米特洛斯命名的。任何计量单位，都算是一米特隆：一克，比如，或者一米，或者一分钟。没有计量，自然科学就没法成立。以天文学为例。我们说天文学本身跟星星有关，但并不完全如此。孩子，它本身跟星星的计量有关：它们的质量，它们彼此之间的距离，等等。我们不能把星星本身放进数学方程中，但我们可以根据它们的计量进行数学运算，因而揭示宇宙的定律。"

大卫又出现在他身边，搜着他的胳膊。"过去看看，西蒙！"他小声说。

"宇宙的数学定律。"阿罗约说。

"数学定律。"莫雷诺说。

相对一个外表看起来如此没有吸引力的男人而言，莫雷诺讲起话来明显很自信。

"太奇妙了！"瓦伦蒂娜说。

"过去看看，西蒙！"男孩又悄声说。

"再过会儿。"他悄声回答。

"确实很奇妙，"孔苏埃洛随声附和道，"不过时间太晚了。我们得回学院了。赶紧再问个问题，阿罗约先生：你什么时候会重开专校呢？"

"日期还没定下，"阿罗约说，"我能告诉你的是，除非我们找到一个舞蹈老师，否则专校将只能是个单纯的音乐学校。"

"我以为梅赛德斯女士会担任新教师。"

"哈，不会，梅赛德斯在诺维拉有很多工作要承担，走不开。她来埃斯特雷拉是想确保她的外甥们，我的儿子，不会做任何教学工作。我们还得指定一个舞蹈教师。"

"你还得指定一个舞蹈教师，"孔苏埃洛说，"我对德米特里这个人一无所知，除了从报上读到的那些，不过——原谅我这样说——我希望你将来对你任命的员工多当心些。"

"德米特里不是专校招的工作人员，"他，西蒙说，"他是楼下博物馆的看管员。对自己任命的员工多当心些的应该是博物馆。"

"一个杀人成性的疯子就在这个楼里，"孔苏埃洛说，"想来就让我不寒而栗。"

"他的确是个杀人成性的疯子。可他又有人性。专校的孩子们都喜欢他。"他不是为德米特里，而是替阿罗约说话，这个人完全沉浸在自己的音乐中，任由自己的妻子滑向跟一个下人的致命纠葛中，"孩子们很天真。天真的意思是对事情的理解只停留在表面价值。这意味着对某个冲你笑笑，叫他的漂亮小伙子以及端盘糖果的人就敞开心扉。"

大卫说："德米特里说，他控制不住自己。他说是激情让他杀了安娜·玛格达莱娜。"

出现了片刻凝固的沉默。莫雷诺皱了下眉头，仔细打量着这个陌生的男孩。

"激情不该是借口，"孔苏埃洛说，"我们大家都在这样那样的时候体验过激情。但我们没有因为激情而杀人。"

"德米特里已经去盐井了，"大卫说，"他打算挖很多很多的盐，来弥补杀了安娜·玛格达莱娜。"

"哦，我们农场今后得确保不用一丁点儿德米特里的盐，行吗？"她严厉地盯着自己的两个姐妹，"一条人命得值多少盐？也许你可以问问你的那位计量的人。"

"米特洛斯。"莫雷斯说。

"请原谅：米特洛斯。西蒙，我们可以捎你一段吗？"

"谢谢你，完全不用——我带着自行车呢。"

聚会散后，大卫拉住他的手，领他下到通向博物馆后面那个隐蔽的小花园中一个黑暗的楼梯上。外面下着小雨。孩子借着月光打开一扇门，双手着地连跪带爬钻进一个笼舍。鸡群像炸了般咯咯大叫起来。他出来时抱了个不断挣扎的小动物：一只小羊。

"瞧，它叫耶利米！它以前个头挺大，我都拎不起来，但奥尔尤沙忘了给它喂牛奶喝，现在越长越小！"

他摸了下小羊。小羊还试图吸吮他的手指。"这个世界上没有什么会越长越小的，大卫。如果它变小了，那不是因为奥尔尤沙没有喂它吃的，那是因为它不是真正的耶利米。它是个新的耶利米，取代了原来的耶利米，因为原来的耶利米已经长大成熟，变成绵羊了。人们觉得年轻的耶利米讨人喜爱，不会觉得老的耶利米讨人喜爱。没有人想搂抱老耶利米。这是它们的不幸。"

"老耶利米在哪儿？我能看看它吗？"

"老耶利米回到草地跟别的绵羊在一起了。等某一天我们有时间了，就可以去找找它。但现在我们得去听讲座。"

走出雨果街后，雨开始下得更猛了。正当他和男孩在门口犹豫不决时，听到一声嘶哑的轻语声："西蒙！"一个裹着个斗篷或者毛毯的人影出现在他们面前。一只手打着招呼。"德米特里!"男孩冲上前去，紧紧搂住他的大腿。

"你来这里到底干什么，德米特里?"他，西蒙问道。

"嘘!"德米特里说，然后又夸张地小声说，"我们可以去个什么地方吗?"

"我们什么地方都不去，"他说，并不压低声音，"你来这里干什么?"

德米特里没有回答，而是抓住他的胳膊，把他从空荡荡的街上推过去——他很惊讶这人的力气这么大——走进那家烟草店的门道里。

"你逃出来了吗，德米特里?"男孩说，他很兴奋。月光下眼睛闪烁着光芒。

"是的，我逃出来了，"德米特里说，"我有没有完成的事要做，我必须跑出来。我没有选择。"

"他们会用寻血犬搜寻你吗?"

"这种天气对寻血犬可不利，"德米特里说，"对它们的鼻子来说太湿了。寻血犬回到它们的窝里待着呢，在等雨停。"

"简直胡说，"他，西蒙说，"你想要我们干什么?"

"我们需要谈一谈，西蒙。你向来都是个正派人，我一直觉得我可以跟你说说。我们可以去你住的地方吗?你不知道没有家，没有地方可以搁大脑袋是什么感觉。你认出这件外套了吗?还是你给我的那件。这给我留下很深印象，你的这件外套礼物。当我因为自己的所作所为四处遭受斥责的时候，你给了我一件外套，还给了一张床睡。只有真正的正派人才会这么做。"

"我给你这个是为了摆脱你。现在马上离开我们吧。我们还有急事呢。"

"不！"男孩说，"跟我们讲讲盐井的情况，德米特里。在盐井，他们真的用鞭子抽你吗？"

"关于盐井的事儿我有好多话说，"德米特里说，"不过得等等。我脑子里还有更急迫的事情，所谓的悔罪。我需要你的帮助，西蒙。我从来没有悔罪过，你知道。现在我想悔罪。"

"我想这就是我们设立盐井的原因：作为一个悔罪的地方。你应该在那里才对，上这儿来干什么？"

"没有这么简单，西蒙。我可以全都解释，可需要时间。我们非得站在这冰冷、潮湿的雨地里挤作一团吗？"

"我关心不了那么多了，如果你又冷又湿。我和大卫得赴约去。上次我见到你，你说你要去盐井心甘情愿接受惩罚。你真的去盐井了吗，或者又在撒谎？"

"我离开你后，西蒙，真的想去盐井。那是我的心告诉我要做的事。像男人一样接受惩罚，我的心在说。可是其他情况又随之发生了。随之发生！多好的词。其他情况不允许，因此没去。我其实没有去盐井，还没有去。我很抱歉，大卫。我让你失望了。我告诉你要去，却没有去。

"事实是，我一直在沉思，西蒙。对我来说这是一段黑暗时期，我思考我的命运。我很震惊地发现我没有勇气承受该来的命运，就只是在盐井工作一段时间，都没有真的接受，我也十分震惊。十分震惊。这涉及我的男性气概。如果我是一个男人，一个真正的男人，我就应该去，这点毫无疑问。我是个懦夫。这是我必须面对的事实。不仅是个凶手，还是个懦夫。你会因为感觉不耐烦而指责我吗？"

他，西蒙已经受够了。"走吧，大卫，"他说，然后又对德米特里说，"当心了，我会报警。"

他有点指望男孩反抗。但没有，男孩回头看了眼德米特里，跟着西蒙走了。

"五十步笑百步，"德米特里在他们后面大声喊叫道，"我见过你盯着安娜·玛格达莱娜的样子，西蒙！你对她也垂涎三尺，只是对她来说，你不够男人！"

站在大雨倾盆的街道中间，他精疲力竭，转过身面着德米特里的叫骂。

"去吧！给你宝贝警察打电话去好了！还有你，大卫，听着，我本来看好你，我真心实意。我以为你是个坚强的小战士。可根本就不是，原来你也受制于他们——那个无情的婊子伊内斯和这个纸人儿。他们给你当娘当爹，最后你会一无所有，除了一条影子。走吧，祝你倒大霉！"

德米特里好像从他们的沉默中聚起来足够的力量，从门口的隐蔽处走出来，抓住那件外套，高高举过头顶，像一片帆一样，大步跨过街道往回朝专校走去。

"他想干什么，西蒙？"男孩小声问，"他想杀阿罗约先生吗？"

"我不知道。这人已经疯了。好在家里没人，大家全都去学院了。"

第二十二章

尽管他使出最大的劲儿踩着自行车，到讲座现场时还是迟到了。他和男孩尽量不弄出多大的声响，穿着湿漉漉的衣服在后排坐下。

"一个影子般的人物，米特洛斯，"莫雷诺正在讲话，"跟他的同道人普罗米修斯一样，是个引火者，也许只是个传说中的人物。但是，米特洛斯的出现却标志着人类历史的转折点：我们集体放弃认知世界的旧方式，不假思考的动物式的方式的开始，从那时起，我们放弃了徒劳的想知道事物本身的探寻，开始通过计量来看这个世界。我们通过聚焦计量的波动变化，开始寻找新的法则，连天体都必须服从的法则。

"同样，在地球上，用新的计量科学精神，我们测量人类，发现人人平等，得出结论认为：人应该公平地拜倒在这个法则之下。再也没有奴隶，再也没有国王，再也没有多的例外。

"米特洛斯是坏人的度量者吗？他和他的继承者们有罪于废除真实却代之以某种幻影吗，像某些批评家声称的那样？如果米特洛斯没有出生，我们会过得更好吗？在这所灿烂的学院，当我们环顾四周，由学习过静力学和动力学的度量知识的建筑师设计，由工程师修建，那样的说法似乎难以为继。

"谢谢大家光临。"

观众几乎坐满剧院，从观众席里发出长长的、响亮的掌声。莫雷诺把笔记收拢好，走下讲台。阿罗约接过话筒。"谢谢你，哈维尔，对米特洛斯和他的遗产进行的迷人又高屋建瓴的概述，你给我们奉献的这个概述很及时，刚好在人口普查前夕，那可谓测量的狂欢。

"你若同意，我来个简短的回应。我回应结束后，场地将开放来辩论。"

他打了个手势。两个阿罗约家的孩子从前排站起，脱掉外衣，穿着背心和短裤，以及金色舞鞋，走上舞台跟父亲站在一起。

"埃斯特雷拉城的人只知道我是个音乐家，以及舞蹈专校的校长，这所专校舞蹈和音乐不分。为什么呢？因为，我们相信，音乐和舞蹈一体，所谓舞乐，是它本来的认识宇宙的方式，既是人类的方式，又是动物的方式，这种方式在米特洛斯出现之前就已经很流行。

"正如我们在专校音乐和舞蹈不分，因此我们也不分精神和肉体。米特洛斯的学说构成了一个新的精神科学，它们带进去的知识是一种新的精神的知识。相对旧的认知模式来自身体与精神的互动结合，所谓的灵肉，合着舞乐的节奏。在那种舞蹈里，过去的记忆浮到表面，我们穿过海洋航行到这里时已经丢失的古老的记忆，知识。

"我们可以自己给一所专校命名，但我们不是一所胡子花白的老头儿的专校。相反，我们的学员都是孩子，在他们身上，古老的记忆，有前世的记忆，还远未灭绝。这就是我为什么请这两位年轻人，我的儿子华金和达米安，专校的学生，跟我一起站在舞台上的原因。

"米特洛斯的学说建立在数字的基础上，但数字并不是他发明的。数字在米特洛斯出生前就存在了，在人类形成之前就存在了。米特洛斯只是使用了它们，把数字纳入自己的体系。我故去的妻子经常管米特洛斯手中的数字叫蚂蚁数，无止境地结合，又无止境地分开、繁殖。她通过舞蹈让自己的学生回归到真实的数字，真实的数字是永恒的、不可分的、不可数的。

"我是个音乐家，拙于辩论，也许你们听得出来。为了让你们看看在米特洛斯出现前世界是怎么回事，当华金和达米安表演双人舞给我们时，我会保持沉默。二舞和三舞。之后，他们将表演难度更大的五舞。"

他打了个手势。与此同时，用对位法，舞台两侧各站着一个人，两个孩子跳起了二舞和三舞，他们跳的时候，西蒙胸中因为跟德米特里对撞而搅起的激动逐渐平复。他能够放松下来，从他们轻松流畅的舞动中得到了快感。虽然阿罗约的哲学对他来说一如既往晦涩难懂，他开始明白，几乎是略微明白一点点，为什么一段舞对应二，另一段舞对应三。同样几乎是略微明白一点点，看到了阿罗约跳数字舞，呼唤数字下凡是什么意思。

两位舞者在同一时刻，和着同样的鼓点，在舞台中间结束收尾。他们停顿了片刻，然后，接到父亲的暗示后，开始一起跳五舞，而此刻父亲正用笛子给他们伴奏。

他立刻就看出为什么阿罗约说五舞很难：不仅对舞者来说难，对观众而言也难。对二舞和三舞，他能感觉到自己体内的某种力量——他的血液的潮水，或者他叫什么都好——与两个男孩的四肢一起同步活动着。五舞就没有这样的感觉。这段舞有种模式——这个他隐隐约约能理解——但他的身体太笨拙、太僵硬，找不到这个模式，也无法追随它。

他看了眼旁边的大卫。这男孩一直都皱着眉，嘴唇在无言地活动着。

"有什么不对劲儿吗？"他轻声问，"他们跳得正确吗？"

男孩不耐烦地摇了下脑袋。

五舞结束了。阿罗约家的两个孩子并肩面向观众。响起一阵礼物性的、神秘的掌声。正在这时，大卫从座位上跳起来，奔到过道里。西蒙一惊，站起来紧跟在后面，但已经太迟，来不及阻止他爬上舞台。

"怎么回事，年轻人？"阿罗约皱起眉头问。

"该我跳了，"男孩说，"我想跳七。"

"现在别跳。也别在这儿跳。它不是音乐会。回去，坐下。"

在观众的咕哝声中，他，西蒙，走上舞台。"过来，大卫，你惹得大家都不高兴。"

男孩霸道地甩开他。"该我跳了！"

"很好，"阿罗约说，"跳七吧。等你跳完了，我希望你再下去，安安静静地坐着。你同意吗？"

男孩一句话都不说，脱掉鞋子。华金和达米安让开走了。他在寂静无声中跳起来。阿罗约看着，眼睛专注地眯着，然后举起笛子搭在嘴边。他演奏的旋律正确、得当、真实。然而，连他，西蒙都能听得出来，是舞者在引导而大师在跟随。从某种早已埋葬的记忆中，优雅之柱这几个词浮现出来，让他很吃惊，因为他脑中保持的男孩的意象，来自足球场，就像一个压缩的能量包。但是，此刻，在学院的舞台上，安娜·玛格达莱娜的遗产自动呈现出来。好像地球失去了下行的力量，男孩似乎脱掉所有身体的重量，要变成纯粹的光。舞蹈的逻辑完全离他而去，但他知道，展现在他面前的东西非同寻常，从降落在礼堂的宁静中，他猜测埃斯特雷拉人同样觉得太不寻常了。

数字是完整的，而且没有性别之分的，安娜·玛格达莱娜说过。它的爱情和结合的方式超出我们的理解。因此，它们只能被无性的人呼唤下来。嗯，在他们面前跳舞的人既不是小孩也不是男人，既不是男孩，也不是女孩。他甚至想说既不是身体也不是精神。他闭着眼睛、张着嘴巴、痴迷，大卫通过脚步飘浮着，用如此流畅的优雅，连时间都不动了。由于太着迷，连呼吸都忘记，他，西蒙，轻声自言自语：记住这一幕！即便将来你忍不住想怀疑他，但请记住这一幕！

七舞像突然开始那样，骤然结束。笛子寂静无声。男孩的胸脯微微起伏着，面向阿罗约。"你想让我跳十一吗？"

"现在不用。"阿罗约出神地说。

从大厅后面发出的一声喊叫在整个礼堂回荡。这声喊叫本身并不清楚——精彩？Slavo①？——但这声音却很熟悉：德米特里的声音。他的心往下一沉。这个人打算永无休止地缠着他吗？

阿罗约兴奋地振作起来。"该回到我们讲座的主题，米特洛斯和他的遗产了。"他大声宣布，"你们有什么问题想向莫雷诺先生提吗？"

一个上些年纪的绅士站起来。"如果这些孩子们古怪的动作结束了，我有两个问题。首先，莫雷诺先生，你说过，作为米特洛斯的后继者，我们度量了自己，发现我们全都是平等的。既然平等，你说，那就可以推出：我们应该在法则眼中也是平等的。不会有任何人超越法则之上。不再有国王，不再有超人，不再有例外的人类。可是——我要回到我的第一个问题了——法则的规定不允许出现例外真的是件好事吗？如果法则被毫无例外地应用，仁慈还有什么余地？"

莫雷诺走上前，登上讲台。"这个问题太好了，很深刻，"他回答道，"在法则之下，仁慈果真就没有空间了吗？我们的法则制定者已经给出的回答是，没错，的确应该给仁慈留有余地——用更具体的话说——应该给判决减

——————————

① Slavo，音近精彩（Bravo）。

刑留下余地，但只有在理应如此的时候。犯法者负于社会。对他的负债的宽恕必须通过悔罪劳动才可获得。因此，度量的主宰是值得保存的：犯法者的悔过的根据，可以说，要进行衡量。从对他的判决中应该减除一份同等的分量。你可以说第二个问题了。"

提问者看了眼四周。"我会尽量简洁些。你没有提到钱。然而，作为一种普通的价值度量手段，钱肯定是米特洛斯的重要遗产。如果没有金钱，我们会处于什么状态？"

莫雷诺还没有来得及回答，光着脑袋，身穿西蒙外套的德米特里就扑到过道了，而且一口气爬上舞台，不停地咆哮起来，"够了，够了，够了！"

"胡安·塞巴斯蒂安，"他大声喊道，他不需要麦克风——"我来这里是祈求你的宽恕。"他转向观众，"是的，我祈求这个男人的宽恕。我知道你沉迷于其他事务，其他重要的事情，可我是德米特里，被抛弃的德米特里，德米特里没有了廉耻，他超越了廉耻，正如他超越了其他许多东西。"他又转向阿罗约，"我必须告诉你，胡安·塞巴斯蒂安，"他继续不停顿地说，好像他的讲话经过事先排练，"最近我经历了许多黑暗时刻。我甚至想到了结自己。为什么？因为我逐渐认识到——这是一个多少有些痛苦的醒悟——我不会获得自由，除非罪过的重负从我的肩上卸掉。"

如果阿罗约沮丧的话，他没有流露出任何迹象。他端着方正的肩膀直面德米特里。

"我应该转向哪里寻求解脱呢？"德米特里问，"向法律？你听了这个人说的关于法律的话了。法律不会评估人的灵魂的状态。它所做的一切就是制定出一个方程等式，把某个合适的判决配给某个罪行。拿你的妻子安娜·玛格达莱娜来说，她的生命就那样被终止。是什么给了某个陌生人，某个从未看过她的男人以权力，穿上一件红色长袍说，终身囚禁，她的生命就值这个价？或者盐井劳改二十五年？这太没有道理了！有些罪行是无法度量的！它们超出了度量标准！

"那么，在盐井待二十五年会有什么成果？不过是一场外在的折磨，仅此而已。外在的折磨能消除内在的折磨吗，就像一次加减运算？不会。内在的折磨仍然波涛汹涌。"

他毫无预兆地跪下双膝，面对阿罗约。

"我有罪，胡安·塞巴斯蒂安。你知道这点，我也知道。我从不伪装。我有罪，迫切需要你的宽恕。只有得到你的宽恕，我才会被治愈。把你的手放在我的头上。说，德米特里，你对我犯了一个可怕的大错，但我原谅你。说吧。"

阿罗约沉默不语，他的表情厌恶得都僵住了。

"我确实干得很恶劣，胡安·塞巴斯蒂安。我不否认这个，我不想被忘记。就让人们永远记得，德米特里干了一件坏事，一件可怕的事。但这肯定并不意味着我就应该遭诅咒，被抛到外部的黑暗中。肯定该有点小小的恩惠可以施加于我。肯定有人可以说，德米特里？我记得德米特里。他干过一件坏事，但说心里话他不是个坏人，老德米特里。这样对我来说就足够了——一滴救命水就够了。不要赦免我，只要还承认我是个人，并且说，他还属于我们，他还是我们中的一员。就可以了。"

礼堂后排出现了一点小骚动。两个身穿制服的警察目标坚定地快步走进过道朝舞台走去。

德米特里双臂举过头顶，站了起来。"原来这就是你的回答。"他大声喊叫，"带走他，把他关起来，这个烦人的家伙。这是谁干的？谁报的警？你偷偷摸摸藏在哪里，西蒙？露出你的脸来！当我熬过这一切后，你以为一间牢房就会吓住我？你能做的任何事都没法跟我对自己的所作所为相提并论。我会在你面前显得像个开心的人吗？不，我不会。我的样子就像一个深陷痛苦深渊的人，因为我理该如此，没日没夜在其中。只有你，胡安·塞巴斯蒂安，才可以把我从痛苦的深井中拉上来，因为我伤害的是你。"

两个警察在舞台脚下站住。他们还很年轻，还只是个小伙子，在闪耀的灯光中不知该怎么办。

"我伤害了你，胡安·塞巴斯蒂安，我深深地伤害了你。我为什么会做这种事？我也不知道。不仅我不知道为什么会做这种事，我都无法相信我做了这种事。这是真话，赤裸裸的真话。我可以发誓。这太不可理解了——不管从表面还是内在看，都不可理解。如果这些事实不是正视着我，我会忍不住同意法官的话——你还记得审判时的那个法官吗？——当然不记得，你没有来——我会忍不住说，这不是我干的，是别人干的。但这肯定不是真的。我并不是个精神分裂症患者，或者青春期痴呆症患者，或者其他任何他们可能会说我是的东西。我没有脱离现实。我的脚踩在地上，而且一直踩在地上。不：是我干的。是我干的。一个谜团，但并不是一个谜团。这不是一个谜团正是谜团本身。怎么就变成我做出这样的行为——所有的人中只有我？你能帮我回答这个问题吗，胡安·塞巴斯蒂安？什么人能帮我回答吗？"

显然，这个男人是个彻头彻尾的骗子。显然他的悔恨是捏造的，是他想让自己免去盐井服刑的计谋的一部分。但是，当他，西蒙，试着想象这个每天去光临广场上的那个小亭买来给孩子们的棒棒糖装满自己的衣服口袋，居然可以捏住安娜·玛格达莱娜雪白的喉咙，粉碎她的性命，他的想象力就不济了。不济或者退缩了。这个人所做的事也许并不是真正的难解之谜，但它的确是一个谜。

大卫的声音从舞台背后回响起来。"你为什么不问我？你问遍了别的所有的人，却从不问我！"

"非常正确，"德米特里说，"是我的错，我也应该问问你。告诉我，我漂亮的小舞蹈家，我应该对自己怎么办？"

那两个年轻的警察一鼓作气，爬上舞台。阿罗约无礼地挥手让他们回去。

"不！"孩子大声喊叫道，"你并不是在真正地问我！"

"好吧，"德米特里说，"我来真正地问你。"他再次双膝跪地，双手交合，板起面孔。"大卫，请告诉我——不，这样不好，我不能这样。你太年轻了，我的孩子。你长大成人后才会理解爱情、死亡等诸如此类的东西。"

"你总是这样说，西蒙也总是这样说——你不懂，你还太年轻。我能理解！问我吧，德米特里！问我！"

德米特里又重复了一遍展开、合上双手的烦琐动作，闭上眼睛，把脸弄成迷茫状态。

"德米特里，问我！"这时男孩已经完全在尖叫了。

观众席出现了一阵小骚动。人们站起来就要走。他捕捉到坐在前排的梅赛德斯的目光。她举起一只手，他不明白那个动作的含义。坐在她旁边的三姐妹，面若硬石。

他，西蒙，向两个警察打了个手势。"够了，德米特里，表演够了。你该走了。"

一个警察控制住德米特里的时候，另一个警察给他扣上手铐。

"那就，"德米特里用正常的声音说，"回疯人院吧。我回孤独的单间吧。你为什么不告诉你的孩子，西蒙，你头脑背后在想什么？你的父亲或者叔叔，不管你叫他什么的人，太娇贵了，都不敢告诉你，年轻的大卫，但私下，他希望我割了自己的喉咙，让我的血流进阴沟。那时他们可以举行一场审讯，并下结论说这场悲剧发生了，尽管死者的心灵平衡受到干扰，这是德米特里的必然结局。有关他的卷宗可以合上了。好了，我来告诉你，我不想自我了断。我还想继续活下去，我还想继续搅扰你，胡安·塞巴斯蒂安，直到你发了善心。"他还想再次吃力地拜倒下来，把戴着手铐的双手举过头顶，"原谅我吧，胡安·塞巴斯蒂安，原谅我吧！"

"把他带走吧。"他，西蒙说。

"不要！"男孩哭喊道。他脸色通红，急促地喘着气。他举起一只手，夸张地指着。"你必须把她带回来，德米特里！把她带回来！"

德米特里挣扎着换成坐姿，抚摩着他长满须毛的下巴。"把谁带回来，年轻的大卫？"

"你知道！你必须把安娜·玛格达莱娜带回来！"

德米特里叹了口气。"我也希望自己能够那样，小伙子，我多么希望。相信我，如果安娜·玛格达莱娜突然出现在我们面前，我会跪下来，用欢乐的泪水洗她的脚。可是她不会回来了。她已经走了。她属于过去了，过去永远在我们身后了。这是大自然的律法。连星星都对抗不了时间的流动。"

在德米特里说话的整个过程中，男孩继续高举着那只手，好像只有这样才能维持他的命令的力量；但是，在他看来，也许同样在德米特里看来，很显然，他在动摇。泪水浸满他的眼睛。

"该走了。"德米特里说。他让警察帮着扶起来。"回到医生那里去。你为什么会干出这种事，德米特里？为什么？为什么？为什么？但是，也许没有为什么。也许这就像在问为什么鸡是鸡，或者天空中是宇宙而不是一个巨大的洞。事情本来就如此。不要哭，我的孩子。耐心点，等待来世，到时你就会再次见到安娜·玛格达莱娜。不要放弃这个想法。"

　　"我没有哭。"男孩说。

　　"是的，你哭了。好好地哭一场没有什么过错。它会把整个身体组织清洗干净。"

第二十三章

人口普查的那天来了，那天也是服装店举办展秀的日子。男孩醒来时无精打采，闷闷不乐，没有食欲。他会是病了吗？他，西蒙摸了摸男孩的额头，但又凉凉的。

"你昨天晚上看七舞了吗？"男孩问道。

"当然看了。我的目光都离不开你。你跳得很美。每个人都这么想的。"

"可你看见七了吗？"

"你是说数字七吗？没有。我没有看见什么数字。我这方面不灵。我只能看见我眼前的东西，这你知道的。"

"今天我们要做什么？"

"昨晚的兴奋激动过后，我想我们应该安安静静地过上一天。我本想建议去瞄一眼伊内斯的时装秀。但我想保守的绅士不会受欢迎。我们可以出去，带上玻利瓦尔，如果你喜欢的话，带它散一次步，我们可以一直在大街上溜达到六点钟。因为有宵禁。"

他以为又会发出一连串为什么的问题，可是男孩对人口普查和宵禁没有兴趣。德米特里这会儿在哪里？这样的问题也没出现。他们是最后一次看到德米特里吗？对德米特里的遗忘开始了吗？他祈望但愿如此。

不出所料，接近午夜时分，人口普查员们来敲门了。他抱起半睡中还唧唧咕咕的男孩，裹在一块毯子里，把他整个儿身体塞进橱柜里。"不要有一丝声音，"他轻声说，"这很重要，不要有一丝声音。"

人口普查员是对年轻夫妇，道歉说他们这么晚了过来。"城里的这一部分我们不熟悉，"女人说，"曲里拐弯的大街小巷简直就像迷宫！"他给他们斟上茶，但他们很着急。"我们还有好长一个地址清单没有完成呢。"她说，"我们得干个通宵了。"

人口普查的活儿根本用不了多少时间。他已经填好表格了。家庭人口数量："一个"，他写道。婚姻状态："单身。"

他们走后，他把男孩从囚禁中解放出来，放回床上，倒头就睡。

早上，他溜达过去看伊内斯。她和迭戈正坐着吃早饭。她跟他平时见的一样阳光欢乐，不停地唠叨着时装秀，这次活动——人人都说——取得了巨大成功。埃斯特雷拉的女士们都蜂拥而来看新的春季时装。低开领，高腰，对黑白的朴素的信心，赢得了普遍的赞赏。预售超过整个预期。

男孩睁着目光闪闪的眼睛听着。

"喝你的牛奶，"伊内斯告诉他，"牛奶会让你骨骼强化。"

"西蒙把我关在衣柜里了。"他说，"我都无法呼吸。"

"就是人口普查员来的那会儿工夫，"他说，"一对挺好的年轻夫妇，很礼貌。大卫安静得像只耗子。他们只看到一个刚睡醒的孤独的老单身汉。五分钟不到就结束了。五分钟内不会有人窒息而死。"

"这里也一样，"伊内斯说，"进进出出不到五分钟。没有提问题。"

"这样大卫就仍然可以隐身了，"他，西蒙说，"祝贺，大卫。你又逃过了。"

"直到下一次人口普查。"迭戈说。

"直到下一次人口普查。"他，西蒙同意道。

"有几百万的人需要统计，"迭戈说，"错过一个有什么大不了的？"

"是啊，有什么大不了的。"他，西蒙附和说。

"我真的会成隐身人吗？"男孩问。

"你没有名字，你没有号码。这足以让你隐身了。但你别担心，我们能够看见你。任何一个人只要头上长眼睛就能看见你。"

"我不担心。"男孩说。

门铃响了：一个年轻人拿着一封信，骑了很长距离后很热，脸色红扑扑的，伊内斯邀请他进来，给了他一杯水。

信的地址上同时写着伊内斯和西蒙收，是奥尔玛寄来的，三姐妹中的老三。伊内斯大声读起来。

"我们从学院回家后，我和两个姐姐谈到深夜。当然谁都不可能预料到德米特里会那样忽然蹦出来。但是，我们对事情后来的导向感到失望。我们觉得，阿罗约先生邀请孩子们到舞台上来非常不对。那根本起不到为他的判断辩护的作用。

"虽然我们姐妹一直对阿罗约先生非常尊重，我们还是觉得该到与专校以及聚集在他身边的这个小圈子保持距离的时候了。因此我写信告知你们，如果大卫还想回到专校，我们将不会担负他的学费。"

伊内斯中断了朗读。"怎么回事？"她说，"在学院发生什么事了？"

"说来话长。莫雷诺先生，举办招待会欢迎的这位客人，在学院办了个讲座，我和大卫都去听了。演讲结束后，阿罗约叫他儿子来到舞台上跳了一段舞。本来是想当作对这次演讲的艺术回应，可是他弄失控了，最后变成一团糟。另找个时候我再跟你讲细节。"

"德米特里也来了，"男孩说，"他冲西蒙大喊大叫。他冲每个人大喊大叫。"

"又是德米特里！"伊内斯说，"我们就摆脱不掉这个人了吗？"她又回到信上。

"作为没有孩子的老处女，"奥尔玛写道，"我们姐妹几乎没有资格对养育孩子提什么建议。但是，大卫，在我们看来，大卫好像有些骄纵过度。这对他不会有好处，我们相信，如果他自然的高涨的精神有时不加约束的话。

"允许我再说句自己的话。大卫是个稀罕的孩子。我会深情地记着他，即使我再也不会见他。代我问候他。告诉他，我很喜欢他跳舞。

"你的奥尔玛。"

伊内斯叠上信，塞进果酱瓶底下。

"我骄纵过度是什么意思？"男孩问道。

"你别在意。"伊内斯说。

"他们打算把牵线木偶收回去吗？"

"当然不会。它们归你保存了。"

好长时间的沉默。

"现在怎么办？"他，西蒙说。

"我们找个家庭老师，"伊内斯说，"像我开始说的那样。找个有经验的人。找个忍受不了任何胡说八道的东西的人。"

来开专校门的不是奥尔尤沙而是梅赛德斯，她又挂上了拐杖。

"你好，"他说，"承蒙你去告诉下大师，新来的帮手来报到了。"

"进来吧，"梅赛德斯说，"大师像平常一样在闭关。你来报到要做什么？"

"清洁。搬东西。需要做的什么都干。从今天起，我就是专校干零碎活儿的人了：勤杂工，跑腿的。"

"如果你真这么说，厨房地板可以擦洗下。还有卫生间。你这是何苦来着？又没钱付给你。"

"我们达成了一个协议，胡安·塞巴斯蒂安和我。不涉及钱的事。"

"对一个不跳舞的男人来说，你好像对胡安·塞巴斯蒂安和他的专校忠诚得有些不一般。这是不是意味着你儿子将重返学校呢?"

"不。他母亲反对。他母亲认为,在胡安·塞巴斯蒂安的教育下,他的性子已经野了。"

"这话倒也不错。"

"这话不错。他母亲认为该到他开始接受正规教育的时候了。"

"你呢? 你怎么想的?"

"我没什么可想的,梅赛德斯。在我们家,我又笨,又瞎,又不会跳舞。伊内斯说了算。狗说了算。我就跟跟跄跄跟在后面,只希望有朝一日我能睁开眼睛,我到这个世界的真实面目,包括他们引为荣耀的数字,二,三,以及其他所有的数字。你曾提出教我舞蹈,我拒绝了。现在我改变主意还行吗?"

"太晚了。我今天就要走了。我要赶去诺维拉的火车。你应该在有机会的时候抓住不放。如果你想学舞蹈,干吗不请你儿子教呢?"

"大卫认为我学不会,不可救药。哪怕只教一次都没时间吗? 算是对舞蹈神秘难题的一次快速入门简介?"

"我看看能教什么吧。午饭后过来。我会去跟奥尔尤沙说说,请他给我的音乐伴奏。这期间,你处理下脚上穿的。你总不能穿着靴子跳吧。我不敢答应,西蒙。我不是安娜·玛格达莱娜,不是阿罗约体系虔诚的追随者。你跟我在一起是看不到前生的。"

"那没关系。前生该来的时候就会来。不来也没什么。"

他毫不费劲就找到那家鞋店。还是以前的那位售货员给他服务，那个留着小胡子的高高的神情忧伤的男子。"是给你本人用的舞鞋吗，先生?"他摇了摇脑袋，"我们没有那样的鞋——没有适合你的尺寸的鞋。我不知道怎么给你出主意。如果我们没有那样的鞋，埃斯特雷拉别的店也不会有。"

"给我看看你们店最大的鞋。"

"最大的鞋是三十六，女士用的号码。"

"给我看看。要金色的。"

"很遗憾我们只有三十六的银色。"

"那就银色的。"

他的脚当然不适合三十六的号码。

"我要了。"他说，付了五十九雷埃尔。

他回到自己房间，把舞鞋的脚趾端用刀刃割开，强行把自己的脚伸进去，然后系上鞋带。他的脚指头令人恶心地往外伸着。挺好的，他心里对自己说。

梅赛德斯看见这双舞鞋后放声大笑。"你从哪儿弄到这双小丑鞋的? 脱掉吧。你要光着脚跳会更好。"

"不。这双小丑鞋我付过钱了，我要穿着它们。"

"胡安·塞巴斯蒂安!"梅赛德斯喊道，"过来瞧瞧!"

阿罗约从教室没事走出来，朝他点点头。如果他注意到这双鞋，会觉得很好玩，但他没有流露出一点迹象。他在钢琴边坐下。

"我以为奥尔尤沙会给我们伴奏。"他，西蒙说。

"奥尔尤沙没找到，"梅赛德斯说，"别担心，胡安·塞巴斯蒂安给你弹奏并不跌份，他每天都给孩子们弹奏呢。"她把手杖放在一边，在他后面站好位置，抓住他的上臂，"闭上眼睛。你要左右摇晃，身体重心先放在你的左脚，然后再放在右脚上，然后又前后摇晃。想象，如果有帮助的话，在你身后，有个可望不可即的美丽女神，不是又丑又老的梅赛德斯在身后跟你同步运动。"

他照着做了。阿罗约开始弹奏起来，一种简单的曲调，孩子的曲调。他，西蒙，脚上已经没有想象的那么稳，也许因为他还没吃饭。但他配合着音乐的节奏前后摇晃着。

"很好。现在右脚向前迈出，一短步，再收回；然后左脚向前迈出，收回。很好。重复刚才的动作，右脚向前迈出，收回，左脚向前迈出，收回，等我告诉了再停止。"

他照着做，穿着有着怪怪软鞋底的舞鞋不时打趔趄。阿罗约把曲调反过来，不断变化着，弹得越来越复杂：虽然节奏保持稳定，小咏叹调已经逐渐呈现出一种新的结构，像一颗水晶在空中逐渐长大。狂喜的感觉洗荡着他全身，他多希望能坐下来好好地聆听。

"现在，我不想让你放弃，西蒙。你要抬起双臂，保持自我平衡，你要继续做右收左收的动作，但每一步你都要在四分之一的圆环范围内转向左侧。"

他照她说的做着。"我得坚持多久？"他说，"我感觉晕眩了。"

"坚持。你会克服晕眩。"

他照做了。教室里有些冰凉；他感觉到了头顶高高的空间。梅赛德斯渐渐消失；只有音乐在响。他伸开双臂，闭着眼睛，划着缓缓的圆环移动步子。地平线上，第一颗星星开始升起。

恐怖库切 （译后记）

译完库切这本最新小说，我的感觉是好恐怖：并非情节多么惊悚，让读者感到害怕的那种恐惧，而是文本意义上的恐怖。有时，我们在赞美一个事物的时候，也会说好恐怖。首先，表面上的恐怖感来自它的犀利。更进一步，粗略地说，恐怖有三。一是故事高峰设置的恐怖。二是邪恶人性自我辩护本能何其顽固的恐怖。三是写作工具的恐怖。

两个成年男女要给即将上学接受正规教育的六岁天才少年大卫寻找教育资源，在某个虚构的小城镇找来找去找到一所专教舞蹈的学校，我勉强译为舞蹈专校。他们之所以不敢让男孩进正规的公立学校，因为他们刚从另一座城市诺维拉的学校逃出来。我们以为这所由高雅的音乐家和舞蹈家管理、教学的学校会给男孩带来美好的学习、成长体验，不料，很快人亡校毁，导致这个结局的原动力居然是所谓爱的激情。舞蹈专校美若天人的女教师安娜被丑陋、肮脏、邋遢、没文化的看门员德米特里杀害，随后暴露出的两人往来信件以及杀人者的坦供又惊人地证实，他们俩居然是情人关系。这是这本小说的高潮和转折点，也是最撕扯常人认知和情感体验的地方。我们满以为这本小说会继续写一个喜欢问最简单却最抽象问题的男孩如何成长的故事，书到这里却异峰突起，情节顺利转到跟死亡有关的事物和思考上。因为男孩是这本小说叙述的主轴，当死亡突然出现在一个非常聪明的六岁男孩面前时，这事件就犹如尖削的巨峰突然横亘在男孩心中，它要比成年人遭遇死亡事件更加醒目和惨痛。让孩子见证死亡、处理死亡，这就是库切恐怖之处。假如没有这个简单的情节设置，这本小说可能波澜不惊，更难以产生犀利的震撼感。情杀难道有新意吗？细想并没有。不料，简单之至的、似乎没有新意的情杀，在这里却成为这本小说涌现新意的分界点。

库切让男孩同时深深地喜欢上不修边幅的杀人者和美丽年轻的舞蹈教师。麻烦在这里，可怕也在这里。男孩遭遇到了两种魅力的撕扯，几乎不知该何去何从。库切从这个简单的事件中探寻到了孩子蒙昧心灵中对死亡、杀人、善良这些概念界限的模糊认识和可以自由穿越的幽暗真实。看门人杀死了自己最喜欢的女老师，男孩没有建立起对杀人者的厌恶、憎恨和害怕，居然还继续与之偷偷往来甚至搭救他走出监禁的医院。这就是库切的无情可怖之处，但这也是大师的境界，换了即使其他优秀的作者，大概也要让男孩对杀人者展开报复或者想象报复。我们要知道，大卫可是个天才少年，他可以有邪恶天才的选项，库切忍住了这个冲动。唯其天才，却在复杂的人性问题上出现了认知上的复杂，这又多了些心智成长中的复杂，少年内心会有成年人想当然的那样清晰明白、井然有序的道德认知体系，且必然会本能或者理智地做出社会公认的善恶判断和正确的行为反应吗？细想起来也很可怕。

这场情杀的施加者德米特里的杀人动机也被犀利的库切挖到了不可思议的根上。德米特里被小城博物馆招聘为类似保安那样的工作人员，望之不似人中之龙，形貌丑陋，浑身脏乱，大概也臭气熏天，收入只可租得起博物馆的地下室。而在博物馆之上，却有位仙女在宽敞的教室翩翩起舞，仙女的先生弹奏着渺渺仙乐。德米特里被舞蹈教师击溃后无偿给舞蹈专校打些零工，目的是一睹仙女的仪容，仅仅有一睹的机会就是对他这样一个没有任何实力的中年男人的赏赐。一个无论外貌还是地位都处于社会生物链最底端的男人，最后却跟身材、气质、修养、收入均位居高位的美女颠鸾倒凤，而且这个曾经只可远观的美女居然还对这个脏男子在爱情上谦卑到低三下四的地步，这段爱情从渐进到质变的过程，库切几乎没有任何正面涉及，虽然庸俗如我辈者很想贪婪地知道。这段暗中发生的情感交织和变化历程留给我们很多猜度的空间，这样极其强烈的反差使得我们对后来发生的杀害倍感痛惜，也倍感可怕。无论情爱的发生还是结局都出乎我们的常态思维之外，难道那个发出这个杀伐令的大脑或者人性司令部不可怕吗？稍觉安慰的是，这个指令是库切发出的，恐怖之梦醒来后发现现实中的人都还好好的。不过，库切杀伐令的意义在于，除了把少年可东可西尚不定型的道德认知体系坦呈在大家面前外，还把成年男女意识领域中不可思议的激情错乱（这个词仍然不足以表达我想象中感知到的那个东西）找出来，晾晒于光天之下。让人觉得最不可思议的事情竟一切皆有可能，没有什么不可思议的。库切之切，实在毫不留情。库切之刀锋，可不恐怖乎！

如果细究，库切所写之死，性质由布衣之死，貌似骤然升级到令人心之天下缟素的高度。但是，库切一死，绝不仅仅只有我感觉到的那维度的意义，可以开掘的向度和深度还有很多，我只想从直观的可怕这个角度向库切略表致敬：大师手下没有什么素材是俗不可耐的，天地万物，人心八极，均可当作构筑虚拟世界和思考的材料。

事情没有那么简单，杀完人，不是让警察善完后，各方涉事人员或劳教或反思或叹息或汲取教训后就结束了，那样的话就又不是库切了。警方的任务完成了，库切对他的角色的追杀才刚刚开始。他同时追杀了纯洁少年大卫和肮脏中年德米特里。他让男孩出于崇拜继续跟杀死老师的凶手来往，甚至不允许自己的养父议论凶手不好，我们也许可以说德米特里不会杀害大卫，但谁又能百分百肯定他不会出于对大卫的所谓爱护与报答杀了大卫呢？大卫跟凶手的天真来往无异于与敌同眠，让人提心吊胆、惊心动魄，不能不说又是桩悬而未决的恐怖。库切在这里对大卫的追杀是要挑出男孩的混沌，对危险的无知，更重要的是男孩道德意识形成、清晰、建立过程之维艰，甚至追杀出少年内心深处那种忘恩负义和被偏见蒙蔽后的无情，这点让资助他上学的三姐妹都感到不适。库切并不因为大卫是个少年就美化或者粉饰，而是冷静地呈现和研究。

最恐怖的还在于，库切对德米特里的追杀让我们对此人的顽固意志感到不寒而栗，有种形而上和形而下的双重绝望。他对德米特里隐秘、复杂、混乱的内心世界进行了各种切割、剖析、追查，这些都是小说发展过程中可能理该涉及的内容，令我感到惊悚的是这样一个人试图洗脱自己罪恶时表现出的那股不屈不挠的顽强意识，他自我辩护的努力本身都快变成暴力行为了，真可谓心之死最难。由库切写来，凶手辩护自己激情杀人的动机实在太复杂了。有道德的考虑，形象的顾忌，忏悔的需要，后悔的缓解，惩罚的减轻，良知的撕咬，意识深处的恐慌，形形色色的要素交织缠扭，有时互相说明，有时互相矛盾。杀人者时而对审判他的法官以无可辩驳的理性进行说服，时而用情感的脆弱博取西蒙的同情，时而绝望地求助男孩的天真，时而深沉地自责，时而把凶残的杀人动机粉饰成绝望的爱，但是在所有这些真真假假的动作背后，他的狡猾、凶残、自私、暴虐本质却丝毫不改，当他在陶醉地掩饰这些的时候，其实却正在明明白白地呈现这些。相对他的惊天谋杀，法律对他的制裁要宽松得多，即使如此，他也要百般逃避，口口声声却说要接受炼狱的惩罚。如此复杂之心，叹为观止。

如果库切在这本简单却意蕴多维的作品中同时也研究了道德维度的问题的话，我想他虽然呈现了部分人物在道德表态上出现的或含糊、或偏颇、或明哲保身、或辛苦塑造的种种形态，但大卫的养父西蒙却在道德判断和道德勇气上表现得斩钉截铁，令人感到安全。他的道德意识清晰，绝无模糊空间，他可以充分地人道主义怜悯，但最终会把人道主义怜悯与道德的纯正结合起来，他是激情、怜悯与理性、克制兼具的道德家。在道德感淡漠，甚至道德体系有被侵蚀和出现分崩离析趋势的当代社会，西蒙具有定海神针的象征意义。

假如可以拙劣地把这本小说比作匕首，我甚至看不到刀把以及相关的装饰性结构，只望见犀利的刀锋。它切割材料，它挑出问题，它结束过程，都干净利落，寒光闪闪。捉刀人是个哲学家兼激情家，但他把哲学与激情消解在貌似没有激情的刀刃般的工具中。库切这种刀刃般的锋利以及力量来自对简单的自信和敬重。书名虽云"耶稣的学生时代"，其实与耶稣无关，真正有关的却是《圣经》般的简单。上帝说要有光，于是便有了光。这样的《圣经》式思维没有理论推导过程，省却了各种逻辑关联。库切想要获得的叙述效果与此有点类似。《圣经》使用的是最基本的语言和句式，库切钟爱的同样是最基本的词汇和形式。唯简单方可多义，唯基本方可接近本质。库切敢于简单，不怕简单。我们从库切这本简单的小说中可以解读出的东西太多了，原因在于它的简单，情节简单，词汇简单，句法简单。事实上，它却一点都不简单。

最后，为了排解翻译过程中有待治愈的体验，我需要特别把这个感想说出来：貌似美得不可方物的舞蹈女教师爱上了浊世中最肮的一块泥巴，这块泥巴却窒息死了美之尤物，这样的社会生物链上的残酷吞噬，让我们看到了大千世界好不热闹，也好不费解。

杨 向 荣

2019 年 5 月 29 日